부모의 사랑은 늘 목이 마르다

부모의 사랑은 늘 목이 마르다

2022년 11월 1일 초판 1쇄 인쇄
2022년 11월 10일 초판 1쇄 발행

펴 낸 이 김영애
지 은 이 김종순
편   집 김배경
디 자 인 엄인향

펴 낸 곳 SniFactory(에스앤아이팩토리)
등   록 2013년 6월 30일 | 제 2013-000136호
주   소 서울 강남구 삼성로 96길6 엘지트윈텔1차 1210호
         http://www.snifactory.com | dahal@dahal.co.kr
전   화 02-517-9385
팩   스 02-517-9386

ISBN 979-11-91656-24-4(03810)
ⓒ 김종순, 2022

값 17,000원

다할미디어 는 SniFactory(에스앤아이팩토리)의 출판브랜드입니다.

부모의 사랑은
늘 목이 마르다

김종순 지음

다흘미디어

프롤로그

일상생활에서 지난 일들을 되돌아볼 계기가 종종 있었지만 애써 고개를 흔들어 지우곤 했다. 좋은 날보다는 생각하기도 싫은 고통스러운 날들이 더 많기 때문이다. 누가 이 기막힌 말을 듣고 실제 있었던 일이라 하겠는가? 아니면 거짓말로 소설을 쓰나 하고 비난을 받을 수도 있다.

혹자는 글쓰기가 본질적으로 자신을 표현하고 발산하는 행위라고 말한다. "마음속에 맺힌 응어리나 감정의 부스러기들, 머릿속의 잡념을 밖으로 배출시키는 과정"이라고. 글쓰기를 통해 머리와 가슴을 비우고 정화하는 것이다. 내게는 그런 글쓰기 과정이 필요했다.

지난날 내가 가난 속에서 동생들을 돌보면서도 학업을 포기하지 못한 것은 누구보다 교육에 열성적인 아버지의 영향도 있었지만, 나의

부모의 사랑은 늘 목이 마르다

자존심이 더 큰 버팀목이 되어 주었다. 돈이 부족한 것이지 가난한 것은 아니라고 미화하고, 나는 남들보다 우월한 존재라고 스스로에게 되뇌기도 했다. 그렇다고 거짓을 말하거나 남을 속이고 기만하는 행동은 결코 하지 않았다. 늘 바르고 당당하게 행동하기 위해 마음을 썼다.

우리 집은 큰 어장을 소유하고 있었기 때문에 많은 사람들이 우리집 일을 도왔다. 아버지는 중학교가 없는 우리 마을에 중학교를 설립하는 일을 하셨다. 내가 철이 들기 시작할 때부터 "너는 미국 유학을 가 박사학위를 취득해야 한다."고 가르친 분도 아버지였다. 내 일생에서 가장 큰 행운은 서울에 있는 고려대학교에 합격한 일이다. 당시 거제 섬에서 여자가 대학에 진학하는 것은 드문 일이었다. 대학 2학년 때 아버지가 파산을 하고 피해 다니시는 처지라, 아버지 친구분 회사에 일자리를 얻

고 동생 셋을 데리고 올라와 동생들과 나까지 모두 학업을 계속했다.

늘 부족한 지식과 한계에 갈증을 느끼던 나는, 어느 날 세상에 모르는 것 하나 없는 듯한 '나의 사전' 같은 남편과 결혼해 육 남매를 두었다. 큰 딸아이는 의사로서 대학에서 학생들을 가르치고, 둘째는 이비인후과 개인 병원을 운영하고 있다. 유일하게 의학을 공부하지 않고 경영학을 전공한 셋째는 대한무역투자진흥공사(KOTRA)에서 일한다. 넷째는 의학 연구소에 다니고 있다. 늦둥이 두 아들에게는 아버지가 내게 하신 말씀처럼 "노벨상을 탄 집안의 기둥, 나라의 보배가 돼라."고 부탁했다. 두 아들은 의과대학 교수로서 의학 발전을 위한 연구에 매진하고 있다. 내 가족과 이웃을 사랑하고 이 사회에 조금이라도 보탬이 되기 위해 애쓰며 참 열심히 살아왔노라고 자부한다.

부모의 사랑은 늘 목이 마르다

　나는 고려대학교 경영학과 62동기회 교우들께 많은 빚을 졌다. 그들은 대학에서 배운 지식과 사회생활을 통해 체득한 소중한 경험과 지혜를 내게 기꺼이 나눠주며 나의 부족한 면을 채워주는 역할을 했다. 고마운 일이다. 그리고 봉사활동으로 인연을 맺은 '타이거스' 선후배님들께도 감사를 전한다. 끝으로 내게 글쓰기를 가르쳐주시고 한 권의 책이 나오기까지 이끌어주신 고려대학교 송하춘 교수님께도 깊은 감사를 드린다.

2022년 11월 1일

김 종 순

차 례

6장 환경 지킴이의 길로 들어서다

1장

결혼과 함께 시작된
곡 소리

"나는 내일도, 또 내일도 이 곡 소리를 견디어 낼 것이고,
내 삶에서 인내와 살아가는 방법도 깨달아 낼 것이다."

통곡이 시작되다

"아이구 내 팔자야 내 신세야"

"내가 왜 살았지, 아이구 내 팔자야, 내 신세야" "이 꼴 볼라고 내가 살았나"

길게 그리고 짧게, '후~유' 하는 한숨과 계속적으로 터져 나오는 통곡 소리는 방을 나가 담장을 넘어 골목길을 메운다. 반쯤 열린 문틈으로 방안을 들여다 보니 그녀는 양쪽 다리를 방바닥에 쭉 뻗었고, 양 팔은 무릎 위에 얹고, 산발한 검고 긴 머리는 흰 저고리에 닿아서 물결처럼 출렁이고 있었다. 간장을 녹이는 애달픈 곡^哭 소리와 동네 사람들의 웅성거림이 함께 어울려져 사방으로 퍼져 나간다.

"누가 죽었나 봐, 누가 죽었지?" 저 집에 초상이 났나 봐, 사람들은 웅성거린다. 내가 대문 밖으로 나오자 우르르 몰려와 묻기 시작한다. "새댁, 그 집에 누가 죽었어요?" 너무 놀라 나의 몸속에 있는 모든 기능이 멈추어 서버렸다. 이 참담함을 숨기려고 골목길로 뛰고 또 뛰었다.

자꾸만 뛰었다.

밝고 맑은 아침 하늘에 태양은 솟아 올라 물 위에 떠있고, 바람은 향긋한 내음을 풍기면서 나무 잎새와 풀들이 서로를 비벼대며 소근거리고 있다. 이 아름다운 날, 우리는 고향집에서 결혼 피로연을 끝내고 마을 사람들과 일가 친척들의 "잘 살아라"는 축복을 받으며 서울에 왔다. 다음날 아침 그녀의 아들이 출근길에 나서자마자 나에게 터트리는 분노의 곡 소리다.

"오 어찌 하리요, 어찌 하리요, 이 길고 긴 생애를 어찌 하리요!"
그녀의 나이는 스물다섯이다. 꽃이 봉오리도 피우기 전에, 달랑 아들 하나를 남겨둔 채 낭군은 먼 나라로 떠나갔다. 시아버지와 시어머니, 그리고 시동생 가족들과 한 집에서 살았다. 날이면 날마다, 꿈속에서도 잊을 수 없는 낭군에 대한 그리움이 뼈 속 깊이 사무쳐 견딜 수도 없는데, 집안의 크고 작은 일들을 처리하는 것은 그녀의 몫이다. 관혼상제를 비롯하여, 바느질과 음식 만들기, 집안의 화목, 그 중에서도 살림을 꾸리고 농사짓는 일들도 그녀의 몫이다. 무거운 형벌과 같은 이런 일들을 해 나갈 수 있었던 것은 오직 아들을 사랑하기 때문이다. 아들이 커가는 세월에 울고 웃는, 인생의 모든 희로애락喜怒哀樂은 아들만이 그녀에게 줄 수 있었다.

부모의 사랑은 늘 목이 마르다

한 평생을 남편처럼 의지하고 살았던 아들이 사랑하는 사람을 만나 결혼을 하자, 며느리인 나에게 사랑을 빼앗겼다는 상실감과 평생 수절로 살아 온 억울함의 독毒을 지금 온 힘을 다해 뿜어내고 있는 중이다. 그녀는 정절貞節을 지켜 왔다. 비와 바람도 비켜가는 한송이 박꽃처럼, 아름답고 소박한 그녀는 희생과 순결의 자존심이기도 하다. 이 자존심은 날이 밝아도, 밤이 와도 흔들림 없이 자신을 지켜 왔다. 그녀는 늘 근엄함을 지녔고, 집안에서는 무엇 하나 내가 하지 않으면 안 된다는 자부심을 가지게 했다. 집안 사람들에게도 믿음을 심어 주었고 그녀 자신도 그들로부터 사랑과 존경을 받는다는 사실을 잘 알고 있다. 또 기구한 운명, 부모님께 근심과 슬픔을 안겨드린 불효 역시 깊은 한限이였다.

유교의 실천철학 가운데 가장 잔인하고, 혹독한 것이 정절 숭상에 따른 과부의 재혼 금지다. 고려 말 공양왕 원년부터 스스로 원하여 수절한 자는 가문에 벼슬을 주었다. 조선시대 태종 때는 재가再嫁한 여인의 자식은 과거에 응시할 수 없었고, 본인에 대한 제재에서 자손들까지 연장시키는 연좌법으로 묶었다. 가문의 명예와 벼슬길이 끊어지는 게 두려워 젊은 과부가 된 딸과 며느리를 둔 집안에서는 온 가족이 과부를 감시하였다.

이 가혹한 재가방지법은 400년이란 긴 세월 동안 이어져 오다, 고

종 31년(1894)에 폐지되었고, 여자의 재가를 법적으로 허락한다 해도, 의식구조 속에 깊게 뿌리 내린 고정관념이 재가를 환영하지 않았다.

여성 스스로가 자신의 운명을 체념하고, 죄인같이 근신하는 몸가짐으로 살았고, 남편을 따라 죽지 못하는 '미망인'이란 천형과 같은 이름을 지니고 한 많은 세월을 보낼 수밖에 없었다.

곡 소리는 사람의 감정을 가장 격렬하고 비통하게 표현하는 말이다. 일반적으로 산 자가 죽은 자에게 보내는 이별의 아픔을 말하고, 소리의 높낮이와 길고 짧은 음률로서 상갓집에서 들을 수 있는 한의 노래이기도 하다.

며칠째 계속되었던 아침 곡 소리는 내가 회사에 출근하고는 듣지 못했다. 퇴근해 우리 부부가 잠자리에 들어가면 또 다른 곡 소리를 밤새 들어야 했다. 그 끔찍하고 소름 끼치는 소리는 나의 꿈을 뺏아갔고, 가슴 속에 들어앉은 그 소리는 나를 암울하고 참담하게 만들었다.

나는 생각하지 않으려 했고, 잊으려고 애썼다.

사람의 육체는 고통스러우면 그 고통에 대한 사고를 중단하고, 어떤 일이 있어도 그 고통에서 해방되려 한다. 나는 이 곡 소리를 다른 사람들이 들을까 봐 제일 겁이 났다. 어느 누구도 들을 수 없게 내 안에 꼭꼭 숨겨 두었다.

"자 마음의 문을 활짝 열자. 그리고 그 끔찍한 곡 소리를 훨훨 끌어 내자."

부모의 사랑은 늘 목이 마르다

이 글을 쓰면서 나의 아픔이 다른 사람에게는 웃음거리가 될 수도 있겠다는 기우도 있다. 그래도 나는 쓸 것이다. 그래야만 내가 빠진 수렁에서 빠져나올 수 있기 때문이다. 나는 시어머니를 '그녀'라 칭하고 나의 남편을 '그녀의 아들'로 호칭해, 이 글을 이어 나갈 작정이다. 그래야 내 속에 숨은 그 기막힌 통곡 소리를 다 끌어낼 수 있기 때문이다. 내 속에서 이 무섭고 음침한 소리가 빠져나가 높고 맑은 가을하늘처럼 빛이 날 때, 그녀에 대한 나의 호칭도 바뀌게 될 것이다.

그녀의 가출

옷 가지와 이불이 발 디딜 틈 없이 방안에 어지럽게 널려있다. 한숨인지 신음소리인지 구별이 되지 않는 소리가 문 밖으로 새어 나온다. 오늘은 일요일 아침, 회사에 가지 않는 휴일이다. 그녀의 아들은 새벽부터 취재차 집을 나갔고, 나는 아침상을 들고 방문 앞에 서 있다. 방문을 열자 한쪽 손에는 검정색 큰 고리짝이 들려 있고 다른 손에는 이불을 넣은 것 같은 보따리가 쥐어져 있다. 나를 보자 내 얼굴에다 '후~우' 하는 한숨을 품어 내면서 독기 찬 눈으로 쏘아본다. 죄 지은 사람처럼 오들오들 떨기 시작한 내 몸은 굳어져 움직일 수가 없다.

"어디 나 없이 너거끼리 잘 살아봐라." 하고 고리짝을 머리에 이고 보따리를 손에 든 그녀는 방을 나간다. 상 위에 있던 그릇들이 바닥에 떨어지는 소리에 정신이 번쩍 든 나는 쫓아가 그녀를 붙든다. 아무리 만류해도 막무가내 집을 나선다.

그녀의 가슴에는 얼마나 많은 한과 눈물이 맺혀 있을까? 나를 쏘아보는 피 맺힌 눈초리는 원망이 가득하다. 그녀와 나는 한 남자를 사이에 두고 매일매일 무서운 투쟁을 하고 있는 중이다. 아들이 분명 나를 밀어 낼 것이라 생각하고 시작한 곡 소리가 아무 소용이 없자, 가출을 선택한 것이다. 목숨보다 소중한 아들과 살아 온 생활의 모든 의미를 다 버리겠다는 것이다. 심한 멀미 때문에 자동차를 이용하지 못하고, 이십 리 삼십 리보다 먼 길도 걸어 다니는 그녀가 어떻게 서울역까지 가, 기차를 타고 고향집으로 갈 마음을 내었을까?

　　"너는 그 시집을 살아 낼 수 없어, 그 시집을 살아 낼 수 없어." 조모는 하늘도 쳐다 보고, 한숨도 쉬고, 혀도 껄껄 차기도 하면서 이 결혼은 절대로 안 된다고 울먹였다. 나의 아버지는 그녀의 아들을 본 순간 "허허" 하고 다음 말을 잇지 못했다. "못 생기도 저렇게 못 생길 수가 있느냐"고 혼잣말처럼 하더니 "너는 서울까지 가 어디 사람이 없어 우리 문중 머슴보다 못 생긴 사람을 데리고 왔느냐고" 한다. 곁에 서 있는 엄마는 그저 치맛자락을 눈으로 가져갔다 가져왔다 한다.

　　나의 생각은 다르다. 그녀의 아들은 아는 것이 많아, 내가 필요한 어떤 지식도 사전事典같이 나를 도와 줄 수 있다고 생각했다 또 그녀도 내가 성심으로 모시면 원만한 고부관계를 가질 수 있다는 확신도 있었다. 더군다나 미래의 내 아이들도 좋은 유전인자를 지니고 태어날 것이라 판단했다.

　부모님의 결사반대를 무릅쓰고 우리는 결혼식을 올리기로 작정했
다. 우물쭈물 하다가는 이 결혼이 깨어질 것 같아 급히 서둘렀다. 결혼
준비는 청첩장이 인쇄되어 하객들에게 전달될 수 있는 시간만 있으면
됐다.
　그녀의 아들 회사에서 세종회관 예식홀과 김성곤 회장님의 주례를
준비해 주었다. 우리는 그날 눈이 부시게 흰 드레스와 멋진 검정색 양
복을 입고 웨딩마치에 맞춰 입장만 하면 된다. 예식날은 토요일 오후 3
시로 정했는데, 이는 보통 직장인들이 업무가 끝나 축복해 주기 위해
예식에 참석할 수 있는 시간이라는 것이 큰 이유였다.
　그날 신부화장을 하고 있는데 어릴 때 같이 자란 친구가 "결혼반
지는 다이야?" 하고 물었다. 그 친구는 서울에서 근사한 결혼을 하는
내가 아마도 다이야 반지는 예물로 받을 것으로 짐작했을 것이다. "그
게 무언데?" 하고 되물었다. "예식을 할 때 신랑 신부가 주고받는 예
물이며 마음의 약속"이라 한다. 생소하게 묻는 나를 보고, 친구는 급
히 택시를 타고 미도파 백화점에 가 몇 천원을 주고 5부다이야 반지
를 사 왔다. 나는 그 빛나는 반지를 보고 또 보고 만져보기도 했다. 그
녀의 아들은 손목에 늘 있었던 시계를 풀어서 나에게 건네 주었다. 그
녀의 아들 회사 부장님의 손을 잡고 신부입장을 하기 위해 서 있는데,

　　　　　　　　　　부모의 사랑은 늘 목이 마르다

나의 몸은 사시나무 떨 듯 떨리기 시작했다. 아버지가 나타난 것이 그 때였다.

"얘들이 참말로 결혼식을 하네." 하시고 눈을 먼 데로 돌리신다.

나는 아버지의 손을 잡고 아름다운 신부가 되어, 하객들의 축하 속에서 한 발자국씩 행복을 찾아 가고 있었다. 그런데 왜 이렇게 눈물이 나지? 흐르는 눈물이 곱게 칠한 화장을 다 지워내고 있었다.

회사에서 마련한 결혼 피로연 장소는 퇴계로에 있는 아스트리아 호텔이었다. 마침 대학 동기가 그 호텔의 직원이라 세심한 배려를 해 주었다. 꽃 장식도 흰 백합에다, 신랑 신부가 지나가는 길에는 붉은 양탄자를 깔아, 이 세상의 어느 신부보다 아름답고 빛나 보이게 했다. 나는 흰 밍크외투에다 흰 밍크모자를 쓰고 입장했다. 하객들은 우리를 환호했다. 아버지가 나의 손을 잡고 자리에 앉힌 것이 그때였다.

"너는 앞으로 3번이나 이혼을 할 일이 생길 것이다."

"20대에 한번, 30대에 한번, 40대에 한번" 하시면서, 어떤 어려운 일이 발생하더라도 이혼을 하지 않겠다는 약속을 이 자리에서 하라 하셨다.

'귓가를 살랑이며 지나가는 솔바람처럼 소근소근 이야기에 꽃 피우고, 풀밭에 앉아 꽃반지 만들어 그녀의 손가락에 끼어 주고, 두 손 마주 잡고 영화관이며 맛있는 음식점을 찾아 다니며, 새롭게 부모와 자식이 된 축복을 온 누리에 떨치리라'고 갈망했던 그녀와 나의 관계는 이렇게 곡 소리로 출발했다.

　나의 부모가 "너는 그 시집을 살아 낼 수 없다."고 통탄한 그 시집을 살기 위해 나는 내일도 떠 오르는 태양을 볼 것이다. 사람의 인연은 눈에 보이지 않고, 손에 잡히지 않을지라도 무수한 인연의 끄나풀들로 채워져 있다. 어떤 인연은 삶을 넉넉하게 하고 부족한 부분을 채워도 준다. 또 어떤 인연은 삶을 어둡게 하고 지겹고 고통스럽게 한다. 나는 그녀가 아들에게 무엇을 바라는지 알 수가 없었고 며느리인 나와의 투쟁이 쉽게 끝나지 않을 것으로 짐작했다.

부모의 사랑은 늘 목이 마르다

여인의 질투

다음 날 퇴근해 집안에 들어서니 고향집에 내려 간 그녀의 흰 고무신이 제일 먼저 눈에 띈다. 가슴이 꽝하고, 덜거덕 소리를 내면서 내려 앉는다. 가만히 방안을 엿보면서 나도 모르게 안도의 숨을 내쉰다. 그녀가 집으로 돌아온 것이 내게는 다행이었다. 가출을 알게 된 그녀의 아들은 통행금지 시간 전까지 서울 시내에 있는 파출소마다 찾아 다녔다. 몹시 고단할 터인데 밤새 잠을 이루지 못하는 눈치다. 우리는 처음으로 심하게 다투기까지 했다.

우리가 잠자리에 들어 갈 때 쯤이면 그녀는 곡을 하기 시작한다. 한과 눈물이 뒤섞인 '후~우' 하는 첫 음의 '후'는 굶주린 짐승이 포효하는 것처럼 크고 길게 이어져 나오는 소리, 다음의 '우'는 숨이 끊어져 죽어가는 사람이 내는 소리 같았다. 나는 저러다가 죽을 수도 있겠다는 생각에 그녀의 방으로 달려가 붙잡고, 흔들고, 부둥켜 안고 울었다. 이 곡소리는 다음날도 그 다음날도 계속 되었다. 나는 밤이 무서웠다. 그녀의 아들도 귀를 막고 듣지 않으려고 애쓰다 소용이 없자, 이불을 칭칭 감아 그 속에다 머리를 쳐 박고, 제발 잠 좀 자자고 버럭 버럭 소리를 지른다. 음산하고 냉기를 띤 그 흐느끼는 울음소리가 멈추면 또 다른 곡 소리가 들린다. 놋쇠로 만든 크고 둥근 담배 재털이와 긴 대나무 가지로 만든 담뱃대의 길이는 1미터도 넘는다. 담배를 빨아들이고 내뿜을 때마다 구슬픈 휘파람 소리를 토해 낸다. '휘~이~이익' 하는 소리를 토해 낼 때는 귀신이 우는 소리 같았다. 사람의 소리인지 귀신의 소리인지 분간조차 할 수 없는 그 소리는 또 다른 곡 소리다. 재털이에다 담뱃대를 크게 탁탁 칠 때는 화가 머리 끝까지 올라 있다는 신호이고, 치는 소리가 들릴락 말락 할 때는 기운이 빠져 있다는 증거다. 밤이 새도록 뿜어 내는 곡 소리와 놋쇠 때리는 소리에 잠을 이룰 수 없는 그녀의 아들은 집을 나갔다.

인간이 이 지구상에 나타난 것은 약 1,400만 년 전이다. 여러 진화 과정을 거쳐, 현생인류現生人類에 가장 가까운 체질을 가진 인간으로 간주하는 것이 호모 사피엔스Homo Sapiens다. 그들이 깊숙한 동굴의 벽에 그려 놓은 풍만한 여인의 나체상에서 볼 수 있듯이, 사랑이란 인간이 태어나면서 가지고 나오는 근원적인 감정이다. 고대 그리스의 '에로스'나 그리스도교의 '아가페'도 사랑이다. 어떤 사랑의 형태라 해도 질투, 시샘은 인간 본연의 마음이다. 질투란 '사랑하고 있는 상대가 자기 이외의 다른 사람을 사랑하고 있을 때 일어나는 감정'을 말한다. 흔히들 질투를 느끼는 사람은 '가슴에서 천불이 난다'고 한다. 사람이 사람답게 지니고 있던 지성이나 교양은 한 순간에 줄달음쳐 사람 속에서 빠져 나간다. 격렬한 증오나 적의, 분노가 치밀어, 사람으로서 해서는 안 되는 일들을 서슴없이 행하는 것이 질투다.

진순신이 기록한 중국의 역사에 한 나라 유방은 척 부인을 끔찍이 사랑해 여의라는 아들을 두었다. 유방이 죽자 여후呂后는 여의를 죽이고, 척 부인의 두 손과 두 다리를 자른 뒤 변소에 가두어 두고 인분을 먹게 해, 인체사람 돼지라 불렸다. 또 황현이 쓴 『매천야록』에 의하면 명성황후는 고종의 아들을 낳은 상궁 장씨의 자궁을 도려내고는 궁 밖으로 내 보냈다고 한다. 장씨는 십 년을 더 살다가 그 때의 상처가 도져 목숨을 잃었다.

곡 소리는 아들이 집을 나간 한동안은 들을 수 없었다. 그녀의 사랑을 몰라주는 아들의 야속한 행위에 원망이 더 컸을 것이다. 그녀의 비탄은 독기를 뿜을 수밖에 없었고, 아들이 집에 들어오지 않자, 일체 음식을 거부한 채, 몸 져 자리에 누웠다. 검정색으로 곱게 물든 이불과 요는 방바닥 중앙에 펴있다. 그녀는 이불을 머리 끝까지 뒤집어 쓰고 하루가 지나고 이틀이 지나도 꼼짝달싹 하지 않았다. 그 앞에다 밥상을 놓고 석고대죄하는 사람처럼 무릎을 꿇고 진지 잡수시라 간청해도 대답이 없다. 흰 이불 깃 부분을 잡고 끌어 당겨도 미동도 하지 않는다.

며칠 이러고 있다. 그녀의 아들에게 식음을 전폐한 어머니가 다 죽게 생겼다고 전해도 집에 나타나지 않는다.

미국의 단편 〈The Love사랑〉를 읽었다. 어느 농부가 집에서 기르던 사나운 개Bull Dog를 시켜 밭두렁에 나타난 고운 옷을 입은 뱀을 물어 뜯어 죽게 했다. 그 무지개 뱀은 그때 새끼를 뱃속에 품고 있었고, 숨이 끊어지면서도 피투성이 된 몸을 이끌고 새끼를 낳을 둥지를 찾아가고 있었다. 그 다음날 농장에 나타난 농부는 소름이 돋았다. 뱀의 상처에서 흘러나온 피가 흙과 응고하여 길고도 붉은 길을 밭에 만들어 놓았다. 그 뱀은 죽어가면서 새끼를 낳았고, 죽은 뱀의 곁에 새끼를 지키고 있는 숫컷을 발견한 것이다.

그녀는 산발한 머리와 풀어 헤쳐진 치마 저고리에 뱀이 죽어가면서 흘린 독샘처럼, 하얗게 응고된 침을 잔뜩 매달고 앉아 있다. 그녀의 눈은 흰자위만 보인다.

나는 지금 망망대해에서 풍랑을 만났다. 무섭고 사나운 파도를 헤쳐 나와야 나는 사람일 수 있다. 내 부모님이 너는 "그 시집을 살아 낼 수 없다." 염려하셨던 것이 지금의 나의 모습이다. 남의 아내로서 며느리로서 부덕의 도리를 다 해야 한다는 의무를 나는 지켜나갈 것이다. 사나운 맹수들이 상처를 자기 혓바닥으로 핥아 치유하는 것 같이 어느 누구도 나를 도와 줄 수 없다. 이러한 불행도 내가 소유한 것이다.

이를 현명하게 잘 처리한다면 나는 아무것도 잃지 않을 수 있다. 내가 행복하다고 생각하면 행복하고, 불행하다고 생각하면 한없이 불행하다. 운명은 나를 행복하게도 불행하게도 하지 못한다. 내 자의自意만이 행복과 불행을 결정짓는 유일한 근거이다. '그래야 이 시집을 살아낼 수 있다.'

그녀의 아들은 회사 근처에 하숙을 구했다. 가끔 집에서 잠을 자는 날이면 그 지긋지긋한 곡 소리를 들어야 하고, 우리가 이불 속에 들어가는 낌새라도 나면 그녀는 미친 사람처럼 방문을 후닥닥 열고 들어와 이불을 걷어 버린다.

나는 내일도, 또 내일도 이 곡 소리를 견디어 낼 것이고, 내 삶에서 인내와 살아가는 방법도 깨달아 낼 것이다.

새 생명으로 희망을 품다

　　　　　살이 거의 없는 몸집에다 어른 주먹보다 작은 얼굴에 눈도 코도 입도 이마도 볼도 다 있다. 뱃속에서 나오자마자 눈을 감고 쌔근쌔근 숨소리만 낸다. 가끔씩 입술도 오물거린다. 사람 속에서 사람이 나왔다. 이 세상의 꽃 중에서 제일 예쁜 꽃이 사람 꽃이라 했던가? 보고 또 보아도 자꾸만 보고 싶다. 하루 내내 눈 안에 담아도 아프지 않고 신기하기만 하다.

　　그녀의 아들은 여름 휴가를 거제도에서 보내자고 한다. 해산까지는 한 달이나 시간이 남아 있으니 걱정하지 않았다. 기차 타고 배 타고, 꼬박 반나절을 걸려 친정 집에 도착해 잠자리에 들자 배가 조금씩 아프기 시작했다. 처음에는 어릴 때 좋아하던 맛있는 음식을 너무 많이 먹어 배탈이 난 줄 알고 주물렀다. 그래도 조금씩 더 아파와 조모께 말씀 드렸더니 산기라 하신다. 나는 아기가 어떤 과정을 거쳐 이 세상에 태어나는지를 알지 못했다. 무조건 산부인과 병원에 가면 의사 선생님이 다 해결해 준다고 믿었다. 여기는 사방이 바다요 육지로 갈 수 있는 길은 배를 타고 뭍으로 가는 수밖에 없다. 우리 집은 큰 발동선이 있었지만 그때 아버지는 수십 명의 선원을 데리고, 먼 바다에서 갈치잡이를 하고 계셨다. 나는 병원이 없는 이 곳에서 아기를 분만해야만 한다.

생명은 어떻게 해서 생겨났는가? 과학에 의하면 지구상의 생명은 알에서 유래한다는 자연발생설에 근거를 둔, 여러 학자들의 연구가 있었지만 근원에 대해 밝혀내지 못했다. 나의 진통은 서서히 시작해 조금씩 조금씩 내 몸 속의 기운을 다 거두어간다. 하루가 지나고 이틀이 지나 거의 일주일째로 접어 드는데 아기는 여전히 뱃속에 있다. 허리가 터져서 끊어지는 것 같은 통증은 나의 몸을 일그러지게 만들었고, 이 고통을 덜어 줄 수 없는 조모는 다 삼신할머니가 돌봐 순산한다고, 그냥 안심하라 한다. 이 죽을 것 같은 산통은 계속적으로 조여오는 게 아니고, 아주 짧게 숨을 쉴 수 있는 틈새도 준다. 살 것 같다. 생명의 근원이란 이렇게 오묘하다. 생명, 거룩한 하나의 생명을 탄생시키기 위해 나는 육체적인 고통과 죽을 힘을 다해 싸운다. 현대의학의 도움을 받을 수 없는 곳이니, 자연분만이라는 것을 하고 있는 중이다. 산실로 꾸민 방에는 통나무로 만든 무거운 궤짝 뒤주가 있다. 곡식이 한 가마니하고 반이 더 들어갈 수 있는 용량이다. 힘이 센 장골 두 사람이 들어야 이동이 가능하고, 그 속에 쌀이라도 들어 있으면 이쪽에서 저쪽으로 옮기는 일은 엄두도 낼 수 없다. 말이 산실이지 진통이 올 때 무얼 잡고 힘을 써야 하는지 잡을 수 있는 어떤 장치도 없다. 진통이 숨 쉴 틈도 없이 진행되자 조모는 천장에 있는 불빛이 보이지 않아야 아기가 나온다고" 힘을 주라 한다. 자연스럽게 나의 양 다리는 그 뒤주를 밀고 당기고 있었다. 어떻게 그 무거운 물건이 힘의 압력에 의해서 방바닥 이쪽에서 저쪽으로 왔다 갔다 할 수 있었을까? 그 힘의 원동력은 어디에서 나오는 것인가? 그 거대한 힘은 뱃속에 있는 아기의 생명이 뿜어내는 분출구가 아닐까? 그녀의 아들은 이 마을에서 제일 높은 재석봉이라는 산꼭대기까지 몇 번이나 왔다 갔다 하면서 나의 진통에 동행하고 있었다.

한 달이나 일찍 태어난 아기는 그저 먹고 자기만 한다. 아기의 할머니인 그녀는 얼굴에 화색을 띄우고 몸가짐이 즐겁다. 꼭 첫사랑에 폭 빠진 처녀 같다. 아기에 필요한 모든 일들은 그녀의 권한이다. 우유 먹이고, 목욕 시키고, 잠 재우고, 자는 아기를 안고 나무 그늘에 앉는다거나, 강바람을 쐬게 하는 일, 그리고 심지어 밤에도 곁에 두고 지낸다. 아기 엄마인 나는 그저 부러운 마음으로 쳐다볼 뿐이었다.

19세기까지 대다수의 사람들은 히포크라테스처럼 엄마가 임신 중에 본 것에 의해 아기의 형질이 영향을 받을 수 있다는 모성 각인의 원

부모의 사랑은 늘 목이 마르다

리를 믿었다. 벽에 흑인의 사진을 걸어놓고 매일 쳐다보면 아기의 피부 색이 검게 된다고 생각했었다. 영국 의사 마틴 배리(1802~ 1855)는 남성의 정자가 여성의 난자 속으로 들어가 수정된다는 사실을 밝혀냈다. 정자는 23개의 염색체를 전달해 주는 역할을 한다. 엄마로부터의 23개 염색체와 아빠로부터의 23개 염색체인 난자와 정자의 형태로 만나 46개의 염색체 설계도가 되어 한 사람의 특징이 결정된다. 이렇게 결정된 염색체에 따라 엄마의 뱃속에서 9개월 동안 자라 고유의 특성을 가진 아이가 태어난다.

자식에 대한 사람의 욕심은 끝이 없다 했던가? 건강하고 훌륭한 자질을 가진 아기를 갖기를 원하는 것은 사람의 본성이다. 옛날부터 교육의 시초를 태교胎教에 두어 임신 중인 부인은 엄한 규칙에 따라 자세를 바르게 하며, 자리가 바르지 않으면 눕지 아니하며, 부정한 음식은 먹지 말며, 음란한 소리를 듣지 아니하며, 틈틈이 책을 읽고, 아름다운 음악을 들으며, 마음을 조용히 가진다. 그런 정성을 기울이는 것은 자식이 훌륭한 사람이 되기를 꿈꾸기 때문이다.

나에게 아기가 태어났다. 얼마나 놀라운 생명의 신비인가? 그녀를 원망하고 미워하는 투쟁에서 벗어나 하늘을 나는 새처럼 자유로워질 것이다. 억울함에 갇힌 시간이 아깝고, 묵묵히 참고 견디어 온 인내도 한계에 와 지쳐있는 상태에서 아기는 희망이란 세상을 나에게 열어 주었다. 나는 이 희망이란 생명체를 기름진 토양과 맑은 공기 빛나는 태양으로 잘 가꾸어 나갈 것이다. 그녀 아들의 천재성과 나의 정신력, 그리고 두 사람의 용모 중에서 멋지고 잘 생긴 부분만 닮아 달라고 뱃속의 아기한테 수 없이 부탁한 말을 아기도 잘 기억하고 태어났을 것이다. 아기의 이름을 현아라고 불렀다. 내 생각에 세상의 덕목 중에 가장 으뜸인 것이 현명한 사람이 되는 것이라 믿었기 때문이다. 아기는 무럭무럭 자라 정상적인 키, 몸무게, 어여쁜 얼굴 모습을 갖추어 갔다. 아들에 대한 병적인 그녀의 사랑이 어느새 아기한테 옮겨가 쉴새 없이 고운 목소리로 노래하는 새처럼 "잘 생겼네, 잘 생겼네." 한다. 그녀의 아들도 하숙을 접고 집으로 돌아왔다. 아기는 우리에게 행복이란 씨앗이 되어 싹이 트고 무성한 잎을 펼쳐 아름다운 꽃을 피우고, 열매를 맺게 할 것이다.

나는 죽었다, 단간방에서

아기가 무럭무럭 자라 아장아장 걸어 다닌다. 꼭 노랑 나비가 꽃을 찾아 이 꽃 저 꽃으로 옮겨 다니는 것처럼 집안에는 아기의 재롱이 넘쳐난다. 모처럼 찾아온 안정이다. 그녀의 아들은 미국유학을 가기 위해 비자를 기다리는 중이니 떠날 준비를 해야 한다고 말했다. 그녀는 아들과 오랫동안 이 일을 의논해 온 결정이니 나의 눈치만 본다. 공부를 해 학자가 되는 꿈은 그와 결혼하기 전부터 알고 있었던 일이다. 나 역시 그것을 원하고 있어, 그 제안을 받아들였다. 살고 있는 전세집을 정리해 유학 자금을 마련했고, 그녀는 아기를 데리고 고향 집으로 내려갔다. 그가 박사가 되는 날 행운이 날개를 달고 나에게 올 것이라는 희망 때문에 은근히 자랑스럽기까지 했다. 나는 서울에서 직장을 계속 다니면서 생활비를 버는 것으로 결정되었다.

그런데 떠난 지 몇 달이 되지 않아, 그녀의 아들은 동생들과 함께 살고 있는 삼선교의 산동네 집으로 돌아왔다. 눈은 퀭하니 들어가 초

점을 잃었고, 얼굴 가득한 불안은 쫓기고 있는 사람 같아 보인다. "미국에서 언제 돌아 왔느냐."고 물어도 대답이 없다. 그는 말을 하지 않는다. 그저 허공을 주시한 채 멍하니 앉아만 있다. 정신이 나간 것 같다. 그에게 무슨 일들이 일어나 폐인이 되었는지 물어 볼 수도 없는 상태다. 아기랑 같이 살 집이 없어 시골에 내려간 그녀도 아들로부터 편지 한 장 없자, 큰 사고가 난 줄 알고 아기를 데리고 단간방으로 왔다. 갑자기 불어난 식구 때문에 동생들은 다른 곳으로 이사를 했다.

　성북구 삼선동은 마을 앞으로 작은 실개천이 흐르고 있다. 하천 위로 다리를 놓아 사람들이 지나 다닌다. 이 길의 시작으로 기와지붕을 한 한옥들이 일렬로 정연하게 서, 마을을 이루고 있다. 이 집들은 돈암동과 이어져 한 폭의 그림처럼 정갈스럽다. 지붕 위의 검은 기와들은 가늘고 긴 끈으로 맺어져 출렁이는 물결처럼 보인다. 이 기와지붕은 한옥이 가지는 멋과 맛을 지니고 있었고, 정겨운 골목길도, 사람 사는 내음도 지니고 있다. 여기는 고적함과 풍요로움도 넘쳐 난다. 이런 골목을 지나서 한참 오르막으로 계속해 숨차게 올라가면, 또 다른 사람이 사는 동네가 나온다. 산등성이부터 큰길 아래까지 시멘트 블록으로 엉성하게 지어진, 고작 방 한두 칸의 움막 같은 집들이 한곳에 모여있다. 수많은 사람들이 공동수도에서 나오는 식수를 받기 위해, 아침부터 늦은 밤까지 줄을 서 기다린다. 큰 물동이 두 개를 저울추처럼 장대에 매

　　　　　　　　　부모의 사랑은 늘 목이 마르다

달아 어깨에 메고 이 오르막을 오르고 내려가는 사람들이다. 아주 드물게 수도시설이 있는 집도 있지만, 대부분 집안에 화장실이 없어 마을 어귀에 있는 공동화장실을 이용하기도 한다.

내가 퇴근해 집안으로 들어서자 그녀와 아들은 문간방 앞에서 연탄 화로 위에 삼겹살을 굽고 있었다. 곁에는 빈 막걸리 병이 어지럽게 널려 있다. 두 사람의 눈동자는 이미 흰자위만 보인다. 무서운 적의를 가지고 쳐다보는 그들을 피해 방안으로 들어가는 나에게 그녀의 아들은 주먹을 날린다. "왜 도망가지 않고 회사를 다니냐? 우리 먹여 살리려고? 그럼 내가 고마워 할 줄 알아!" 고함을 버럭 질러댄다. 그녀는 벌겋게 달은 연탄집게를 아들에게 건네며 그년 죽이라고 소리를 지른다. 그 순간 나는 그들의 손아귀에서 빠져 나와 뛰고 달렸다. 다른 사람들에게 도움을 청하기 위해 큰길로 나서야 하는데, 산꼭대기의 골목길은 돌고 돌아도 끝이 나지 않아, 또다시 잡히는 꼴이 되었다. 길거리는 어둠이 깔렸고, 지나가는 행인 누구도 우리의 행위를 눈여겨보지도 않았다. 질질 끌려와 차가 다니는 큰길까지 왔다. 이 길 건너편에는 동그란 바위 산이 있다. 돌에다 집을 지을 수 없어 그냥 남겨진 돌산인데, 바위 틈으로 제법 큰 소나무들이 자라고 있었다. 사람들은 그 바위산을 쉼터로 이용하기도 했는데, 그 날은 사람 그림자도 보이지 않았고, 어둠이 산을 밀쳐내어, 크고 작은 바위만 산을 지키고 있었다. 그녀의 아들은 나를 땅바닥에다 질질 끌고 꼭대기까지 올라가 산 아래로 밀쳐 버렸다. 한참 굴러가던 나는 불행인지 행운인지 나무에 걸렸다. 처음 정신이 들었을 때 나는 이대로 있고 싶었다. 그게 죽음이라는 사실에 안도를 했다. 다시는 그들을 보지 않아도 된다는 것이 안심이 되었다. 죽을 힘을 다해 일어나려고 했지만 다리가 부서졌는지 힘이 주어지지 않는다. 나는 나무를 붙잡고, 내 몸에 짓눌려 쓰러져 있는 풀에게 살려달라 말했다. 신은 인간이 감당할 수 있는 고통만 준다고 했던가. 넘어지고 또 넘어져도 또다시 넘어져도 일어섰다. 그리고 하늘에 서린 별들이 꼬리를 내리는 그때, 단간방으로 다시 들어갔다.

가난 그것은 어떤 것인가? 사람이 사람이 아닌, 사람됨을 포기한 것이 가난인가? 나는 이 거짓말 같은 일들을 가난과 같이 겪고 살아왔다. 처참, 치욕, 참담, 비탄, 절망, 고뇌, 분노가 오랜 세월 동안 내 안에 숨어 있었다. 나는 이것들의 내면을 한번도 보고 싶지 않았다. 더군다나 다른 사람들에게는 이 가증스런 일들을 말할 수도 없었다. 그러나 지금 이것을 말하고 싶어 이 글을 쓴다. 비밀이란 혼자서 감당하지 못해, 튀쳐나오는 마력 같은 힘이 있기 때문이다. 그러나 나는 이 말을 뿜어내고 난 뒤, 몸을 바다에 눕히고, 양 팔을 축 늘어뜨리고, 머리 속을 말끔히 비우고, 낮이 지나고 밤이 와도 움직이지 않을 것이다. 또한 먹지도 않을 것이다. 나는 죽었다. 단간방에서….

부모의 사랑은 늘 목이 마르다

이혼을 결심하다

조선시대 때 상민들의 이혼 형식은 사정파의事情罷議와 할급휴서割給休書가 있었다. 사정파의는 요즈음 말로는 합의 이혼이고, 할급휴서는 아내가 남편을 불러놓고 가위로 저고리 깃 한 조각을 잘라서 이혼의 증빙서류로 주는 것인데 그 조각을 휴서라 했다.

그녀의 아들은 단간방에서 죽은 사람처럼 움직이지 않는다. 방구석에 쭈그리고 앉았다가 다리가 꼬이면 누워있기도 한다. 멍한 눈에는 흰자위만 허둥댄다. 쇠 자물통처럼 굳게 다물어 버린 그의 입을 나는 열 수가 없었다. 방안은 공동묘지처럼 스산하다. 숨소리도 말소리도 들리지 않는다. 그녀는 시장에 가 찬거리도 사 오고 동네 사람들의 사는 모습을 전해 주기도 한다. 나 역시 혼이 빠진 허깨비처럼 허우적거리며 회사에 다녔다. 깊은 수렁에 빠진 내 아픔은 자꾸만 내 안으로 들어간다. 그 끔찍한 사건으로 나 스스로도 사람인 것을 포기한 것 같다.

회사에서 퇴근해 집으로 돌아오는 나의 발걸음은 천근만근이 된다. 지친 몸을 기대어 쉴 곳 하나 없지만 단간방을 떠날 수가 없다. 그녀의 아들이 저 정신병적인 행동에서 헤어나, 정상적인 생활을 하고, 직장을 구할 때까지 이혼을 하지 않기로 결심했기 때문이다. 나는 시간을 벌고 있었다. 나의 몸무게는 42kg이다.

　　그녀는 산동네 시장에서 만난 어느 부인한테서 비닐 봉투 붙이는 일거리를 얻어왔다. 방안에다 촛불을 켜 놓고 그 불에다 비닐을 지져 봉투를 만드는 일이다. 죽은 사람처럼 움직이지 않던 그녀의 아들이 멍하니 그녀의 손놀림을 쳐다보고 있다. 그런 그가 어느 날 자리를 털고 일어나 봉투 붙이는 일을 거들었다. 아기도 출렁거리는 불빛 따라 얼굴을 갸웃거리면서 신나 한다. 사람이 무언가 할 일이 있다는 것은 가슴을 열리게 하고, 활력이라는 공기가 되어 고루고루 펴져 나가, 꽉 막힌 단간방 숨통을 트이게도 한다. 이 즐거움은 어두운 밤길에서 길을 잃었을 때, 먼 곳에서 희미한 불빛을 발견한 이치와 같았다.

　　시간이 지났다. 다니던 회사 동료가 단간방으로 왔다. 집을 찾느라 물어 물어 산 중턱까지 숨을 헐떡이며 왔는데, 숨소리도 죽인 채 비닐 봉투를 붙이고 있는 식구들의 모습에 더 어이가 없어 한다. 마치 못 볼 광경을 본 것처럼 민망스러워하면서 눈길을 피한다. 유학을 간다고 회사를 그만둔 후, 폐인이 되어 잠적했다는 흉흉한 소문이 회사 안에 떠돌아 부장이 직원을 보낸 것이다. 그 이후 그녀의 아들은 회사에 복직을 했고, 그를 감싸고 있었던 암울하고 병적인 그림자는 흔적도 없이 사라졌다. 그는 윙윙거리는 바람소리처럼 활기차게 단간방을 들락거린다.

나는 아기를 데리고 거제도에 왔다. 죽음이 서로를 갈라놓기 전에는 헤어지지 않겠다는 그 약속을 파기하기 위해서다.

"불쌍해 못 보겠네. 저 어린 것이 무슨 죄가 있다고. 밥을 먹었는지 굶었는지 저렇게 떠 다니니 거지가 따로 있나? 딱 거지꼴이네." 나의 엄마는 혀를 쯧쯧 차시면서 다음 말로 이어간다. 동네 아저씨가 바람이나 이혼을 했고, 그 애 엄마는 바로 집을 나가 버려 결국 아이가 떠돌아다니길래 불쌍해서 집에 데리고 와 밥도 먹이고 세수도 시키고 해서 보냈는데도 영 마음이 짠 하신단다. 다니던 회사까지 그만 두고 친정에 와 송장처럼 꿈적도 하지 않는 딸자식이 혹시나 이혼할 궁리를 하는 것은 아닌지, 엄마의 가슴은 쓰리고 아프다. "니 새끼도 저 꼴이 될 것이 뻔하니 이혼 그것을 잘 결정하라."는 무서운 엄포를 에둘러서 말하고 있는 중이다.

"이혼을 할 것이다."는 내 마음대로 규정한 모든 일들에서, 내가 얻을 수 있는 것들을 내게 유리하게 생각할 수 있다. "이혼을 했다."는 정해진 결과 중에서 나의 의지와는 상관없이 받아들이는 것이다. 내가 잃고 싶지 않은 것도 빼앗겨야 하고, 받아들일 수 없는 조건들도 감수해야 한다.

몇 달째 오리무중에서 얻은 결론은 그들에게 아기를 빼앗길 수 없다는 것이다. 아기를 내 교육방식으로 건강한 사람으로 성장시켜야 한다는 것은 이 세상에 무엇과도 바꿀 수 없는 나의 소중한 임무이다. 이런 결정을 내려 "절대 이혼을 해서는 안 된다"는 사실을 내 머릿속에 각인시켜야 한다. 이건 쉬운 일이 아니다. 그들과 같이 사는 생활에서 올 수 있는 여러 힘든 문제를 하나 하나 짚어보아야 한다. 나 자신을 이겨야 하고, 그들을 이기는 길을 찾아야 한다. 이혼을 하지 않아 나에게 올 피해나 비극도 준비해야 한다. 그래도 나는 이혼을 해서는 안 된다.

태양이여 그 찬란한 빛을 내게도 주소서!

그녀, 그리고 나

       입덧은 임신 중 음식을 먹을 때 냄새가 심하게 거슬려 나타나는 구토 증상이다. 나는 밥에서는 밥 냄새, 반찬에서는 반찬 냄새, 심지어 물에서도 냄새를 맡는다. 꼭 심한 멀미를 하고 있는 것 같은 울렁거림과 메스꺼움에 온종일 시달린다. 아무 것도 먹지 못하고 토하니 목에서는 피도 나온다. 그녀는 웬일인지 아기를 임신한 나를 데리고 처음으로 한의원에 갔다. "할머니, 아드님이 판검사입니까? 훌륭하신가 봅니다." 자리에 앉자 한의사는 그녀와 나를 번갈아 쳐다보면서 말문을 연다. "며느님이 드물게 보는 귀한 상이니 아드님이 아버지를 닮았나 봅니다." 그녀는 좋은 관상이 아닌데, 아들이 복이 많아 좋은 처를 만났다는 의미다. 찢어져 올라간 눈꼬리는 더욱 더 올라가고, 붉으락 푸르락 한 얼굴은 더는 참을 수 없다는 분노로 변했다. 한의사는 멈추지 않고 계속 말을 이어 나간다. "할머니 젊어서 혼자 되신 것 며느님 탓 아닙니다." 재혼을 여러 번 해도 남편을 앞세울 독사 눈을 가졌다 한다. 우리는 자리에 앉기만 했는데, 우리 집 사정을 훤히 들여다 보 듯 말하고 있다. 나를 진주보석인지 모르고 땅속에 묻어 놓고 자근자 근 밟는다고 지적한다. 그녀의 얼굴은 잿빛으로 변했고, 쓰러질 듯이 휘청거리며 방을 뛰쳐나간다. "별놈의 영감 다 봤네." 하고 큰소리를 치 면서.

모처럼 집에 온 아들에게 한의원에서 있었던 일들을 말한다. 한의 사의 무례함과 그녀의 속 터지는 울분을 참을 수 없으니 같이 가서 따 지자고 강요한다. 늘 무슨 말이든 복종하던 아들이 아무런 대꾸 없이 방문을 열고 나와서, 나를 피해 서재로 들어간다. 요즈음 "나는 아들 이 필요 없다."며 임신은 꿈도 꾸지 말라고 보기만 하면 강요하던 일이 미안해 그런가? 그런데 이상하게도 그녀 역시 이번 임신을 달가워하지 않는다는 느낌이 들었다. 그녀의 아들이 숙직실에서 기거한다며 집에 들어오지 않는 일과 무슨 관련이 있나 하는 이상한 의심도 들었다.

"꽃분아, 꽃분아." 숨이 넘어가게 부르며 대문을 걷어차는 소리에 급히 문을 열자 술이 거나하게 취한 그녀의 아들이 서 있다. 방안으로 들어오더니 난데없이 돗자리가 어디 있느냐고 묻는다. 다락방에서 꺼 내 주니 그걸 펴고 나를 앉으라 한다. 영문을 몰라 서 있는 나를 상석 에 앉히고, 느닷없이 절을 하지 않는가. 내가 손을 저어 만류하자 "오 늘 술집에서 마담한테 부부가 한 방에서 기거하지 못하는 우리 집 사는 이야기를 했"더니 마담이 화를 내면서 "아무리 남의 집 이야기지만 도저히 그냥 들을 수가 없다. 조선시대도 아니고 현대사회에서 이런 일이 있다니, 믿을 수가 없네, 효도는 자식의 도리이지만 며느리의 희생만을 제물로 삼아서는 안 된다. 박 선생은 부인에게 나라님 대하듯 4배를 올리고, 진심으로 잘못했다고 용서를 구하라." 했다 한다. 나는 속으로 사람 사는 세상에 그래도 사람 같은 사람이 있네 하고, 얼굴도 본 적 없는 그 마담을 고맙게 생각했다.

며칠 후 그녀의 아들이 집에 와 외출을 하자 한다. 월급 전부를 그녀에게 맡기고 필요한 돈을 타 쓰는 나는 이것저것 소소하게 돈이 필요할 때마다, 돈을 요구하는 말을 하기가 싫어 무조건 쓰지 않고 살았다. 심지어 집에서 입는 옷은 그녀의 아들 속옷이나 셔츠와 바지를 잘라 입었고 아이들은 뜨개질을 해 입혔다. 뜨개질하는 가게가 길 건너에 있어서 여름에는 여름 실, 겨울에는 겨울 실로 원피스나 바지를 만들었다. 그러니 지금 입고 나갈만한 근사한 옷이 없는 건 당연하다. 나는 직장에 다닐 때 입었던 옷을 꺼내 입고 그녀에게 정중히 인사하고 대문을 나섰다.

자유란 무엇인가? 새장에 갇힌 새나, 영어囹圄의 몸이 감옥에서 풀려 나온 그 순간이 자유인가? 나의 자유는 그녀의 독기 서린 얼굴을 보지 않는 것이며, 말을 할 때마다 가슴이 덜컥덜컥 내려앉는 음성도 듣지 않는 것이며, 말끝마다 어려운 문자를 섞어가며 이것저것 아주 작은 잘못까지도 그냥 넘기지 못하고 지적하는 그녀의 거동을 보지 않는 것이다. 대문 밖으로 나온 순간 자유라는 기상이 내 몸속에 들어와 얼굴은 추운 겨울을 지내고 피어난 한 송이 꽃처럼 빛나고, 공작이 오색 날개를 펴고 사뿐사뿐 걸어가는 것 같은 나를 거리의 사람들은 쳐다본다. 어느 사람은 덕담도 건넨다. '멋져요' 하고, 그녀의 아들도 내 손을 꼬옥 잡아준다. 하늘색 원피스에 하늘색 모자를 쓴 나는 최고의 자유를 누리며 걷고 있는 중이다.

외출에서 돌아오자 그녀는 화가 머리 끝까지 올라 아들에게 말한다. 내가 그녀에게 인사도 하지 않았다고 하고, 그녀의 아들은 분명히 인사하는 것 보았다고 말하고, 서로 다투는 큰소리가 문밖까지 새어나왔다. 지난 세월 단 한번도 그녀의 아들에게 나의 억울한 처지를 말한 적이 없었다. 그녀가 일방적으로 말한 나의 허물을 뒤집어보는 계기를 그녀의 아들은 10년이라는 시간이 지난 후, 지금 비로소 깨닫고 있는 중이다.

그녀의 아버지는 서당의 훈장님이었다. 태어나면서부터 생도들의 글 읽는 소리에 말을 배우고, 글을 익혔다. 천자문을 시작으로 자연히 소학, 대학 같은 학문을 공부했다고 말했다. 늘 나에게 건네는 일상적인 말도 어려운 사자성어를 사용했다. 처음엔 그냥 듣고 넘겼는데 시간이 많이 지나니 그 말에 대한 거부감이 생겼다. 나는 일부러 한자의

부모의 사랑은 늘 목이 마르다

단어를 인용해야 하는 말도 애써 길게 풀어서 말했다. 어느 날 그녀는 "대학에서 한문도 안 배웠느냐?"고 따진다. 신교육을 받지 못한 그녀보다 나의 지식이 크게 나은 게 없다는 표현을 그렇게 했다. 아들을 사이에 두고 나와 경쟁관계를 유지하면서 사사건건 허물로 잡아 나를 망가트린다. 아들이 퇴근해 대문으로 들어오면 "애비야" 큰소리로 부르고, 그녀의 방으로 데리고 들어가면서 방문을 꽝 소리 나게 닫는다. 내가 그 방 근처에 얼씬거리지 못하게 하는 압박이다. 그 날에 있었던 나에 대한 험담을 다 듣고야 그녀의 아들은 자리에서 일어설 수가 있다.

그래도 고마운 것이 하나 있으니 딸을 넷이나 낳은 나에게 한번도 딸만 낳았다고 섭섭한 내색을 한 적이 없었다는 것이다. 산후조리에 마음을 다하고, 빠른 회복을 위하여 미역국도 손수 끓였다. 그녀가 간경화란 병으로 판명나기 얼마 전, 이상하게도 그녀의 생일상을 근사하게 차려드리고 싶어, 시골과 서울에 계신 친척들을 초대했다. 그 생일상과 예쁜 한복과 큰 상자에 넣은 다른 여러 선물을 앞에 놓고, 그녀는 나를 칭찬하는 말을 친척들에게 하고 있었다. "내가 귀신이 씌었는가 봐, 왜 그렇게 애 어미가 미운지?" 아무리 마음을 다잡아도 어미 미운 건 하늘도 말리지 못했다고 혀를 껄껄 찬다. "아무리 봐도 내 아들보다 백배나 나은데" 하면서 애잔한 눈길을 나에게 보낸다.

'一切有爲法일체유위법 如夢幻泡影여몽환포영 如露亦如電여로역여전' 모든 있어진 것들은 꿈, 허깨비, 거품, 그림자, 이슬, 번개와 같다. 세상에 변하지 않는 것이 있던가? 그녀는 아들에 대한 지극한 사랑으로 외롭고 쓸쓸한 기나긴 세월을 버티어 왔다. 구두를 닦아 따뜻하게 해 출근길에 내어 주는 일이며, 조심해서 다녀오라는 인사말이며, 셔츠며 넥타이를 바로잡아주던 일들이 귀찮아졌다 하며, 이제부터 가정사는 어미에게 맡긴다 하며 저금통장과 현금도 내 손에 쥐어주었다. 아들의 사랑이 며느리인 나에게 옮겨갔으니, 덧없는 인생살이 모두가 귀찮구나 하고 생각한 것 같다. 한사코 마다하는 나에게 친정이 있는 대구로 내려가 살고 싶으니 거처를 마련해 달라 부탁한다.

나의 조모는 시집가는 나에게 배우자는 바꿀 수 있지만, 부모는 바꿀 수 없으니 너의 선택에 책임을 지고 순종하고 살아라 당부했었다. 그녀와 살아가는 관계에서 더 견디기 힘든 일이 발생한다고 해도, 그녀가 대구에서 사는 일은 만들지 않기로 작정했다. '이 세상, 어떤 부모도, 자식에 대한 사랑이 그녀보다는 더 하지 않기 때문이다.'

부모의 사랑은 늘 목이 마르다

그녀는 아프다

퇏마루에 그녀가 앉아있다. 쏟아지는 햇살에 눈을 감았다 뜨곤 한다. 애들이 할머니 하고 불러도 대답이 없다. 그냥 멍하다. 요즈음 입맛이 없다고 끼니를 거른다. 평소에 좋아하는 인절미를 곁에 두고도 손을 대지 않는다. 먹은 것도 없는데 배는 더부룩하고, 가슴도 답답해 체한 것 같단다. 손가락 끝을 바늘로 찔러도 검붉은 피만 조금 배어 나온다. 하루 내내 그렇게 있다. 어느 날 그녀는 오라버니와 질녀가 보고 싶다 말하고, 옛날 일들을 하나 하나 떠 올려보는 것 같은 눈길을 보낸다. 나는 시골집에 다녀 오시라고 권하고, 여행에 드는 돈을 넉넉히 챙겼다. 집안 걱정하지 말고 마음 편히 있다, 오고 싶을 때 연락하면 모시러 가겠다고 말했다. 돈을 가방에 넣으면서 "어미야, 이것 무거워서 어떻게 들고 가느냐."고 돈이 많다는 표현을 그렇게 말하고, 바짝 마른 가랑잎 같은 얼굴에 생기를 띤다. 여태까지 그녀 자신을 위해 쓴 돈보다 더 많은 돈을 처음 손에 넣었다.

그녀는 돈을 쓸 기회가 주어지지 않았다. 친척이나 친구 집을 방문한 적도 없었고, 백화점이나 시장에 가 필요한 물건을 장만한 적도 없다. 좋아하는 육회나 생선을 사 먹은 적도 없었다. 심한 멀미로 자동차나 배도 타지 못했고, 외출을 해 영화나 판소리도 들어본 적이 없다. 아주 드물게 아들이 일찍 집에 오는 날은 시장 안에 있는 순대국 집에 가 막걸리와 파전을 앞에 놓고 아들을 한없이 바라보는 게 전부였다.

고운 자태를 지닌 그녀는 늘 치마 저고리를 단정하게 입었다. 삼단 같은 검은 머리를 참빗으로 빗어, 비녀를 곱게 꽂아 위엄을 돋보이게 하였다. 이른 아침 장독대에 올라가 행주로 독을 닦고 또 닦는다. 큰 독, 작은 독, 항아리를 찬찬히 살핀다. 행여 곰팡이란 놈들이 장에 끼지 않았나 해서이다. 화단에 핀 꽃과 나무에 거름 주고 물 뿌리는 것도 그녀의 몫이다. 땅속에 묻은 김장독, 포도주도 모두 그녀의 생활이고 삶이다. 큰 손주를 유달리 정성을 다해 보살피고, 여섯이나 되는 아이들을 얼굴 한번 찌푸리지 않고 돌보는 일이 그녀의 행복이다.

나이 25살에 그녀의 낭군은 5살짜리 아들만 남기고 저 세상으로 떠났다. 부부의 인연을 맺고, 사랑이란 정을 조금씩 알아갈 때다. 청천벽력이다. 갑자기 찾아온 이 기막힌 슬픔, 이보다 더한 고통은 없을 것이다. 사람이 할 수 있는 일은 무엇인들 못하겠느냐? 그녀가 견디기 힘든 고통은 하루하루 살아가기 위한 고생보다 태산처럼 가슴속에 버티고 있는 낭군에 대한 그리움이다. 아무리 씻어내리라 마음 먹고 먹어

부모의 사랑은 늘 목이 마르다

도, 부부의 운우지정雲雨之情은 잊지 못한다. 그녀의 가슴이 타고 또 타서 시커먼 숯으로 변해 차츰 굳어 가는데, 겉으로는 늘 온화한 표정을 짓는다. 또 모든 일에 지극히 도덕적이야 한다는 자존심도 가지고 있다. 육체에서 일어나는 갈등을 누르고 눌러도 사랑의 욕망은 줄어들지 않아, 애꿎은 어린 아들에게 회초리를 든다. 자신도 들여다 보고 싶지 않고, 다른 사람에게도 내색하고 싶지 않은, 이 기구한 운명을 내뿜어 버리지 못하고, 가슴속에다 심기만 했다.

간肝은 체중의 2.5%를 차지하는 우리 신체의 가장 큰 장기로 담즙을 생산한다. 간세포의 장애로 간이 굳어져, 간 기능이 상실되는 질병을 간경화라 한다. 시골에서 반 년을 지내고 아들과 집에 온 그녀는 병색이 짙어 보였다. 얼굴은 검고 붉었다. 몸을 추수르지 못하고 휘청거린다. 방안에 새로 장만한 그녀만의 가구며 장식품을 보고 좋구나 하고는 관심이 없다. 그 귀한 손자도 저리 가라고 내친다. 힘들게 내쉬는 숨소리만 집안에 가득하다. 다리가 감각이 없다 해 만져보니 퉁퉁 부어 있었다. 배도 약간 부은 것 같고, 몸에 붉은 반점도 여기 저기 보인다. 의사는 말기 간경화라 한다. 배는 점점 더 부어 올라, 의사도 그냥 집으로 가라 하고, 알부민 주사도 소용 없다 한다. 복수가 찬 배가 태산처럼 솟아 숨조차 쉬지 못하고 누워만 있다. 그녀는 많이 아프다.

성수의 기적을 보다

성수Holy Water는 하느님의 축복을 청하며 종교적인 목적으로 사용하기 위하여 사제가 축성한 물을 말하며 치유의 기적이 있다. 프랑스의 '루르드 샘물'은 1858년 성녀 베르나데트 수비루가 18회에 걸쳐 그곳에서 성모 마리아가 나타난걸 보았고, 그 자리에서 물이 솟아, 이 물을 기적의 샘물이라 한다.

하얀 플라스틱 병 안에 하얀 물이 가득하다. 아이들과 나는 몸을 정갈하게 씻고, 간단한 음식을 만들어 상을 차렸다. 그 제사상 중앙에 성수가 든 병을 놓고 우리 가족 모두 절을 했다. "우리 할머니 살려 주세요." 큰애가 먼저 그렇게 말하고 절을 하자, 둘째도 셋째도 모두 큰소리로 엉엉 울면서 할머니 살려 달라 떼쓴다. 조상님이건 천주님이건 부디 오셔서 "어머니의 병마를 거두어 가시라" 나는 큰 소리로 외친다. 혹여 말소리가 작아서 조상이 듣지 못할까 봐, 염려해서다. 기도 중에 흐르는 눈물은 방안에 가득하다. 그녀의 아들은 멍하니 서 있다가 말없이 수건을 건네준다. 손으로 눈물을 닦으려는 시늉을 하면서, 나는 가톨릭교에 대해 아는 바가 없다. 예수 그리스도를 하나님이며 구세주로 고백하는 그리스도 종파 중 가장 오래된 종교라는 것 밖에. 천주님이던 조상님이든 무슨 상관인가, 오직 그녀가 살아나기만 하면 된다. 그녀는 누워서 우리를 멍하니 바라만 보았다. 제사祭祀가 끝나자 그녀를 중심으로 우리는 삥 둘러 앉았다. 그녀의 아들은 프랑스에 출장 가는 신부님께 부탁해 이 샘물을 구했고 "이 물은 말기암 환자의 병도 치유해 주는 기적이 있다"고 말하며, 어머니도 꼭 살아날 수 있다는 희망을 가지고 이 물을 마시라고 간청하였다.

병 뚜껑을 여는 그녀의 아들 손이 사시나무 떨 듯 떨린다. 펑 소리를 내면서 물줄기가 천장으로 치솟는다. 하얀 수증기가 구름처럼 피어 올라 방안을 메운다. 그 순간 나는 "예수님 저희 집에 오셨으니 어머니를 살려 주세요." 하고 말했다. 우리는 기적의 물줄기를 바라보고 있었다. 아무도 소리 내지 않았다. 아들이 따라 주는 성수 한 대접을 마신 그녀는 자리에 누웠다. 자고 싶으니 모두들 나가라 한다.

다음날 이른 아침 부엌에서 그릇 부딪치는 소리에 잠을 깼다. 그녀는 시골 된장국이 먹고 싶어 호박과 고추를 넣고 진하게 끓이고 있는 중이었다. 나는 기적을 보았다. 내 눈으로 똑똑히 보았다. 산봉우리 보다 더 높고, 바위보다 더 딱딱한 그녀의 배가 폭 가라앉아 치마를 입은 모습이 어여쁘다. "아니, 어머니" 하고 말을 잇지 못하자, "어미야 조상이 돌본 것 같아." 하며 지난 밤에는 푹 잤고, 일어나니 몸이 가뿐해 살 것 같단다. 우리는 기적을 믿었다. 그 믿음이 그녀를 살렸다. 기적이 어둡고 암담한 우리를 햇살처럼 빛나게 만들었다.

　오랜 병마에서 벗어난 그녀는 고향집에 가고 싶다 말한다. 시동생과 동서도 보고 싶고, 조카들과 나들이도 가고 싶다고 한다. 농사일들을 그리워하는 것 같다. 푸른 하늘 아래 바람에 너풀대는 곡식들을 만져 보고 싶다고 말하고, 그것 하나하나 거두어들이는 상상을 하는 것 같은 즐거운 표정을 짓는다. 그리고 몸이 회복되자 짐을 꾸려 고향집으로 갔다. 다시는 돌아 올 수 없는 길을 떠났다. 꿈에서도 잊지 못할 낭군을 찾아.

　"자식을 향한 목마른 사랑만 남겨놓고…"

2장

하늘은 스스로 돕는
자를 돕는다

"부처님, 제발 이 불쌍한 인간을 굽어 살펴주옵소서.
가슴에서 터져 나오는 이 간절한 소원을
미친 사람처럼 중얼거린다."

나는 전업주부다

내가 그들과 한 집에서 살게 된 것은 이혼을 하지 않고 서울에 왔을 때부터다. 그들은 단간방에서 벗어나 삼선교의 작은 한옥에서 살고 있었다. 갑자기 나타난 나를 보자 그녀는 어찌할 줄 몰라 하면서 "어미야, 잘 왔다, 잘 왔어. 응 그래야지." 를 수없이 반복하고 있다. 그녀의 아들은 너스레를 떨면서 자신의 잘못을 인정하고 나에게 용서를 빌었다. 우리는 새로운 출발을 하기로 했다. 나는 그녀의 아들이 벌어오는 월급으로 생활하는 전업주부다. 월급봉투 전부를 그녀에게 맡기고 필요한 돈을 타 쓴다. 고등어를 구워라 하면 굽고, 된장국을 끓이라 하면 끓이며 이렇게 시키는 대로, 그녀의 의중대로 살아 가고 있다. 그것만이 나 자신을 지키고 아기를 지키는 일이다. 보통 사람들과 똑같은 가사일을 하고 아이들을 낳고 기르며 가르칠 것이다.

자식이 부모로부터 어떤 교육을 받고 성장하는 것은 중요한 일이다. 성품, 기질, 능력, 용기, 판단력, 인내와 같은 역량은 어른이 되어 사회의 한 구성원으로 살아가는 과정에 많은 영향을 주기 때문이다. 하루 생활에서 일어나는 아주 사소한 일들이 아이의 가슴에 쌓여서, 그 아이의 성품이 되기 때문이다. 나는 늘 아이들이 똑같은 놀이를 해도 관심을 가지고 "참 잘했어요." 또는 "이것은 이렇게 하면 더 좋을 것 같은데." 하고 말한다. 그래야만 아이 나름대로 해야 할 놀이와 하지 말아야 하는 장난을 판단할 수 있기 때문이다. 그리고 이러한 방법은 아이에게 자신감도 심어 줄 수 있다. 아이의 타고난 성향을 잘 파악하여 그 아이에게 가장 알맞고 좋은 방향으로 가게 하는 지도는 나의 몫이다. 아이들이 하나같이 다 다르기 때문이다. 각각 다른 아이들이 어떤 성격을 타고 났으면 어떤 보살핌이 적합한지도 고민해야 한다. 이 아이한테 맞는 교육이 다른 아이한테는 적합하지 않을 수도 있다.

내가 어렸을 때 조모는 앉을 때나, 서 있을 때나, 방안에서 문밖으로 나갈 때마다 갖추어야 하는 예의가 다르다고 하셨다. 칼이니 망치 같은 도구를 다른 사람에게 건네줄 때도 칼끝은 내가 쥐고 칼자루를 상대방께 건네 상대를 놀라지 않게 할 것이며, 또 어른에게는 복종하고 내 마음에 들지 않는 말이라도 말대꾸하지 말 것이며, 여기서 들은 말을 저기로 옮기지 말라 이르셨다. 손님이 왔을 때는 넉넉하게 대접하고 그 손님이 불편한 점이 있나 없나를 챙기라 했다. 집안 일을 도와주는 사람이 있는데도, 늘 어린 나에게 댓돌에 벗어 놓은 손님의 흰 고무신을 우물가에서 정갈하게 닦게 했다. 손님이 가실 때는 빈손으로 보내지 말고, 무언가를 주라고 하셨다. 이런 가르침이 지침으로서 늘 마음속에 있었다.

나는 아이가 앉아 놀 수 있을 때부터 서재에 데리고 가 책 읽는 모양을 보이고 책을 가지고 놀게 했다. 아직 말도 배우지 못한 아이에게 '라- 라' 하고 책장을 넘기고, 또 '라-라' 하고 책장을 넘기고, 어느새 한 권을 다 읽고 다른 책을 들고 놀게 한다. 때론 집 주위 공원이나 놀이터에 가, 나뭇잎과 꽃잎을 만져보게 해 촉감을 느끼게도 한다. 숲의 향긋한 냄새를 코를 킁킁거리면서 맡는 시늉도 한다. 노래를 부르면서 날아가는 새를 쫓아가 보기도 하고, 다른 아이들이 노는 모습을 보여 주기도 한다. 힘들어 하면 풀밭에 앉아 쉬기도 하고, 장난감을 가지고 놀듯 자연을 가지고 놀아 준다. 이럴 때마다 아이의 얼굴은 집안에서와 다르게 환하게 밝아지는 것을 볼 수 있어 참 좋았다.

습관이란 병이 얼마나 무서운지 잘 안다. 걸레질을 하고 씻을 때마다 느끼는 일인데, 새 것에는 때가 묻어 세척을 할 때에는 힘들지 않아도 금새 말끔히 지워지는데, 그 때가 오래된 것일수록 아무리 애써도 깨끗해지지 않는다는 사실이다. 아이가 잘못을 느낄 때 "나쁜 버릇을 가지지 말아라." 하고 아이 가슴에 새겼다. 잘못한 행동을 지속적으로 한다면 그것은 나쁜 습관이 되기 때문이다. 아이가 사물을 보고, 생각하고, 느끼고, 구별하고, 판단하는 능력을 가지게 해주는 것이 나의 의무다. 또 어려운 일이 발생했을 때 해결할 수 있는 힘과 용기를 내면에 쌓아 두는 일도 나의 의무다. 이런 일들이 아이의 능력을 최고로 끌어올릴 수 있게 할 것이다.

그녀의 아들과 나는 인문학을 공부했다. 전문적인 기술이 없었기 때문에 사회적인 환경과 내가 가진 조건에는 성공의 길이 많지 않음을 알았다. 당시 여자는 결혼을 하면 본인 스스로 직장을 그만두었다. 업무 능력보다는 성별이 우선시 되었고, 상사와 동료들의 인간관계에 있어서도 불평등한 일들이 많이 있었다. 집을 짓는 목수라도 전문적인 직업을 갖게 하는 것이 내 아이들에 대한 희망이다. "너는 의사가 되어야 해." 하고 첫째가 말을 배우기 시작할 때, 나는 아이한테 말했다. 집에 손님이 왔을 때나, 처음 보는 사람이 "너 참 예쁘다."고 칭찬하면 "아줌마, 나 의사 선생님 돼요." 하고 보조개 드러나게 생긋 웃는다. 소꿉놀이도 물 주전자에 젓가락을 넣었다 꺼내 주사 주는 흉내를 내었다. 어느 날 아이가 감기에 걸려 동네 병원에 갔다 온 후 "엄마, 나 예쁜 모자 쓴 언니 될거지." 하고 좋아한다. "아니야, 그 언니는 의사 선생님을 도와주는 간호사이고, 너는 청진기 귀에 대고 두들기는 의사야." 하니 아이는 큰소리로 울기 시작한다. "아니야, 나는 뚱뚱한 아줌마는 되기 싫어."

아이들에게 과잉 보호는 금물이다. 부모가 자식을 지나치게 애지중지하는 일과, 집안의 부와 권위를 내세우면 아이에게 장애가 될 수도 있다. 돈으로 무슨 일이든 척척 해결하는 부모 밑에서는 아이는 공부 같은 건 하지 않아도 잘 살 수 있다고 생각한다. 공부란 꼭 학문을 통해서 얻는 것이 아니고 때로는 이야기로, 때로는 책으로, 또 어른들의 행동에서도 배울 수 있기 때문이다. 유럽의 어느 도시든 유모차 안에 태운 아이가 콧물을 줄줄 흘리는 모습을 볼 수 있다. 이렇게 추위를 이기는 체력을 기르고 자라나게 한다. 거리에서 넘어진 아이도 스스로 일어나게 한다. 자신의 일을 해결하는 자립심을 어린 시절부터 키워주기 위한 것이다. 일상적인 체험에서 생각하고 판단하는 일은 아주 사소한 일에서부터 배워 나가게 해야 큰 일도 잘 할 수 있다.

가정주부란 참 좋은 직업이다. 가정 이외에 어떤 힘에 좌우되는 일들이 많지 않고 가정 안에서 일어나는 일만 잘 해결하면 된다. 살림살이란 차곡차곡 저축해 작은 집에서 큰집으로, 좀 여유 생기면 여행도 가고, 문화생활도 즐길 수 있다. 그 중에서도 가장 으뜸인 것은 아이들을 내 교육방식으로 보살피는 것이다. 물론 세상일이란 뜻대로 되지 않는 게 더 많지만, 최상의 열과 성의로 가르치면, 지성이면 감천이라, 하늘도 스스로 돕는 자를 돕는다 했다.

굿을 하다

무당巫堂은 신과 교통하여 신의 의사를 인간에게 전하고, 또 인간의 의사나 소망을 신에게 고하는 존재이다. 무당이 되는 과정은 세습무와 강신무가 있다. 세습무는 혈통에 따라 인의적으로 무당이 되고, 강신무는 신의 지시에 의해 어쩔 수 없이 무당이 되는 경우다.

그녀는 소복을 곱게 차려 입은 중년의 부인을 데리고 집으로 왔다. 머리는 빗어 앞가르마를 환하게 드러내었고, 뒷머리는 비녀를 꽂아 단정한 모습이 고운 자태인데도, 그 부인을 쳐다보는 순간 나도 몰래 고개를 돌리고 있었다. 인사 대신 고개만 숙였다. "후~유 후~유 물러가라 물러가라. 구천에 떠도는 조상님들 극락왕생 하시옵고, 박씨 가문이 댁 대주 ○○에게 아들을 점지해 주옵소서." 무당은 요령을 흔들어 딸랑 딸랑 소리를 내었고, 손을 허공으로 흔들면서 귀신을 쫓아내는 몸짓을 한다. 박수는 북을 둥둥 친다. 그녀는 굿판 앞에서 머리를 조아

부모의 사랑은 늘 목이 마르다

리며 두 손으로 빌고 빈다. 아이들을 돌보고 있는 나를 순간 순간, 그 제사상 앞에 앉혀 그녀와 똑같이 두 손을 모아 비비게 하고 절도 하라 한다. 삼일 밤낮 벌어지는 이 굿판에 그녀의 아들은 아예 집에 오지도 않는다. 아이들은 둥둥거리는 북소리가 무섭다고 이불 밑으로 들어가 귀를 막는다. 길 건너에는 파출소가 있고, 집들이 즐비한 서울 도심에서 벌어진 풍경이다.

그녀는 현대에 살고 있지만 봉건시절 여인의 마음가짐에서 벗어나지 못하고 있다. 호롱불 대신 온 방안을 밝히는 전기 불 밑에서 전화를 걸고, TV를 보면서 웃고 울기도 하지만, 손자를 두어 대를 잇게 해야만 사후에 조상을 대면할 수 있다고 믿었다. 일생의 가장 큰 소원 역시 손자를 두는 일이라고 나에게 이른다. 며느리인 내가 내리 딸만 셋을 낳으니 이건 보통 문제가 아니라 여기고, 이웃사람을 통해 용한 점쟁이를 찾아 갔다. 집안에 몽달귀신이 방해해 아들이 태어나기 어렵고, 또 태어나도 죽을 운이니, 그 원혼을 풀어주어야 한다고 했다. 시동생이 총각인 채 객사를 해, 늘 마음속에 어두운 빛이 있었는데, 점괘가 이러 하니 그 시 동생의 혼을 위로하고 집안의 복을 비는 굿을 하는 중이다.

'굿'은 집 주인이 부정해서 화를 입었다든지, 제를 잘못 지내서 산山 이 덧난다든지 하는 것으로, 신의 벌을 사赦하게 해 달라고 부탁하는 행위를 말한다. 무속에서는 인간의 생사, 흥망, 화복, 질병 등의 운명

일체가 신의 의사에 따르는 것이다.

무당은 무속의 종교의례인 굿에서 사제자 노릇을 할 수 있는 자격과 능력을 지닌 전문가라 규정한다. 이는 한국 문화 속에서 작용해 온 하나의 전통으로서 불교, 그리스도교, 유교 등 다른 종교보다 그 연원이 가장 오래 되었다. 고대에는 국교로서 정치와 문화를 이끌어가는 주도적인 역할을 하면서 강력한 영향력을 지니고 있었다. 조선시대에서는 주자학을 국시로 삼고, 조상신과 하늘과 토신을 제사 지내는 것 외에는 무신을 인정하지 않았다. 무신을 미신이라 몰아 무당이 4대문 안에 거주하는 것을 불허했다. 어느 시대든 한국 사회를 구성하는 인구 중에 가장 많은 부분이 무속과 밀착되어 있어 오늘날까지 그 맥을 이어오고 있다.

굿판에서 그릇 깨지는 소리와 둥둥 울리는 북소리는 리듬이 있어 노래처럼 들린다. 그 시끄러운 고음에 애들과 나는 잠을 자지 못해 초죽음 상태인데도 그녀와 무당만이 지치지도 않는지 활기차게 움직인다. 끼니 때마다 굿판에 올리는 상차림도 힘이 들지만 파출소나 이웃에게 돌리는 음식 만드는 일도 나로서는 감당하기 어려웠다. 이 소란스런 굿을 참아 달라는 일종의 뇌물이었다. 사흘 밤낮 벌린 굿이 끝나자 서재 구석 자리에 정안수 한 그릇을 작은 상 위에 올려놓고 나를 불렀다. 매일 아침과 저녁에 새 물을 부어 지극 정성으로 아들을 점지해 달라고 양손을 비비면서 절을 하라 한다.

　처음 정안수 앞에 양손을 비비고 절을 하는 일은 그녀가 보는 앞에서 시작되었다. 일찍 일어나 세수하고 머리 빗고 시키는 대로 하면 된다. 얼마 후 태기가 있자 그녀는 함박 같은 웃음으로 나에게 너그럽고 관대하게 대한다. 조상이 점지 해 준 아들이니 이번 출산은 집에서 분만하자고 한다. 그간 병원에서는 딸만 낳아 불안하니 의사 데리고 오자고 그녀의 아들과 의논했다. 한밤중에 산기가 있자 방안에다 산청을 꾸미고 의사를 모셔왔다. 애-애에 하는 건강한 애기 울음소리가 들리는데도 방안은 아무런 움직임이 없다. "할머니 가위 주세요." 의사는 큰소리로 연거푸 말한다. "할머니 가위 집어 주세요." 아기는 큰소리로 울기 시작한다. 나는 놀라 벌떡 일어나 이쪽저쪽 보니 그녀는 망연자실해 우두커니 서 있다. 의사 선생님은 가위를 집어 탯줄을 자른다. "딸이라, 또 딸이라, 관장자리 딸이라." 그녀는 이렇게 끊임없이 말을 한다. "딸이라, 또 딸이라." 온종일 중얼거린다. 나는 누워서 이 굿판에 대해 처음으로 생각을 하기 시작했다. 굿에 대하여 아는 지식이 없었고, 굿을 하면 반드시 아들을 낳을 수 있다는 믿음도 없었다. 그저 그녀를 거스르지 않고 시키는 대로 해 집안의 평안을 유지하고 싶었고, 고부간에 갈등도 줄여서 아이들한테 안정된 분위기를 주고 싶은 마음이 전부였다.

어느 날 문득 나는 그녀가 한 말이 생각이 났다. 형수가 기막히게 용한 점쟁이로 이름나 점을 치러 오는 사람들이 문전성시를 이루자, 시동생 생각에 참 별일도 다 있네 하고 형수를 시험해 보기로 작정했다. 어느 날 광에 들어가 콩을 헤아려 가지고 나와 형수에게 이게 몇 개냐고 물었다. "도련님, 그거 다섯 알인데" 라고 맞힌다. 다음날 더 많은 양의 보리를 가지고 나와 똑같이 묻자, 형수는 정확하게 맞힌다. 그 다음날 좁쌀을 한 주먹 가지고 나와 묻자 "도련님도 몇 알인지 모르잖아요." 한다. 점을 치는 사람이 자신의 문제점을 가지고 해결하는 방법도 생각하고 점쟁이를 찾아가기 때문에 그 사람의 영과 점쟁이의 영이 교접해 나오는 것이 점괘라 한다. 세상에 나의 문제점을 나보다 더 정확하게 알고 해결할 수 있는 사람이 있을까? 나는 빨리 몸을 회복하여 아들을 두는 일을 스스로 해결하기로 결심했다.

부모의 사랑은 늘 목이 마르다

제발 제 말 좀 들어 주이소!

불교는 부다Buddha가 창시한 가르침이다. 성은 고타마, 이름은 싯달타. 29세에 출가해 6년 동안 정진하여 35살 때 나고 죽음의 근원인 무명無明의 뿌리가 끊어지면서 모든 법法 진리를 깨달아 부처가 되었고 45년 동안 진리의 말씀으로 중생을 제도하셨다.

"제 말 좀 들어 보이소, 부처님. 돈을 많이 벌게 해 달라는 것도 아니고요, 출세를 해 부귀영화를 누리게 해 달라는 것도 아닙니다. 단지 아들을 낳아 부모님을 기쁘게 해 드리고, 저한테도 아들은 꼭 있어야 합니다. 제발 제 말 좀 들어 주이소." 대문을 나서면서 큰소리로 또는 낮은 소리로 중얼거리기 시작한다. 길을 걸으면서도 똑같은 말을 반복한다. 돌에 채어 넘어지기도 한다. 이웃 사람들이 인사를 건네도 듣지 못하고 그냥 걷고만 있다. 때론 버스 정거장을 지나치기도 하고 남의 집 대문 앞에 서 있기도 한다. 그래도 계속 "부처님, 제 말 좀 들어 보이소.”다. 오직 부처님께 하는 이 간절한 부탁만이 나의 전부이기 때문이다.

넷째 딸아이를 분만하고 처음으로 나 자신에 대해 생각이란 것을 해 보았다. 집안에서 나의 역할은 지극히 사소하고 일상적인 일을 한다. 그녀가 듣기 싫어할 반대의견은 아예 입을 다물어 버린다. 봄, 여름, 가을, 겨울이 지나 또다시 봄이 와도 계절의 바뀜 같은 건 나와는 상관없는 일이다. 영화나 외식을 즐기기 위하여 외출을 한 적도 없었고, 친구가 집으로 놀러 온 적도 없었다. 또 친구를 만나기 위해 동창 모임 같은 데도 가지 않는다. 하물며 친정식구마저 안부를 물어 오지도 아니한다. 늘 멍청하게 있다. 이혼 대신 내가 선택한, 그들과 더불어 사는 일은, 주관적으로 내 인생을 사는 길이 아니고 그녀의 의중에 맞추어 주어진 여건을 그대로 답습하는 것이다. 사람마다 개성이 다르기 때문에 같은 생각을 가질 필요도 없고, 일에 대한 결과도 똑같이 만족하지 못한다는 것을 잘 안다. 내게 불리한 일을 시켜도 불평을 하지 않았다. 그래도 나는 한번도 내가 부족하다든가 바보라고 생각하지 않았다. 그러나 지금은 내 자신을 위해 무얼 어떻게 해야 하느냐를 생각하고, 결정하고, 실행할 수 있는 길을 모색해 나가야 한다.

나는 그녀가 외출 중일 때 작은 솥에 약 열 사람 분량의 밥을 지어서 부엌바닥에 서서 먹기 시작했다. 빨리 산기를 빼고 몸을 회복하여

부모의 사랑은 늘 목이 마르다

아들을 낳는 일을 하기 위해서다. 다른 사람에게 들키지 않으려고 무조건 밥만 입으로 퍼 넣는다. 워낙 잘 체하는 체질이라 음식을 먹을 때 조심하는 편인데, 물 한 모금 마시지 않고 전부를 다 먹어도 체한 적은 없었다. 꼭 이루어야 하는 간절한 목적에는 어떤 장애도 끼어들 수가 없기 때문인가?

어릴 때 조모와 마을사람들의 등에 업혀 절에 다녔다. 그곳에서는 맛있는 밥이랑 떡은 물론이고, 나를 귀엽다고 쓰다듬어 주고 돈도 손에 쥐어주는 친척들이 있었다. 먼 길을 걸어서 온 이웃마을 사람들도 만날 수 있었다. 많은 사람들이 한곳에 모여 웃고 말하는 정겨운 모습에 신이 났다. 절 입구에 버티고 있는 사천왕도 무섭지 않았다. 법회 중에 듣는 염불만 빨리 끝나길 바랐다. 조모가 부처님께 절을 할 때, 나도 조모처럼 머리를 마루바닥에 대고, 쿵 소리를 내면서 넘어진 것이 전부였다. 나의 기도는 이렇게 시작 되었다.

'기도한다'는 일은 '소원을 자기가 의지하는 신께 부탁하는 절차'다. 눈을 감거나, 독백을 하거나, 합장을 하고 엎드려 절을 하기도 한다. 도움을 청하기도 하고, 죄의 사함을 받기를 원하기도 한다. 자신이 이르고자 하는 간절한 바램을 표현하는 행동이다.

나는 아들을 낳게 해 달라고 부처님께 기도를 할 것이다. 결혼식 날 입었던 가장 소중하게 보관 중인 딱 한 벌뿐인 치마 저고리를 입고, 도봉산 꼭대기에 위치한 원통사를 찾아가야만 한다. 보살이라 부르는 동네 아주머니가 높은 산에 있는 절에 가서 공을 많이 드려야 원을 이룰 수 있다고 말하고, 기도하는 방법도 가르쳐 주었다. 삼선동에서 의정부 행 버스를 타고, 성황당 고개마루에서 내린다. 중앙에 넓은 차도가 있고, 양쪽으로 마을로 들어가는 길이 있다. 어느 쪽으로 가야 할까 주춤 거린다. 정신을 바짝 차려 방향을 잘 가늠해야 한다. 사람들이 다니는 길이 아닌, 논두렁 밭두렁을 끼고 몇 채의 집들을 지나서야 산으로 올라가는 길이 있기 때문이다. 길이란 빤히 보여도 진입로를 잘못 들어가면 엉뚱한 곳으로 가, 다시 되돌아 와야 한다. 산 입구에서 숨을 고른다. 산을 낀 골짜기에서는 물소리가 도란거리며 바위 틈새로 몸을 숨긴다. 맑고 고운 공기는 숨 몰아 쉬는 내 가슴에 들어 와, 나의 부탁을 들어 준다고 말하는 것 같다, 나무와 바위, 온갖 풀들과 꽃들이 어울려져 노래하는 그 위로 새들의 무리도 날아 다니고 있고, 바람이 지나가는 나뭇가지 사이로 구름도 걸려 있다.

"부처님 제발 제 말 좀 들어 주이소."를 숨쉬는 것처럼 또다시 중얼거린다. "아들 말입니다. 그냥 아들이 아니고요, 집안의 기둥, 사회의 거울, 나라의 보배 될 그런 아들 말입니다. 꼭 좀 부탁합니다. 꼭 좀 부탁합니다." 이 말의 '좀' 은 어릴 때 절에 갔었고 성장하는 동안 한번도 부처님 생각조차도 하지 않았던 나의 염치 없음을 미안해 하는 내 마음의 고백이다.

부모의 사랑은 늘 목이 마르다

나의 무지함은 이루 말을 할 수가 없다. 8만 4천이나 되는, 그 많은 불교 경전 중 단 한 권의 책도 읽어 본적이 없었고, 경전이 염불이라는 것도 몰랐다. 또 염불은 스님만 하시는 것으로 알았고 나는 하면 혼이 나는 줄 알았다. 그저 무턱대고 무릎이 아프게 절만 많이 하면서, "부처님 제 말 좀 들어 보이소."로 시작해, 내 마음을 다 바치면, 부처님이 빙그레 웃으시며 원을 들어주신다는 절대적인 믿음이 나의 신앙이다. 하루가 지나고, 한 달이 지나고, 또 해가 바뀌어도 "부처님 제발 제 말 좀 들어 주이소."다.

부처님이 탄생하셨을 때 가비라성으로 찾아간 선인仙人 아사타는 '불꽃과 같이 반짝이며, 중천에 뜬 달과 같이 맑으며, 맑은 가을 날의 태양과 같이 빛나는 왕자를 보고 '이 아기는 위 없는 분이다. 많은 사람들을 가엾이 여기고, 그 사람들을 위하여 법륜法輪을 굴리실 것이다'를 예언하셨다.

부처님 제발 제 말 좀 들어 주십시요. 나무석가모니 불. 나무석가모니 불. 나무석가모니 불.

기도 끝에 주신 약속

한 생각 청정한 믿음을 내면 부처님이 다 그를 알아 보신다.
그런 중생은 한량없는 복덕을 얻는다. - 『금강경』

"듣거라. 나는 너에게 아들 둘을 주겠다." "아니 부처님 하나면 됩니다. 하나만 주이소." 아들 하나도 너무나 감사하다고 고함을 지르다 놀래 잠에서 깨어났다. 삼선동에 위치한 바위산에 넓고도 깊은 큰 굴이 보인다. 굴은 크고 작은 바위가 병풍처럼 벽면을 에워싸고, 그곳에 부처님이 안좌해 계신다. 하필이면 부처님이 계신 도량이 그곳일까? 나는 꿈속에서도 그 생각을 했다. "네, 부처님. 아들 둘요." 하고 부처님을 바라보니, 찬란한 금빛이 굴속을 가득 메우고 있었다. "거룩하고 장엄하신 부처님 고맙습니다." 부처님 몸에서 뿜어내는 그 빛이 나의 몸도 금빛으로 빛나게 한다.

부모의 사랑은 늘 목이 마르다

시계를 보니 자정을 넘기고 새벽이 오고 있다. 머리를 감고 절에 갈 차비를 서두르고, 통행금지가 끝나길 기다린다, 주섬주섬 싼 보자기 안에는 큰 보료방석 두 개가 들어 있다. 치마 저고리를 꺼내 입고 대문을 나선다. 입으로는 "감사합니다. 부처님 둘이 아니고 하나도 괜찮습니다." 하고 중얼거린다. 부처님께 무언가를 드려야 하는데, 지금 나에게 있는 유일한 물건은 결혼할 때 장만한 이 보료방석 밖에 없다. 나에게는 소중한 물건이다. 지난번 처음 뵈올 때, 돌 바닥에 그냥 앉아 계신 모습이 불편해 보였다. 이 방석을 드리면 부처님이 좀 편안해지시겠지 하고 생각했다.

　택시를 타고 산 입구까지 갔다. 산으로 오르는 길목에는 어둠이 깔린 산 그림자가 저만치에서 날 넘보고 있다. 절까지는 빠른 걸음으로 걸어도 두어 시간이 넘게 걸리는 거리다. 계곡을 따라 산중으로 들어서니 산은 잠을 자고 있었고, 개울물만 졸졸 소리 내어 깨어 있음을 알린다. 무서움이 온몸을 덮쳐 걸음도 마음대로 떼어지지 않는다. 앞으로 걷는다는 게 자꾸만 뒤로 물러선다. 목덜미를 잡아 당기는 것 같다. 나는 겁에 질려 큰소리로 부처님 하고 소리친다. "집안의 기둥, 사회의 거울, 나라의 보배 말입니다. 알아 들으셨죠? 네?" 하고 소리를 질러대니 숨이 차 계곡 오르막 길에서 멈추어 선다. 건너 편 산허리에 걸쳐 있는 달님이 측은한 듯이 나를 내려다 본다. 아름드리 큰 소나무도 허둥대는 내 꼴을 보고 빙그레 웃는다. 쉬지 않고 소리 지른 산울림이 되돌아와 나에게 말한다. "왜 그렇게 무서워하는가? 지금 네 곁에는 부처님이 계시잖아. 그렇지?" 하고 하늘에 있는 별들에게 동의를 구한다.

계곡을 지나 원통사에 오르는 길은 경사가 90도가 넘는다. 긴 치마자락이 고무신에 밟혀 넘어지기도 한다. 저고리에 맨 고름은 풀어져 온몸을 칭칭 감는다. 머리에 인 방석이 미끄러져 땅 바닥에 떨어진다. 나무를 잡고 바위를 붙잡고 조심조심 기어간다. 신은 인간이 할 수 있는 일만 시킨다고 누군가가 말했던가? 혼비백산이다. 무조건 절을 향해 가고 있다. 고함 지르다 숨이 차면 중얼거리면서 "부처님 알아 들으셨죠? 네?" 하면서.

어둠이 서서히 걷히고 땅바닥이 허옇게 보이기 시작했다. 하늘의 별들도 하나둘 스러지고 있었다. 마당을 쓸고 계시던 스님이 "보살님이 밤중에 어떻게…" 하고 비질을 멈추고 놀래 나를 쳐다본다. 치마 저고리가 풀어져 나를 동여매고 있었고 방석도 나를 끌고 있었다. 나는 그 자리에 무너져 주저 앉았다.

사람에게는 세 번의 기회가 주어진다고 한다. 이 미래에 올 기회를 위해 사람들은 준비를 한다. 공부를 하고, 기술을 연마하고, 연구를 하고, 그림을 그리고, 노래를 부르고, 조각을 만들고, 이 모든 일들이 자신의 인생을 스스로 만들어 가기 위해서다.

대학 1학년 여름 방학이었다. 아버지는 내게 역학에 대한 가르침을 주셨다. 여자는 결혼해 아이를 생산해야 하고, 그 아이의 타고 난 성향과 운을 봐, 바른길로 인도해야 하므로 기초적인 사주풀이는 할 줄 알아야 한다고 하셨다. 그때는 관심도 없었고 아버지의 깊은 뜻을 헤아리지도 못했다. 또 운명 같은 건 믿지도 않았다. 나를 아는 모든 사람들이 결혼하면 아주 잘 살 것이라 말 해, 당연히 남들처럼 아들도 낳고 딸도 낳아 평온한 가정생활을 할 것이라 믿었다. 이제 나는 운명과 싸워 이겨야 한다는 사실을 깨달았다. 서점에 가 역학에 대한 책을 사와 아버지가 중점적으로 설명하셨던 부분에 선을 그어가며 해독을 했고, 사람의 생명에 대한 책을 다시 읽었다.

부처님의 약속, 아들 둘이라. 그럼 이번에는 낳고, 다음에는 임신하지 말자고 이렇게 마음을 정했다. 그리고 재력도 있고, 학문도 높은 아들을 바라는 나의 선택에는 오랜 시간이 걸렸다. 나의 욕심에는 끝이 없었다. 하루는 재력가 아들을 두는데 온 마음을 다 쏟았다가, 또 어느 날은 학처럼 고고한 학자인 아들을 꿈꾸기도 했다. 돈도 있고 학식도 높은 아들을 둔다면 얼마나 좋을까? 이 소원을 이루는 일은 쉽지 않는 일이다. 그래도 나는 목표를 향해 갈 것이라고 다짐했고 어떤 어려움도 이겨낼 수 있다고 스스로에게 말했다.

요즈음 집에 들어오지 않고 회사 숙직실에서 기거한다는 그녀의 아들에게 전화를 했다. "0월 0일 집에 와라. 이 약속 지키지 않으면 나는 당신과의 결혼 관계를 정리하겠다." 아이가 수태일로부터 약 280일만에 태어난다고 계산되었다. 만약의 경우 아기가 하루 이틀 어긋나게 태어나도 크게 나쁘지 않은 날을 택일하기로 했다. 그녀의 아들은 점심 시간에 집으로 왔다. 나는 식구들을 모두 외출시키고 대문을 안으로 걸었다.

"부처님, 제발 이 불쌍한 인간을 굽어 살펴주옵소서. 미련하고 부족한 저를 좀 봐 주이소." 가슴에서 터져 나오는 이 간절한 소원을 미친 사람처럼 중얼거린다. "부처님께서 주신다는 아들 말입니다. 집안의 기둥, 사회의 거울, 나라의 보배 말입니다. 아시죠?" 어린 아이가 떼를 쓰듯 부처님께 매달렸다. 부처님은 '진심정신眞心正信, 진심이 바른 믿음을 길러 낼 것이다.'라고 말씀하셨다. 저는 부처님을 믿습니다. 저는 부처님을 믿습니다. 나무석가모니 불. 나무석가모니 불, 나무석가모니 불.

가피를 입다

가피加被는 부처님이 자비를 베풀어 중생을 이롭게 하는 것이고, 중생은 부처님으로부터 은혜를 받는다는 뜻이다. 출산 예정이 내일인데, 아침까지 산기가 없더니 자정을 넘기자 진통이 시작되었다. 조금씩 배가 아파오자 나는 오늘 꼭 아기가 태어나길 마음으로 빌었다.

"저 집에 또 딸 낳았나 봐." 이웃 사람들이 지나가는 그녀를 보고 한마디씩 한다. "참 안 되었다, 안 됐어. 할머니가 기운이 하나도 없네. 아무리 자식이 인력으로 안 된다고 해도 그렇지, 또 딸이야." 삼선동 기와골 사람들은 우리 집에 아들이 없다는 사실을 다 안다. 그들도 이번에는 아들이기를 바랐다. 산부인과 병원과 집 사이는 걸음으로 약10여 분 거리다. 그녀는 태어난 아기의 얼굴을 보기 위해 오늘도 집에서 병원까지 몇 차례나 오고 가니 기력이 빠져서 쓰러질 것 같은 모습이다. 사람들이 아기의 성별을 물어도 묵묵부답이다. 나에게는 눈물을 글썽이며 고맙다고 말하고, 나폴레옹 제과점에서 양손바닥보다 더 넓은 빵을 사다 주기도 한다. 물도 떠다 주면서 목 막히지 않게 천천히 먹으라 권한다. 손자가 태어난 날은 그녀의 생애에 최고의 날이고, 이보다 더 행복한 일은 없다고 말한다. 나는 오늘 비로소 며느리 대접을 받는다.

"아들입니다." 하는 의사 선생님의 말에 나는 큰소리로 "네!" 하면서 벌떡 일어나 앉았다. 간호사와 선생님의 얼굴이 태양처럼 환하게 보인다. 내 힘으로 감당할 수 없는 무거운 짐을 들고 서 있다 내려놓은 것 같은 안도감에 긴 숨을 내쉬는데, 갑자기 배가 아프기 시작한다. "선생님 왜 배가 또 아파요? 무슨 일이에요?" 하고 묻는다. "간호사 빨리 산모 눕히고 산모는 힘 주세요." 산실은 다시 바쁘게 돌아간다. 긴장감도 감돈다. 내가 한 순간 정신을 잃고 있다가 눈을 뜨자, 병실 문이 열리더니 간호사가 아기를 안고, 또 다른 간호사도 아기를 안고, 나란히 방안으로 들어온다. 선생님이 활기차게 "아들 둘입니다." 하신다. 아들 둘이라, 부처님이 주신다는 아들 둘이다. 아들 하나도 너무나 감사하다고 "하나만 주이소."를 입으로 또는 입 밖으로 수도 없이 중얼거렸고, 한꺼번에 아들 둘을 갖는다는 것은 욕심으로 알았다.

매월 정기 검진을 받는 어느 날 선생님은 "아기가 둘인 것 같아요." 하면서 엑스레이를 찍어 보자고 했다. 조금 후 나는 "선생님, 둘이면 안

부모의 사랑은 늘 목이 마르다

낳아도 됩니까?" 하고 되물었다. 선생님은 "당연히 낳아야 합니다."고 말했다. 어차피 낳을 아이인데 방사선을 쬘 필요가 없다고 생각했다. 그리고는 잊어버렸다. 집안에서나 주위에서 쌍둥이를 본 적이 없었기 때문이다. 산달이 가까워지자 유달리 부른 배 때문에 바로 누워서 잠을 잘 수가 없어 이불을 칭칭 감아 이불 위에다 부른 배를 내려놓고 앉지도 눕지도 않은 자세로 밤을 보냈다. 손님을 위한 음식상을 들고 부엌문을 나서는 날에는 눈물이 하염없이 났다. 그녀는 노산老産이라 말하고 나의 힘든 고통을 외면했다. 친척들은 사흘이 멀다 하고 그녀를 찾아온다. 시골에서 오신 분들이 모두가 흰 두루마기를 입어, 건너편에 있는 파출소 아저씨는 "그 집에서는 매일 잔치를 합니까?" 하고 손님이 많이 들락거린다는 표현을 그렇게 했다.

아들 둘이라, "고맙습니다 부처님!" 하고 감사 기도를 드려야 하는데, 나는 오직 여섯 아이를 어떻게 교육 시킬까 하는 걱정으로 나의 의식 기능을 모두 중지시키고 있었다. 다섯에 아이 하나 더 보탠 여섯 아이의 교육은 상상이 가지 않는다. 계산에 없던 숫자 하나가 모든 계획을 다 바꾸어 놓고 있다. 선생님이 날 보자고 해, 퉁퉁 부은 몸으로 원장실에 들어가니 심각한 표정을 짓고 계신다. 직감으로 아기한테 무언가 문제가 있다는 걸 느꼈다. 한 아기가 체중 미달(2.1Kg)이니 인큐베이터Incubatror 안에 넣어야 안전하다고 한다. 나는 단호하게 "괜찮다. 넣지 않아도 잘 자랄 수 있다."고 말했다. 선생님은 체중 미달에 대한 나의 무지를 깨우쳐 주기 위하여 열심히 설명하신다. 그래도 나는 "잘 자랍니다. 두고 보십시요." 하니, 화를 내시면서 "당신이 아기 생명을 책임질 거유?" 한다. "네, 제가 책임집니다." "그럼 여기에다 각서를 작성해요." 하시고 원장실 밖으로 나가신다.

부처님, 거룩하신 부처님. 당신께서 아들 둘을 주신다고 저에게 약속 하시지 않았습니까? 저는 당신만 믿습니다.

그녀의 아들은 아기가 태어나도 병원에 오지 않았다. 나는 독기를 품었다. 섭섭했던 일들과 미쳐 헤아리지 못한 일들도 곰곰이 일깨워 본다. 처음 오퍼상을 경영하겠다고 통보했을 때 나는 강력히 반대했었다. 사업을 할 자질을 갖추지 않았다는 걸 알았기 때문이다. 태어날 아기와 부양해야 할 가족이 많아, 월급 가지고는 살 수가 없을 것 같아서 잘하는 영어 실력을 밑천 삼아 돈을 벌어 보겠다는 것이다. 경험 많은 친구를 상무로 모시고 직원도 구해 회사 설립에 대한 모든 준비가 끝났다고 말하고, 이미 그녀에게서 필요한 자금도 가져 갔단다. 나는 그때서야 비로소 그가 사장님 소리를 들은 지가 거의 2년 가까이 되었다는 사실에 놀랐다. 그간의 경영상태는 전혀 몰랐다. 아들 낳는 일에만 전부를 걸고, 그에 대한 생각을 일부러 하지 않으려고 애썼다. 그러나 이제는 따져 보아야 한다. 그가 직면한 일들이 나의 생활과 직결되기 때문이다. 그의 회사에 가 내 눈으로 똑똑히 확인해야만 앞으로 내가

부모의 사랑은 늘 목이 마르다

할 일을 알 수 있을 것이다.

오늘이 출산을 한 지 닷새가 되는 날이다. 수중에 돈 한푼 없다. 걸어서 가자. 삼선교 병원에서 그의 회사가 있는 시청 앞까지 걸어갔다. 그는 자리에 없었고, 천근만근이 되는 몸을 이끌고 병원에 되돌아왔을 때, 그녀는 내가 회사까지 걸어서 가고, 걸어서 온 일을 짐작하고도 내색하지 않았다. 나 역시 말하지 않았다. 그녀는 산후조리를 잘 해야 하니 병원에서 보름 동안 더 머물 수 있도록 허락을 받았다고 말했다. 체중이 부족한 아기가 밤낮으로 크게 울어 옆의 다른 아기들 모두를 깨워, 간호사들이 제발 퇴원해 달라고 통사정해 일주일 후 집으로 왔다. 집에서는 부처님의 선물, 두 아기의 울음소리가 공기처럼 사방에 퍼져 나가 하늘을 찌른다.

제로섬 법칙이라 했던가? 한쪽은 득을 보고, 다른 쪽은 손해를 보는 이치가 꼭 물질관계에서만 적용되는 것이 아니다. 내 생애 최고의 선물을 받았으니, 나에게 늘 즐겁고 행복한 일만 있겠는가? 나를 넘보는 어떤 곤경이 오더라도 나는 물러서지 않을 것이다. 빨리 몸을 회복하여 내일을 준비하자.

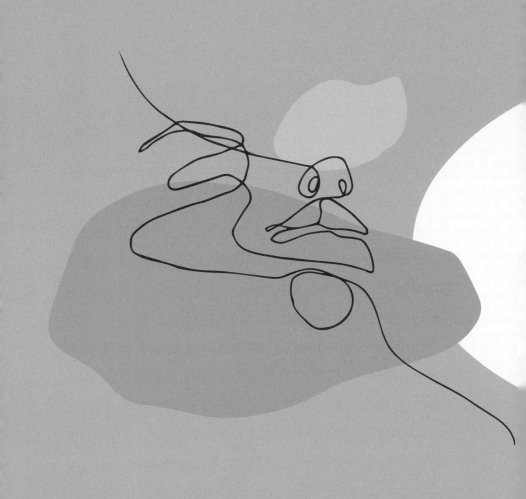

3장

전업주부에서

사장으로!

"내가 만난 많은 사람들이
살아오면서 어렵게 터득한 기술을 내 것으로 만들고 있다.
나는 내일을 향해 운명을 개척해 나갈 것이다."

엉겁결에 사장이 되다

경영학의 명칭은 일본이 구미歐美의 학문 체계에서 생성된 학명을 한문으로 번역해 사용하기 시작했으니, 우리나라 경영학은 일본의 경영학에서 유래되었다.

"사장님이 연락이 안 돼요, 사모님 빨리 회사에 나와보세요. 큰일 났습니다." 여직원의 겁에 질린 음성이 전화선을 타고 들려온다. 급한 마음에 목욕시키던 아기들을 그녀에게 맡기고 한 걸음에 달려갔다. 회사 안으로 들어서자 한 번도 본 적 없는 사람들이 나를 기다리고 있었다. 채권자들이다. 그녀의 아들이 회사에 나오지 않고 연락 마저 끊긴 날이 며칠이 지났다 한다. 상무도 사무실에 없었다. 달랑 남은 여직원과 다른 회사에 일자리를 구하지 못해 나오고 있는 남자 직원만 회사를 지키고 있었다. 빚쟁이들이 몰려와 소동을 부리자 내게 연락을 한 것이다.

사장이란 기업을 경영하는 사람에게 붙여진 호칭이다. 구멍가게를 비롯하여 규모가 크건 작건 상관없이 조직과 관리를 통하여 이윤을 창출하는 운영자이다. 직원들을 먹여 살려야 하고, 복지 문제도 책임져야 한다. 사장이 쉬운 일이라면 누구나 사장하지, 부하 직원하겠는가. 나는 대학에서 경영학을 전공했다. 또 대기업에서 근무도 했다. 이 사태가 무얼 뜻하는지를 금세 알아차렸다. 내 몸속에서는 나도 모르게 이 문제를 해결해야만 된다는 강한 의지가 흐르고 있었다.

파산破産이다. 망했다는 말이다. 오퍼상이란 서비스 업종이니, 회사의 재무상태를 쉽게 파악할 수 있는 구조를 가지고 있다. 현금과 예금은 이미 바닥이 났을 것이고, 채권, 채무, 미수금, 미지급금, 그 중에서도 직원들의 급여와 퇴직금은 다른 어떤 채무보다 우선적으로 지급해야 한다. 상무를 불러 장부상에 나타나지 않았던 회사 전반에 대한 문제점도 파악했고, 청산에 필요한 손익계산서도 작성했다. 나의 친구는 부모님으로부터 우리나라 굴지의 섬유회사를 물려받았다. 회사의 모든 권한을 아들에게 이양하면서 "만약에 회사를 운영하다 돈이 필요해 무엇인가를 처분해야 한다면 네가 아까워 도저히 팔아서는 안 된다고 생각하는 물건을 먼저 처리해 해결하라."고 하셨단다. 큰 구멍이 생겼는데 작은 돌을 계속 던져 넣어도 그 홀을 메울 수 없다는 이치다.

나는 급하게 집을 처분했다. 그리고 팔자에도 없는 사장이 된 것이다. 나를 만나는 사람들이 그렇게 부른다. 회사를 정리하는 과정에서

부모의 사랑은 늘 목이 마르다

채권자들에게 먼저 내가 그들에게 변제할 수 있는 채무의 금액을 말하고, 그 금액에 대해 어떤 이의도 제기하지 않는다는 각서를 받았다. 채권자들이 적어도 억울해 하지 않는 선에서, 내가 그들에게 갚을 수 있는 최고의 금액을 제시했다. 분명히 회사측에서 받을 수 있는 채권이 있는데도 망하는 자에게 누가 돈을 주겠느냐? 나 역시 살기 위해 원칙이라는 규정을 정해 놓고, 이 빚쟁이들과 흥정을 하지 않는가? 이런 것이 사장의 마음이다.

무슨 일이든 이익만을 생각했다. 사람과 사람 사이에 흐르는 정 같은 아름다운 감정도 회사를 살릴 방편으로만 이용하고 있었다. 이것을 경영학에서는 인간관계Human relation라 부른다. 많은 대학 동기들을 찾아가 내가 해결해야 하는 문제점에 대해 자문을 구하고 도움을 청했다. 그들은 해결사였다. 회사에서 하는 업무가 내가 해결해야 하는 문제점과 같았기 때문이다.

"아줌마 이쪽으로 비켜 서세요." 하면서 얼굴을 찡그린다. "과장님, 이번에 중동에 나가는 수출품 수송을 우리 회사에 맡겨 주세요."라는 말이 끝나자 나한테 던진 첫마디다. 분명히 사장 누구라는 명함을 건넸는데도, 나를 무시하는 태도가 역력하다. 다음날도 그 다음날도 그 사무실에 들어가 똑같은 말을 한다. 얼마 후 달라진 것이 있다면 서서 말하던 자세에서 곁에 있는 의자를 당겨 앉아서 말하는 것이다.

나는 지금 영업을 하고 있다. 상품을 팔아야 한다. 나의 상품은 출발점에서 안전하게 도착지까지 물품을 수송하는 업무다. 회사를 청산하는 과정에서 부채 중에 많은 금액의 운송비가 포함되어 있어서 관심을 가지고 살펴 본 결과, 큰 자본 없이도 운영할 수 있는 수송업이 승산이 있을 것으로 보고 시작했다. 이 S회사는 우리나라 10대 건설업체다. 중동 건설현장에 막대한 양의 건설장비와 자재, 근로자들이 먹을 식품을 벌크선Bulk carrier에 선적해 나른다. 그러니 그 수송량이 어마어마하다. 한 회사만 거래를 해도 직원들을 먹여 살릴 수 있다. 나는 물러설 길이 없다. 어떤 날은 과장을 기다리다 만나지도 못하고 그냥 퇴근하는 적도 있었다. 상거래에서는 인격이나 자존심 같은 것은 중요하지 않다. 살아남아야 한다. 그것이 진정한 자존심이고, 이익 창출이다. 세일즈는 사람을 상대하는 일이다. 믿음을 주어야만 거래가 이루어진다. 유형有形의 상품을 파는 것이 아니고 무형의 서비스를 팔기 때문이다. 한 달이 지난 어느 날 과장이 통사정을 한다. 제발 수송할 물동량을 줄 테니까 사무실에 오지 말란다. 나 때문에 회사에서 일하기가 부담스럽다고 한다.

석유 부호 해럴드슨 헌트는 사업의 성공 비결은 자기가 원하는 것이 무엇인지 명확히 결정짓고, 그것을 얻기 위해 대가를 지불하는 것이라 했다. 나는 일을 해야 한다. 그 일을 잘하기 위해 우선 어떤 건설

부모의 사랑은 늘 목이 마르다

장비와 자재를 수송 수출하는지 파악해야 한다. 부피, 무게, 가로, 세로 길이를 알아야 한다. 직접 생산하는 공장에 가 생산품을 보고 공장장으로부터 수송에 필요한 정보도 얻는다. 콘크리트 파일을 차에 실을 때 크레인Crane을 사용하는지 아님 다른 장비를 이용하는지를 챙겨야 한다. 철근의 무게와 길이에 따라 차의 종류도 다르다. 트레일러Trailer를 사용해야 하기 때문이다. 출발점에서 착지까지 거리가 얼마나 되며, 도로 사정도 수송에 문제 없는지 따져야 한다. 아주 소소한 일들도 상거래에서는 철저하게 계약조건에 명시되어야 한다. 만약의 경우에 죽도록 고생해 일을 끝마치고도 대금 결재를 받지 못하는 경우도 있을 수 있다. 상거래는 냉정한 계약만 있다. 사람과 사람 사이는 상대방의 사정이라는 너그러움이 있지만, 장사치에게는 냉엄한 계약 준수만이 있을 뿐이다. 나는 아침부터 늦은 밤까지 일만 생각하는 사장이 되어 있었다.

아줌마의 내공으로 시작된 영업

인간의 노력에 한계가 없다는 것보다 이 세상에 더 특별한 일이 있을까? - 스티븐 호킹

"도저히 못해 먹겠네. 하루 종일 이 사무실 저 사무실 기웃거려도, 어느 누구 하나 말상대도 안 해주니." 힘들고 답답하다고 하소연하는 나에게 박 사장이 대꾸한다. "벌써 그래? 회사 시작한지 얼마나 되었다고. 세상살이가 그리 쉬운 줄 알아." 사업 실패 후 화물보험 설계사로 나선 박 사장은 구두 밑창이 닳아서, 신을 수 있는 기간이 3개월을 넘기지 못한다고 했다. 그러니까 3개월마다 새 구두를 신는다는 말이다. 아무도 반기지 않고, 오라는 곳도 없는데, 사람을 만나기 위해 쉴 새 없이 뛰고 또 뛴다. 파김치가 되어도 그날 계약 체결을 1건이라도 하는 날에는 피로가 눈 녹듯 사라져 고단함을 잊는다고 했다.

나는 무교동 유정낙지 집에서 영업활동에 대한 공부를 하고 있는

부모의 사랑은 늘 목이 마르다

중이다. 시원한 콩나물국과 매운 낙지볶음에다 막걸리 한잔을 마시면서, 이런 저런 경우의 인간 관계를 배우고 있다. 세일즈는 거의가 처음 보는 사람들과의 만남이 대부분이다. 그 사람에 대한 어느 정도 개인 정보를 알고 접촉해야 성공할 수 있다. 그들이 나를 반기는 것도 아니고, 오히려 귀찮아 한다는 사실이다. 이런 자리에서는 나는 상대가 하는 말을 열심히 들어주고, 무슨 말이든 동의하는 표정을 짓는다. 결론은 내가 그 회사의 수송업무를 잘 처리할 능력을 가지고 있다는 믿음을 주는 것이 중요하다. 한 거래처라도 더 확보하기 위해 이 사무실 저 사무실 문을 열고 들락거려야 한다. 이런 행동은 쉽지 않는 노력을 해야만 가능하다. 이 노력 앞에는 어떠한 곤경도 나서지 못한다. 나의 타고난 능력보다 훨씬 뛰어나고 기적적인 눈부신 결과는 '이 노력' 속에 있다.

수출 포장박스와 건설장비 등 물동량이 많고 적고 상관없이 수송은 무조건 맡는다. 심지어 트럭 용적의 1/4 이하의 소량도 마다하지 않는다. 일이 있다면 삼팔선 가까운 지역도 가고, 최남단 어느 섬까지도 간다. 이익이 있고 없고 따지지 않는다. 일의 성격을 먼저 파악하고 난 후에, 제품 분류별 손익계산을 작성할 작정이다. 성격이 다른 여러 제품을 많이 취급해야 나중에 어떤 품목이 이익이 많이 발생하고 쉽게 일을 처리할 수 있는지 알 수 있기 때문이다. 경험은 절로 얻어지는 것이 아니다. 시행착오도 거쳐야 한다. 내가 완전하게 내 일을 만들기 위해서다. 공들여 씨를 뿌리지 아니하면 거두지 못하는 이치와 같다. 이런 일들은 내가 해야만 한다. 하나도 내가 하고, 둘도 내가 해야 한다.

　내일 선적할 제품인데 왜 길바닥에 놓고 실어가지 않느냐고 아우성이다. 우리 직원이 짐을 실을 트럭을 몇 시간 기다리다 오지 않으니 그냥 퇴근해 버렸다. 가내공업 사장은 소리친다. 당신이 클레임Claim을 책임질 것이냐고? 무역거래에서 발생하는 손해배상은 금액도 많지만, 그보다도 더 중요한 것은 생명 같은 거래처를 잃을 수가 있다. 나는 이 제품을 화물차에 적재하고 부산으로 갔다. 조수 곁에 앉아서, '내일 아침 선적 시간 내에 부산항에 도착해야만 한다. 이 일은 출발점에서 발생한 사고다. 다른 날은 도착한 물품이 화물선에 자리가 없어 선적이 불가하다'는 통보를 받기도 한다. 사장님이 내려와 해결해달라는 부산지사 직원의 통사정이다. 나는 기차든 트럭이든 가리지 않고 그 시간에 갈 수 있는 모든 기동력을 이용해 부산으로 간다.

　그날도 화물 선적 때문에 급하게 부산으로 내려가는 기차 안이었다. 누구에게 부탁해야만 배에 실을 수 있을까? 밤이 새도록 이런저런 걱정 때문에 누가 곁에 있는지도 몰랐다. 오죽했으면 집에 두고 온 백일을 겨우 넘긴 아기들까지도 잊어 버렸다. 조금 후 종착역에 도착한다는 안내 방송에 가방을 챙기는데 곁에 어떤 여학생이 보였다. 새벽 4시쯤이니 밖에는 어둠이 깔려 있었다. 고모를 만나러 간다는 그 여학생

　　　　　　　부모의 사랑은 늘 목이 마르다

은 슬리퍼를 신었고 손에는 동전 지갑만 들고 있다. 부산역 주변은 사창가로 이름이 나 있어 직감적으로 '사창굴에 끌려갈 수도 있는데 큰일이네.' 하는 생각이 들었다. 나는 그 여학생의 손을 잡았다. "우리 언니 집에 같이 가자. 그리고 날이 밝으면 그때 고모를 찾아가."라고 말했다. 그 여학생은 고개를 숙이고 가타부타 의사 표현도 없이 언니집까지 따라왔다. 아침밥을 먹으면서 언니가 나에게 자기 방으로 오라는 눈짓을 보낸다. 아무래도 저 애가 가출 학생인 것 같다 하며, 오늘 일처리 할 때 데리고 나가라고 한다. 언니는 책임을 질 수 없다는 입장이다. 나는 사람들을 만나는 자리에서도 그 여학생이 도망 갈까 염려되어 손을 놓지 않은 채 선적 문제를 해결했다.

서울역으로 나온 그 여학생의 부모님은 우리를 보자 끌어안고 운다. 아버지는 중견 무역회사의 부장이고, 엄마는 고등학교 교사였다. 이 은혜를 어떻게 갚느냐고 절을 열두 번도 더 한다. 그 여학생은 고등학교 3학년이고 대학 진학문제로 부모와 의견 충돌 후 집을 나온 것이다. 바야흐로 가출을 한 것이다. 가출이란 정상적인 가정에서도 있을 수 있다는 중요한 교훈을 나에게 주었다. 그 부모는 나를 돕겠다고 했다. 나는 단호히 거절했다. 그 여학생의 가슴에 가출에 대한 훈장을 새겨서는 안 된다는 게 그 이유였다. 많은 사람들에게서 도움만 받던 내가 좋은 일을 하는 기회가 된 이번 일이 오히려 고마웠다.

산다는 것, 그 자체가 어떤 의미에서는 영업 활동이 아닌가? 저녁에는 거래처 직원과 술을 마신다. 그 쪽에서 "사장님 한잔 합시다." 하고 요구하는 적도 있고, 내가 먼저 거래를 위하여 "저녁 먹어요." 하고 권하는 적도 있다. 한 달이 지나고 두 달이 가고, 시간이 흐르니 고객이 생기기 시작했다. 그 중에서도 S건설회사 건설장비를 안전하게 수송한 것이 업계에 소문이 나 있었다. 그 장비는 수송하는 도중에도 세심한 주의를 요하고 시간이 많이 걸리는 작업이었다. 꼼꼼히 챙기지 않으면 사고가 날 수도 있다. 나는 현장까지 직접 가서 일 처리를 한다. 이런 과정을 거치니 자신감이 생겨, 우리나라 최고의 건설회사 문을 거침없이 열고 들어가 거래를 요청하기도 했다. 내 나이 30대 초반이다. 내가 무얼 알겠는가? 내가 아는 것은 내가 주인공으로 살아온 지난 날들이다. 그러나 지금은 거래처를 주인공으로 모시고 살아야 하는 현실이다.

요정에서 술을 한잔 사면 중동에 수출하는 물동량 전부를 주겠다는 사장님을 만나러, 종로에 있는 유명한 요정에 갔다. 전무와 자재부장을 대동하고 나온 사장은 아무리 술잔이 돌고 돌아도 취하지 않는 나의 주량에, 나중에는 술 박스를 놓고 마시자고 제안한다. 밤이 깊어지자, 사장은 손 들었다며 그 술자리를 끝냈다. 호랑이 굴에 들어가도 정신만 차리면 죽지 않는다는 속담이 나를 위해 있었던가 보다. 오늘의 술 맛은 최악의 맛이었고, 아마도 나의 곁에 앉은 여종업원도 나와 같은 쓸쓸한 맛을 느꼈을 것이다. 나는 그녀들에게 팁을 넉넉히 쥐어 주었다. 나의 세일즈 기술은 점차 늘어갔다. 어떤 경우든 내가 이길 수 있는 여러 상황을 열어 두고 상대를 대하면 이길 수 있다. 내가 만난 많은 사람들이 살아 오면서 어렵게 터득한 기술을 내 것으로 만들고 있다. 나는 내일을 향해 운명을 개척해 나갈 것이다. 시련이 영웅을 낳는다는 말도 있지 않은가?

돈보다 신뢰를 쌓아가다

자본(돈)은 재화財貨와 용역用役의 생산에 사용되는 자산資産이다. 쉽게 말해 상품을 만드는데 필요한 밑천을 말한다.

"전무님, 시멘트 수송을 부탁드립니다." H시멘트 전무 방이다. 그동안 문지방이 닳도록 들락거렸지만 통 만날 수가 없었다. 오늘처럼 말이나마 건넬 수 있는 기회가 온 것은 굉장히 운이 좋아서다. 처음에 담당 직원인 과장으로부터 부장, 상무를 거쳐 여기까지 온 시간이 몇 달이 지났나? 계산이 나오지 않는다. 하루하루 날짜를 헤아리지 않았기 때문이다.

전무는 나를 한번 쳐다보더니 눈짓으로 소파에 앉으라는 신호를 보낸다. "상무한테 보고 받았어요. 우리 회사는 4개의 운송회사가 일을 하고 있습니다. 그리고 그 회사들은 계약이행 보증금으로 2천만을 내고 있습니다." 너 돈 낼 형편이 되느냐고 묻는 것이다. 나는 이 회사를

부모의 사랑은 늘 목이 마르다

거래처로 만들기 위해 거의 일 년이라는 시간 동안 공을 들여왔다. 회사 안에서 반기는 사람도 없는데도 찾아오는 나를 전무는 직원을 통해 훤히 알고 있었을 것이다. 실무자인 과장 본인은 결정권이 없어 부장, 상무를 거쳐 전무까지 왔다. "네, 알고 있습니다. 2천만 원 있으면 저 이 일 안 합니다. 없으니까 열심히 일 해 돈을 벌겠습니다. 저를 담보로 하십시오. 그리고 각서도 쓰고, 백지어음도 드리겠습니다." 만일의 사고를 대비해 회사에 손실을 끼치지 않겠으니 사람을 한번 믿어 달라고 말했다. 상거래에서 사람을 믿어 달라는 이 어처구니 없는 말이 통할 것이라 생각하지 않았지만, 다른 어떤 말을 대신할 만한 나의 요건이 갖추어지지 않았기 때문이다.

공탁금 2천만 원은 나에게는 너무나 큰 돈이다. 그만한 돈도 없는 주제에 감히 우리나라 최고인 우리와 거래를 하겠다니, 참 어이없다는 표정이다. 돈은 위력을 가진다. 돈은 죽어가는 사람도 살릴 수 있다. 그 양의 많고 적음에 따라, 사람의 신분을 상하로 자리 매김하기도 한다. 돈은 사람에게 힘을 주기도 하고, 힘을 빼앗아 가기도 한다. 이런 소중한 역할을 하는 돈을 경제학에서는 사람 몸속에서 순환하는 피와 같다고 정리한다. 돈도 피처럼 돌고 돈다는 이치다.

내가 초등학교에 입학하기 전이다. 한밤중에 건넌방에서 두런거리는 소리에 깨어나, 가만히 문틈으로 방안을 들여다 보니 조모, 고모, 아버지, 엄마가 돈을 세고 있었다. 가마니 곡식을 넣는 자루 속에서 돈을 꺼내 세어, 한 묶음으로 묶고 있었다. 아마 내일 인부들 월급 줄 돈이라 짐작했다. 이 돈을 쌀 가마니로 둔갑시켜 곳간에 넣어 두었다. 혹시나 소문이 나 도둑이 들어올까 봐 염려해서다. 다음날 아침 마루바닥이나 마당에 지폐가 한두 장 눈에 띄기도 했지만 줍지 않았다. 내 돈이 아니기 때문이다. 나는 돈에 대해 욕심이 없었다. 늘 돈은 필요할 때내 곁에 있다고 생각했다. 인격보다도 돈이 우선이라는 사고는 아예 내안에 없었다. 결혼도 돈 없는 사람과 했다. 이런 일들은 내가 평소에 가지고 있는 돈에 대한 가치관이다. 그런데 현재 이 돈이 나의 발목을 잡고 나의 길을 나가지 못하게 막고 있다.

기업은 자금을 조달, 운용함으로써 목표인 이윤을 창출한다. 자금을 조달하는 방법은 주식시장, 채권시장, 은행, 투자신탁회사, 보험회사에서 빌릴 수 있다. 구멍가게인 내가 이런 회사에서 돈을 구하는 것은 꿈도 꾸기 어렵지만, 그나마 그녀의 아들이 집을 담보로 은행에서차입한 돈 2천만 원이 있었다. 자금이 필요한데 구할 곳이 없다. 현재의 나에게 돈이 없다는 사실이 어디 하루 이틀인가. 살아오면서 많은고난을 겪어왔지만, 그때는 무슨 일이든 열심히 하면 먹고 사는 문제는 해결될 수 있다고 믿었다. 심지어 아기 먹일 우유가 없다는 아주머니의 말에 전당포에 카메라를 저당잡히고 산 분유를 들고 죽기 아님살기로 뛰어 들어선 현관에서 "애기 엄마 옷이 홀랑 젖었네." 하는 소리도 들었다. 비는 얇은 여름 옷을 입은 내 꼴을 쇼윈도에 벌거벗고 서

　　　　　　　　부모의 사랑은 늘 목이 마르다

있는 마네킹으로 둔갑시켜 버렸다.

나는 이 위기를 잘 조정해야 한다. 무턱대고 일만 할 것이 아니고, 대금운송비 회수 기간이 짧은 대기업의 건설자재만 수송하는 것으로 방침을 정했다. 지금까지 수송해온 모든 거래처를 정리해야 한다. 한 거래처라도 더 일을 하기 위하여 투자한 고생과 공들인 거래처를 포기하긴 많이 아깝다. 그래도 성공으로 가는 길에서 잘못 들어선 길을 알았다면 과거의 투자를 아까워하지 말고 과감히 포기해야 한다는 매몰원가Sunk Cost라는 개념도 대학에서 배워 알고 있다.

수송이란 생소한 분야에 뛰어 들어가, 많은 시행 착오도 겪었다. 하루에 운행하는 자동차 수가 100여 대라면 확률적으로 한두 대 정도는 사고를 낼 수 있다고 직원들에게 교육을 시킨다. 항상 위험이 도사리고 있으니 주의하라는 경고다. H제철의 철근 수송은 현장에 내가 먼저 가 문제점을 미리 살핀다. 철저한 주의를 해도 운이 나쁘면 사고가 날 수도 있다.

사람은 인정받길 원한다. 비록 수송업이지만 일을 잘 처리한다는 칭찬도 받고 싶다. 이런 칭찬들이 쌓여 신뢰를 구축하고, 이 신뢰는 나에게 돈을 벌 수 있는 기회를 줄 것이다. 산에서 내려오는 빗물도 물길 따라 흘러가듯이 돈도 흐르는 길이 있다고 한다. 나는 시멘트 수송을 돈 흐름의 한 가운데 있다고 보았다. H시멘트 전무실에도 꾸준히 들렀다. 사람은 자기에게 관심을 가져 주는 사람을 좋아한다. 관심을 가져야 상대의 마음을 움직일 수 있다. "나는 아직도 당신 회사의 시멘트 수송에 관심이 있소." "나에게도 기회를 주시오."라고 말한 적은 없지만 행동으로 표현하는 것이다. 행동은 말보다는 강하기 때문이다.

행운이란 언제나 준비한 자의 것이다.

시멘트 파동으로 기회를 얻다

시멘트Cement는 석회석 광산을 화약으로 발파하여 석회 덩어리를 분쇄해, 석회석 90%, 소량의 모래, 철광석을 혼합해 킬른에 고열을 가하여 생산된다.

칠흑같은 어둠이 산 골짜기를 에워싸고 있다. 공장 작업 현장에서 새어 나오는 불빛과 휘날리는 시멘트 가루가 비 오듯이 쏟아진다. 온 산이 시멘트 가루에 묻혀 있다. 빽빽이 들어선 화물 트럭들은 발 디딜 틈이 없다. 하늘도 보이지 않는다. 산이 온통 화물 주차장으로 변했다. 여기는 충북 단양군 단양읍에 위치한 H시멘트 공장이다.

"사장님, H시멘트 김과장입니다. 부탁을 꼭 들어 주셔야 합니다."로 시작된 목소리는 무슨 일을 당한 것 같은 다급함이 있었다. "회장님의 지시로 울산에 선박 건조 용도인 독Dock을 건설 중입니다. 현장에 투입된 수백 명의 인부들이 시멘트가 없어 작업을 중지하고 있어요. 어떤 일이 있더라도 공정 기간 내에 완공하라는 지시가 내려졌습니다." 수송의 책임을 져야 하는 과장은 우는 것 같은 시늉을 한다. "참 낭패입니다. 트럭을 수백 대를 보냈지만 일주일이 지나도 1대도 시멘트를 실어 오지 않습니다. 부탁합니다."라고 말하더니 전화를 끊는다. 나는 직감적으로 나에게 기회가 왔다고 생각했다. 누구에게 고맙다고 절을 할까? 아니면 시멘트 파동을 기뻐해야 하나? 그렇게 원하던 시멘트 수송을 할 운이 온 것이다. 참 놀라운 일이다. 일거리를 주던 말던 상관없이 꾸준히 그 사무실에 가 얼굴도 보고, 이야기도 하고 밥도 같이 먹다 보니, 어려운 시기지만 나에게 기회를 준 것이다. 나는 70여 대의 트럭과 직원을 데리고 늦은 밤에 단양에 도착했다. 도로변에서부터 엉켜 있는 화물차들이 차도나 인도를 점거하고 무덤처럼 움직이지 않는다. 무슨 난리가 난 것 같다. 하루 벌어 먹고 사는 차주들은 짐도 싣지 못하고, 그렇다고 자동차가 빠져 나올 길도 꽉 막혀 있어, 오도 가도 못하니 난감한 지경이다. 아수라장이 따로 없다. 이런 현상이 모두 옆 사람의 잘못인 것처럼, 큰소리로 서로 차를 빼 달라고 고함을 지르다가, 또 몸으로도 치고 받는다. 밤은 깊어 가는데 잠을 이룰 수 없는 밤이다.

서울에서 준비한 담배 다섯 보루를 들고, 차가 더 이상 올라갈 수 없는 지점에서 내려 걷기 시작했다. 산이 뿜어내는 차가움이 살 속으로 배어든다. 무슨 멋쟁이라고 화물트럭 타고 가는 주제에 얇은 블라우스와 재킷을 입었다. 또 높은 구두까지 신었으니 내 꼴이 가관이다.

부모의 사랑은 늘 목이 마르다

차라리 신을 벗어 들고 맨발로 걷자. 지도를 들고 보물섬을 찾아가듯이, 트럭들을 이리저리 빠져 나와 간신히 공장 안 소장 사무실에 당도했다.

나는 어디서 그런 순발력이 생겼는지 "소장님! 회장님께서 명하신 일입니다. 오늘 차 70대 분량의 시멘트를 꼭 실어야 합니다. 울산에서 인부들이 놀고 있어요." 하고 서두를 뗐다. 그러니까 내가 높은 회장님의 지시로 여기까지 왔다는 말을 한 것이다. 소장은 한동안 말이 없더니 "네, 알겠습니다. 자동차들을 기차 출구에 대기해 주십시오."라고 했다. 일단 안도의 숨을 크게 쉬었다. 이게 웬일인가? 나는 이곳으로 오는 몇시간 내내 차 안에서 "한 포도 배정할 수 없습니다, 지금의 형편으로는."이라는 공장장의 냉엄한 대답에 어떻게 대응할 것인지를 거듭 생각하며 이곳으로 왔다. 대기 중인 다른 회사의 차들은 일주일 이상 기다려도, 한 포도 배당 받지 못하는 실정이다. 수천 대의 트럭들이 움직이지 못해, 자동차 산이 되어 버린 이 사태를 어느 누가 상상이나 할 수 있을까? 모든 일 처리는 철저한 준비와 열성이 있어야 한다. 이 열성은 일을 잘 하겠다는 의지와 처리 능력이 필요하다. 이 일은 나에게 행운을 가져다 줄 것이다. 행운은 멀리 있는 것이 아니고, 나의 정신과 행동에서 나오고 있었다.

시멘트 파동이 일어난 것이다. 수요需要와 공급供給의 불균형에서 온 현상이었다. 시멘트 품귀로 건설 중인 모든 현장들이 중단 사태에 빠졌다. 또한 소비자 가격 급등으로 사회적 불안 현상이 나타났다. 시멘트 공급은 정부, 지방 관청, 일반 상용으로 분류되어 있다. 정부는 시멘트를 관급 건설자재로 지정해 조달청에서 조달 보급한다. 이 관급 시멘트는 화차로 수송하기 때문에 기차 선로를 이용한다. 일반 상용 시멘트를 상차하는 장소는, 화차와 다른 방향에 있었다.

시멘트는 라틴어로 부서진 돌을 의미하며, 인류는 수천 년 전부터 사용해 왔다. 건축물 중 가장 오래된 것은 이집트의 피라미드이다. 그 이후 그리스, 로마시대의 건축물에도 석회와 화산재 모래를 혼합한 수경성 몰탈을 사용했다. 1824년 영국의 벽돌공 조셉 애스프딘에 의해 포틀랜드 시멘트가 발명되어 오늘날까지 이어져 오고 있다. 우리나라는 1919년 일본인에 의해 최초 공장이 세워졌고, 1945년 해방 전까지 연산 능력은 180만 톤이였다. 그동안 우리의 주생활이 획기적으로 변화하지도 않았고, 새로운 건축 양식을 시도할 만한 경제적 여유가 없어 사용량이 많지 않았다. 5.16 이후 새마을 운동과 산업의 기틀을 마련하기 위해 주택개량, 공장건설, 고속도로 건설 등으로 많은 양의 시멘트가 필요했다.

화물트럭들이 거의 비슷한 크기와 모양, 그리고 색깔까지 분별이 되지 않는 밤이다. 나와 직원은 손전등으로 번호판을 비추면서 우리 차를 찾았다. 숨소리도 내지 않았다. 꼭 도둑질하는 사람처럼, 살금살

부모의 사랑은 늘 목이 마르다

금 기어 다녔다. 행여 다른 차주들이 우리가 시멘트를 실어가는 일을 눈치 채면 폭동이 일어날 수도 있다는 염려 때문이다. 신발을 벗은 발에서는 돌 뿌리에 치여 배어 나온 피가 찬 공기에 응고되어 검붉었다. 아픈지도 몰랐다. 다행이 기차 선로에는 사람들이 없어, 무사히 70여 대에 시멘트를 싣고 직원과 차를 울산으로 보냈다. 나는 허리를 폈다. 그리고 하늘을 향해 고맙습니다를 쉴새 없이 말하고 있다. 오늘은 내 생애 최고의 아름다운 밤이다.

인간관계로 돈을 번다

하늘도 보이지 않던 어둠이 서서히 걷혀가고 있다. 먼동이 튼다는 그 여명을 두 눈을 크게 뜨고 기다리고 있었다. 시멘트를 실은 70여 대의 트럭과 직원을 울산으로 보냈다. 나는 서울로 가야 한다는 절박함에, 빽빽이 서 있는 화물트럭 사이로 어정어정 걸어서 차가 다니는 도로에 와 서 있다. 늦가을의 찬 기운이 몸을 꾹꾹 찔러댄다. 오싹하고 소름 끼치는 전율이 멎자, 감각은 무디어 지고, 꽁꽁 언 빨래처럼 뻣뻣해진다. 이러다가 죽을 수도 있겠다는 조급함에 이리저리 움직인다. 부르튼 발을 쉴 새 없이 어루만지면서 도깨비처럼 차도에서 이쪽으로 저쪽으로 왔다 갔다 했다. 산이 희미하게 깨어난다. 어슴푸레 나무도 풀도 보이기 시작하고, 잠을 깬 새들의 날개 치는 소리도 들린다. 적막한 산속에서 나 아닌 다른 어떤 생명의 소리는 내 몸에 서린 무서움을 걷어내고 있다. 그것은 아직도 내가 숨을 쉬고 있다는 것이다.

찍 하고 찢어지는 굉음을 내면서 검정색 승용차가 급정거를 했다. 차문을 열고 나온 기사는 "너 죽고 싶어 환장했어?" 하고 거침없이 욕설을 마구 내어 뱉는다. 뒷자리에 앉은 사장님이 "김 기사, 그만 해. 손님 태워." 하는 말이 들린다. 고맙다는 인사도 하지 못한 채, 차에 탔다. 순간적으로 내가 살았다는 생각만 했다. "저기 서울로 가야 하는데요." 하고 모기 소리를 내었다. 앞뒤조차 분간되지 않았던 어둠이 아직도 머무르고 있었다. 지나가는 자동차 안 사람들이 나를 볼 수 있도록 큰 물체로 둔갑해야 한다는 생각에, 한 손에 손수건, 다른 손에는 무거운 핸드백을 들고 도로 한복판에서 흔들어대었다. "제발 자동차가 지나가게 해 주십시오!" 하고 큰 소리로 그냥 빌었다. 한 시간이 지나고 두 시간 가까이 지나갔을까? 기다리고 기다리던 자동차가 반짝이는 불빛을 토해 내면서 먼 곳에서 서서히 다가오고 있다. 나는 달려오는 그 차 앞에 양손을 벌리고 서 버렸다. 길에서 얼어 죽으나 차에 치여 죽으나 매 한가지란 생각에 이런 말도 안 되는 짓거리를 했다. 차 안으로 들어와 모깃소리로 "시멘트를 싣기 위해 이곳 단양이란 곳에 처음 왔는데, 타고 온 트럭은 울산으로 보냈어요. 서울로 갈 수 있는 곳에 저를 내려 주십시오. 대단히 죄송합니다." 말인지 뭔지 중얼거리고는 고꾸라져 뻗어버렸다. 언 몸이 따스한 차 안 공기에 취해 버린 것이다.

"제천역입니다, 제천역." 하는 말소리로 나를 흔들어 깨운다. 어제 아침부터 줄곧 서 있기만 한 몸이 풀어져 있었다. 겨우 옆자리 사장님의 얼굴이 눈에 들어왔다. 50을 넘어선 중년의 신사였다. 꼭 아버지 같은 인자한 얼굴과 편안함이 있었다. 나는 여기서 서울에 어떻게 가느냐고 물었다. "기차를 타면 됩니다. 우리가 서울로 가는 길이 아니고 반대 방향으로 가기 때문에…." 서울까지 데려다 줄 수 없다는 말을 이어간다. "나도 S시멘트 공장에 왔는데, 시멘트를 구할 수가 없어서 다른 공장으로 갑니다. 조심해 잘 가세요."라 말한다. 차에서 내리니 역도 도로도 선명하게 보인다. 역사 안에서 새어 나오는 희미한 불빛이 시간을 가리킨다. 새벽 5시를 조금 넘겼다. 열차 시간표에 서울행 첫차는 7시 40분이고, 아직도 2시간이 남았다. 역사 입구에는 초가지붕을 한 움막 같은 작은 집이 보인다. 나무 울타리에 걸린 여인숙이라고 쓴 종이가 바람에 펄럭이고 있었다. 나는 그 집 안으로 들어갔다.

"사장님. H시멘트 전무님께서 사무실에서 기다리고 계신답니다. 차들은 무사히 울산에 도착해 하역을 모두 끝냈습니다." 나의 전화를 받은 직원은 흥분해 말조차 더듬거린다. "우리 이제 살았습니다. 그동안 고생 많이 하셨습니다." 나는 새로운 힘이 났다. 지친 몸도, 부르튼 발의 상처도 눈처럼 녹아 버렸다. 광화문에 위치한 H시멘트 사무실 문을 열고 들어가자 과장이 벌떡 일어나 나를 반긴다. "전무님이 기다립니다." 앞장 서 전무실로 가고 있다. 나는 오늘 처음으로 이 회사에서 사람 대접을 받고 있는 중이었다. 지난 1년여 동안 유령처럼 이 방에서 저 방으로 왔다 갔다 했으며, 이 사무실 사람들은 그런 나를 귀찮은 존재로 여겼다. 전무는 나를 보자 자리에서 벌떡 일어나 환하게 웃는다. "김 사장 덕분에 수백 명의 인부들이 현장에서 다시 작업을 하고 있습니다. 이 와중에 시멘트가 어떻게 왔느냐고 모두들 묻고 있어요. 빅 뉴스입니다." 시멘트가 운반되어 온 일이 작업현장에서는 큰 사건이라고 한다. 그리고 앞으로 공정 기간에 독을 완공할 수 있도록 도와달라고 말했다. 그가 요구한 2천만 원의 계약보증금 없이 계속 수송을 해 달라는 부탁이다. 내가 그렇게 일을 하게 해 달라고 매달려도 나의 얼굴 한번 쳐다보지 않던 전무였다.

"돈을 번다." 나는 지금 돈을 벌어 들이고 있다. 운임은 차가 도착해 하역을 끝내면 그 자리에서 현금으로 받는다. 이런 파격적인 대금 결재는 시멘트 파동 때문이다. 자금 회전 부담없이 돈을 벌어 들이고 있는 것이다. 돈이 하늘에서 뚝뚝 떨어지는 것 같다. 나는 매일 70여 대 분량의 시멘트를 수송하고 있다.

사람은 태어날 때부터 혼자 살지 못한다. 이것을 아리스토텔레스 Aristoteles는 '인간은 사회적 동물'이라고 말했다. 상대가 있어야 살 수 있다는 의미이기도 하다. 이 상대는 서로 서로 협력이 필요하다. 내가 다른 사람을 도와주면, 다른 사람이 나를 도와준다. 또한 내가 사람을 해치면 다른 사람이 나를 해칠 수도 있다는 논리다. 이렇게 돌고 도는 것이 세상 사는 이치다. 정신적인 도움, 물질적인 도움, 나에게 제일 중요한 일거리를 주는 도움, 이런 모든 것들이 상대가 있어야 가능한 일이다. 아무리 뛰어난 나의 열성과 노력이 있다 해도, 다른 사람들의 도움 없이는 성공을 할 수가 없다. 내가 가진 특별한 교육적인 배경, 전문적인 지식, 유용한 기술, 작업 경험, 이 모든 것들도 상대가 있어야 가능하다. 나에게는 부모님, 이웃사람, 선생님, 친구들, 사회에서 만난 모든 사람들이 고마운 상대들이다.

이 고마운 상대 중에서 잊을 수 없는 분이 대학 동기인 H공영 김의철 회장님이다. 그는 수송업을 처음 시작한 나에게 그의 회사에서 아주 귀중한 수입건설장비 수송을 맡겼다. 그 일은 나에게 어떤 종류의 일이든 할 수 있다는 희망과 용기를 주었다. 이로 인해 나는 내가 할 수 없는 일은 없다는 신념과, 일은 하면 된다는 투지, 그리고 노력만이 최고가 될 수 있다는 삶의 이치를 깨닫게 해 주었다. 또 시멘트 공장 앞에서 꽁꽁 언 나를 자동차에 태워 제천역까지 데려다 준 이름도 성도 묻지 않았던 그 고마운 사장님도 계신다.

내가 세상을 도우면 세상도 나를 도와 준다.

부당한 세금에 맞서다

세금은 국가 또는 지방자치 단체가 필요한 경비를 사용하기 위하여 법률에 의해 국민이나 주민으로부터 거두어 들이는 돈이다. 이 돈은 국가를 유지하고 국민생활의 발전을 위해 쓰여진다.

"엄마 큰일 났어요. 아저씨가 절대 떼지 말라는 빨간 종이를 동생들이 떼어 가지고 놀고 있어요." 딸애는 전화를 하면서 울고 있다. 무슨 일인지 상황 판단이 되지 않아, 나는 할머니를 바꾸라 했다. 양복 입은 신사 두 사람이 집에 와 "살림살이와 가구에다 빨간 종이를 수도 없이 붙이고 갔다." 한다. 아이들에게 이것 떼면 잡아가서 혼내 준다고 했단다. 그녀의 아들이 내게 남긴 빚은 집을 처분해 일부는 갚았다. 그리고 변두리 작은 집으로 이사를 왔다. 그 집도 은행 대출을 연계해 구입했고. 또 건너 방 하나를 다른 사람에게 세주었다. 나는 또한 망한 회사를 청산하기 위해 동분서주하고 있고, 살아갈 길을 찾기 위해 쌀독에 쌀이 있는지 없는지도 모르고 헤매고 다녔다.

세금은 언제부터 생겨 났을까? 4000년 전 서양 리피트 이슈타르 법전에 세금 조항이 흙으로 구운 점토판에 쓰여져 오늘날까지 남아 있다. 중국의 하나라에서도 세금을 거두어들였다는 기록이 있다. 그때도 '조세체납조항'을 두어 빠져 나갈 구멍을 완전히 없애버렸다. 또 헤로도토스Herodotos의 역사 이야기에도 이집트 아마시스 왕도 매년 각자의 수입을 주 장관에게 신고하는 것을 법률로 정해, 이행하지 않을 시에는 사형에 처한다는 조항이 있다. 아테네의 솔론 왕도 이 법을 이집트로부터 받아들여 시행했었고, 오늘날까지 유지하고 있다.

책을 놓을 공간이 없어 마루 바닥에 쌓아둔 책 더미 위에 소공세무서 징수과 누구라는 명함과 간단한 내용의 메모가 들어있다. 귀하가 영업세 300여만 원을 기한 내에 납부하지 않아 부득이 재산을 압류한다는 내용이다. 나는 화가 났다. 이 행정처리가 부당하다고 생각했기 때문이다. 영업세는 '영업의 수익에 대하여 그 영업을 행하는 자로부터 국가가 부과 징수하는 조세'다. 영업 행위가 없어 망한 회사에 무슨 영업세인가? 머리가 아파오기 시작했다. 300여만 원이라는 금액은, 좁은 집안에 있는 크고 작은 가구와 아주 작은 그릇까지 차압 딱지를 다 붙여도 그 액수가 넘는 큰 돈이다. 뒤뜰에 둔 장독과 쌀독에도 빨간 종이가 붙어 있다. 빨간 종이는 붉은 완장처럼 너풀거리며 아이들의 움직임

부모의 사랑은 늘 목이 마르다

에 따라 춤을 추고 있다. 아이들은 세금 아저씨가 주고 간 1000원짜리 지폐 때문인지 이 상황을 매우 좋아하고 있다. 그 돈이면 라면도 살 수 있고, 과자도 사 먹을 수 있다. 쌀독에 차압 딱지를 붙이다가 한번 열어 보니, 쌀이 없는 걸 보고 아이들한테 1000원씩 주고 갔다는 것이다. 그것도 아직 초등학교에 다니지 아니한 아이가 넷이니 4000원이다. 아이들 저녁 한 끼는 해결할 수 있는 큰 돈이다. 아이들이 고마운 아저씨라 말했다.

집을 경매에 넘기지 않고 급하게 처리해 이사를 왔다. 두 아이는 이곳 학교에 옮겨야 하는데, 전학 수속을 할 정신이 없어 학교에 보내지 못하고 있었다. 어느 날 초등학교 4학년 큰애가 다니던 학교와 전학 갈 학교에 가 부모가 전학수속을 하지 못하는 사정을 말하고 절차를 밟아 동생이랑 학교에 가게 되었다고, 엄마는 걱정을 하지 말라 한다. 그녀의 아들은 집에 오지 않는다. 그녀는 이 꼴 저 꼴 보기 싫다고 대구에 있는 친정에 갔다. 아기 돌보는 할머니는 나의 딱한 처지를 알고 도와주기 위해 오신 친척이시다.

나는 세무서에 전화를 걸어 다음날 점심시간에 가겠다는 약속을 하고. 그리고 영업세에 대한 공부를 했다. 내가 납부해야만 하는 적정한 세금인지, 아님 억울한 세금인지를 파악해 대처할 계획이다. 세무 담당자와 징수과 직원 그리고 세무과장 그리고 나, 다섯 사람이 앉아 열띤 토론을 했다. 이 300여만 원이라는 세금, 과세 근거가 어디에 있는 것이며, 그것을 증명해 달라는 나의 요구에 그들은 묵묵부답이었다. 영업이익 10퍼센트에 부과하는 세금이 300만 원이면, 이익이 3000만 원인데 왜 파산 처리를 하겠느냐 따져 물었다. 당신들이 집에 와 그 많은 세금을 낼 형편이 되지 않는다는 사실을 확인하지 않았느냐고도 물었다. 국민은 납세의 의무가 있다. 국가가 거두는 세금은 우리 사회가 필요로 하기 때문이다. 나도 적정한 세금은 내야 한다고 생각하는 사람이다. 또 가능한 세금을 많이 내는 사람이 되고 싶다. 부과한 과세에 대한 증거를 제시받기 위해 다음날 세무서에 다시 가기로 했다.

동서고금을 막론하고 개인은 세금을 적게 내려고 하고, 걷는 쪽에서는 많이 걷으려 하기 때문에 갈등이 생긴다. 다음날 영업 외형금액에 대한 과세표준을 제시하지 못하는 세무 직원에게 나는 속에서 터져 나오는 말들을 서슴없이 퍼 부었다. "이것 보세요, 이 세금은 남편이 운영하던 회사에서 발생한 것입니다. 그가 장부를 완벽하게 갖추지 못한 기장불이행가산세, 신고불성실가산세, 자진납부불이행가산세, 감찰미검열가산세, 이와 같이 불성실한 납세 의무자에게 부과한 당신네 멋대로 붙인 인정 과세가 아닙니까?" 나는 괘씸죄에 걸려 억울하다고 말했다. 영업세의 특징을 조목 조목 지적해 가면서 부당한 세금은 낼 수 없다고 했다. 그 방에서 일하던 다른 직원들도 나의 말을 듣고 고개를 끄덕이면서 나를 쳐다보았다. 한번 부과한 세금을 취소하기 어려운 당신들 입장이 있을 것이다. 그러니 억울한 세금으로부터 납세자를 보호하는 납세자권리구제 업무를 담당하는 '조세심판원'에 상신 대해 해결하자고 건의했다.

옛날부터 세금은 토지의 수확량을 근거로 하여 과세하는 방식을 취하였다. 1892년 고부 군수 조병갑은 농민들을 불효, 음행, 불목, 등 여러가지 죄명으로 그들의 재물을 착취했다. 이에 불복한 농민과 동학의 결합으로 동학농민운동으로 정부군과 싸우는 민란이 되었다. 1789년 루이16세가 거두어 들인 과중한 세금에 시민계급이 반발해 프랑스 혁명으로 이어진 것처럼, 부당한 세금은 국가를 패망의 길로 이끈다는 것을 역사가 증명해 보이고 있다. 즉 백성이 편안해야만 나라도 편안하다는 진리다.

집안에 붙인 수많은 빨간 딱지가 시간이 지나니 저절로 떨어지기도 하고, 아직 붙어있는 것들도 서로 찢기어 스스로 떨어질 모양이다. 그들 때문에 일상생활이 불편해도 조심스럽게 피해 다녔다. 아이들에게 떼지 말라는 당부도 하고.

어느 날 누런 봉투에 소공세무서 직인이 찍힌 편지 한 장이 배달되었다. 귀하의 영업세 300여만 원은 면세되었다는 짤막한 내용이다. 우리나라는 1977년 1월 1일 부가가치세가 시행된 후 영업세는 폐지되었다.

4장

자식은 부모 마음

먹고 자란다

"사람의 행복은 오색 무지개처럼 찬란한 것이 아니다.
길가에 피어있는 이름 모를 들꽃에도,
사람의 땀방울에도 행복은 있다."

마른 하늘에서 벼락이!

한 여자가 걸어오고 있다. 주위를 두리번거리더니 내가 앉아있는 쪽으로 방향을 정하고 가까이 다가왔다. 겉보기에는 나보다 나이가 어린 것 같고, 화장기 없는 얼굴이 갸름하게 보인다. 청바지와 셔츠가 질끈 묶은 머리와 잘 어울렸다. 이상하게도 나를 닮았다는 엉뚱한 생각이 들었다.

"저어, 제가 전화 한 사람입니다." 그 여자는 말을 건네고 있다. 빤히 쳐다보는 나에게 "죄송하지만 여기 좀 앉아도 될까요?" 하고 싸늘한 나의 반응에 주의를 한다. "애들 아버지에 대해 무슨 말을 하겠다는 것이요? 나는 당신 말을 듣고 싶지 않소." 하고 자리에서 일어섰다. 여자는 깜짝 놀란 표정으로 나를 응시하더니, 너는 내가 하는 말을 듣고도 그렇게 태연하게 고자세를 취할 수 있냐 하는 마음을 나타내 보였다. "나는 당신의 남편과 같이 한 집에서 살아 왔어요, 오래 전부터." 빈

정거리는 말투로 입 꼬리를 올리면서 큰소리로 말하고 있다. 당신의 시어머니도 나의 집에 왔다 갔다 했다는 말에서는 더 힘을 준다. 그녀의 장례를 치르고 서울에 와 회사의 산적한 문제점을 해결하기 위해 정신 없이 일을 할 때다. 수차례 여자가 전화해 만나고 싶다고 했지만 나는 응하지 않았다. 여자는 회사나 집으로 오겠다고 나에게 겁을 준다.

　그녀의 아들은 펄쩍 뛰었다. 있지도 않은 일로 자기를 모함한단다. 여자와 살림을 차렸다니 말도 되지 않다고 화를 내었다. 그 여자와의 관계를 정확히 알아야 문제를 해결할 것이 아닌가? 나는 그 여자가 말한 사실을 확인하겠다고 하고, 그는 그런 일 없으니 공연히 헛수고 하지 말라 했다.

　그 여자가 적어 준 주소를 들고 속초시장 안에 있는 기성복 가게에 갔다. 형부라는 사람이 처제는 서울로 이사를 가 여기는 살지 않는단다. 버스가 한계령 고개 굽이를 돌 때마다 심하게 요동치며 흔들린다. 그녀의 아들에 대한 분노도 나의 가슴을 굽이굽이 때리고 있었다. 버스 안에서 미친 듯이 "사람들아 내 말 좀 들어봐라, 세상에 이런 개 같은 일도 다 있네." 하고 중얼거리다 울다가 했다. 그 여자와 애정관계가 아니라고 말하는 그에게 속초행 버스를 타기 전까지 "속초냐? 서울이냐?" 하고 그 여자의 거주지를 물었다. 내가 이토록 분개한 점은 그 여자와 사랑을 했다는 사실보다는, 나의 끈질긴 추궁을 한 순간 모면하

　　　　　　　　부모의 사랑은 늘 목이 마르다

기 위해, 살고 있지도 않은 속초라는 그 먼 곳까지 나를 가게 했다는 것이다. 나는 그녀의 아들을 용서할 수 없을 것 같다.

사람의 본능적인 욕망은 배부르게 먹고, 사랑하는 사람을 만나 정을 나누고, 자식도 낳아 기르고, 성장시키는 과정에서 부모에게 효도하고 친지들과 화목하게 지내는 일이다. 며느리로서, 아내로서, 엄마로서 발버둥치며 지키고 싶었던 내 가족에 대한 의무가 처참하게 무너졌다. 흔히 사람들이 쉽게 말할 수 있는 "그 집 남자 바람이 났다."는 말을 듣게 되었다. 힘든 시집살이를 잘 견디어 냈다고 칭찬받고 싶었고, 좋은 가문에서 교육 잘 받아, 하는 행동이 지혜롭다는 말도 듣고 싶었다. 무엇보다는 부모의 결사적인 반대를 무릅쓰고 내가 선택한 사람에 대한 명예를 빛나게 해주고 싶었다. 시집살이 10여 년이란 긴 세월 동안 한 번도 그녀에게 말대꾸한 적도 없었으며, 못마땅하다고 얼굴 찌푸린 적도 없었다. 늘 그녀가 원하는 일과 말만 해왔다. 나의 조모는 "시집간 이후는 너 자신은 버리고, 부모만 있다 생각하고 살아라."라고 수없이 당부했다. 이런 처지의 나는 그녀를 부모로서 존경하고 의지하고 살아야 하는데, 그녀에게 영 정이 가지 않았고 그냥 무섭기만 했다. 서로 얼굴을 마주보고 눈길을 보낸다든가, 정다운 말을 주고 받는다든가, 집안 일을 같이 하면서 너스레를 떠는, 남들이 나누는 아주 평범한 일들을 하지 못했다. 그녀는 나 아닌 다른 며느리와 사는 기쁨과 생활의 즐거움을 그 여자로부터 얻고 싶어 했는지도 모른다. 또 손자도 낳아 달라고 말했을 수도 있다.

    사람마다 사랑하는 방법이 다르다. 부모와 자식 사이, 부부 사이, 다른 사람들과의 사이가 똑같지는 않다. 그래서 인간이라면 넘어서는 안 될 최저의 기본 선을 양심에 두고 산다. 사람 사는 세상에는 법도 있고, 윤리나 도덕도 있다. 법은 강제성을 갖고 있지만, 윤리나 도덕은 사람으로서 마땅히 지키고 행해야 할 도리다.

    나는 그녀의 아들을 끌고 산으로 올라갔다. 분을 풀기 위해서다. 밤이 하늘을 덮어 앞뒤도 분간이 되지 않는다. 어두움이 사방에 널려 있다. 나의 악 쓰는 소리가 동네 사람들에게 들리지 않을 산중턱에서 멈추어 섰다.

    "자, 말 해봐. 왜 이때지? 그 여자의 관계를 왜 지금 말 하느냐고? 당신 어머니의 무덤에 흙도 채 마르지 않았는데, 왜 바로 이 시점이냐고? 왜 이때냐고?" 그녀의 아들은 무어라 말을 하는 것 같은데 그 말을 귀담아 들을 이유가 없었다. 10여 년 동안 나의 오색 무지개를 포기하고, 오로지 며느리로서 의무만 알고 살아온 나에게 마른 하늘에서 벼락이 떨어졌다. "왜 이때냐고!"

    그녀가 살아있다면 이렇게 미치지 않고 아주 냉정하게 말할 수 있다. "당신 때문에 우리 부부는 이혼을 한다. 당신이 우리 부부 사이를 갈라 서게 했다." 하고 당당하게 큰 소리 치고 이 일을 해결할 것이다.

부모의 사랑은 늘 목이 마르다

이 일은 그녀에게 모든 허물을 뒤집어 씌울 수 있기 때문이다. 떠돌이 생활이 지겨운 그녀의 아들은 한 때 어머니를 대구에서 사시게 하자고 제안하기도 했지만, 그때 나는 부모를 버릴 수 없다고 반대했었다. 나는 최선을 다 했다. 자식의 도리를 다 하고 산다고 믿었다. 나 자신이 누구보다 떳떳하고 자랑스럽다고 생각했다. 그런데 왜 이때냐고? "나는 억울하다. 나는 억울하다. 나는 억울하다."고 날이 밝도록 소리친 산울림이 메아리가 되어 또 다른 산 하나를 만들고 있었다. 나는 많이 부끄러웠다.

나는 부끄럽다

'부끄럽다'는 자기가 한 행동이 양심에 떳떳하지 못해, 자신이 원한 모습이 아닌 것을 자신의 의도와 상관없이 노출시킨 경우를 말한다.

"나 같아도 저리 똑똑한 여자하고는 못 살겠네." 거스름 돈을 건네주는 택시 기사는 나를 똑바로 쳐다보고 말한다. 순간 머리를 한 대 크게 얻어맞은 것 같은 전율이 왔다. 그녀의 아들을 끌고 가정법원으로 갔다. 법원 앞에서 차가 멈추자 그는 재빠르게 도망쳤고, 나는 아저씨에게 요금을 지불하면서 말을 듣고 있다. 차 안에서 이혼을 해야만 하는 이유를 조목조목 나열하면서 첫째는 어떻고, 둘째는 어떻고…, 이렇게 논리 정연하게 따지는 나의 말을 듣고 내린 아저씨의 결론이다. 똑똑한 여자는 아저씨도 같이 살기 싫단다.

그날 이혼수속을 하지 못한 나는 그 여자가 말한 "나는 당신의 남편과 살아왔어요."를 확인하는 절차를 거쳐야 했다. 물에 빠진 사람이 지푸라기도 잡는다고, 살림을 차려 같이 살았다는 것과, 그냥 그 집에 왔다 갔다 한 일은, 나의 이혼 결정에 큰 영향을 줄 수도 있다. 주소를 들고 여자의 집을 묻고 또 물어 삼청동 중턱에 있는 판자집 문간방 앞에 섰다. 마침 여자는 방안에 있었다. 고개를 숙이고 땅만 보고 나온 여자는 몸을 떨기까지 한다. 나는 확인할 일이 있어 왔으니 방안으로 들어가고 싶다고 했다. 방안은 얌전하게 정돈되어 있었고 옷을 걸어둔 긴 막대 옷걸이에서 그녀의 아들 옷은 눈에 띄지 않았다. 나무 판자 책장에다 꽂아둔 3권의 『한국전쟁사』라는 책이 그녀의 아들 소지품의 전부라는 것을 알기까지는 그리 오래 걸리지 않았다. 어느 날 그가 책 10권을 구입했다면서 7권을 가져 왔기에 왜 1,2,3권이 없느냐고 물었다. 공부를 하기 위해 회사에 두고 왔다 해 그냥 지나쳤다. 그때는 군사전문가로서 기사를 쓸 때였다. 사랑하는 사람에게 무언가 주고 싶은 게 사람의 마음인데, 돈이 없으니 그 여자에게는 무용지물인 책을 주었는가? 나는 씁쓸한 마음에 길게 숨을 내뿜었다. 그날 집으로 오는 길에 소주 2병을 사 건너방 뒤뜰에서 이 생각 저 생각에 다 마셔 버렸다. 두 팔과 두 다리를 가슴에 웅크리고, '음' 하는 신음소리를 내면서 오들오들 떨고 있는 나를 옆방 아줌마가 발견해 병원으로 옮겨주었다.

우리는 별거에 들어갔다. 죽기 아님 살기로 이혼을 거부하는 그녀의 아들은 시간을 갖고 생각하자고 제안해 서로가 합의했다. 그는 옷과 책을 챙겨 집을 나갔다. 이불 보따리를 한사코 마다하고 집을 구할 약간의 돈도 마당에다 내팽개치고 떠나갔다. 이혼이 말만이 아니고 현실일 수도 있다는 평범한 이치를 깨달은 것이 이때였다. 말만 이혼하자, 이혼하자 했지 실제로 이혼이 얼마나 두렵고 무서운 일인지 알지 못했다. 여섯 아이들을 앉히고 "아빠 엄마가 따로 살아야 하는데 누구든 선택하는 부모랑 같이 살 수 있으니 말하라."고 했다. 당연히 아이들 전부가 내 편인지 알았다. 나는 그때 회사가 조금씩 안정되어 빚의 일부도 갚았고, 생활에 별 어려움이 없었다. 큰애도 둘째도 엄마랑 살겠다 한다. 그런데 유치원 들어갈 나이도 안 된 셋째가 동생들 모두 말하고 난 후 마지막에 결정하겠단다. 별생각 없이 그렇게 하라 했다. 아들 둘은 아직도 나의 무릎 위에서 뽀뽀를 수도 없이 해야 하니, 당연히 날 선택할 것이다. 다섯 아이가 나와 살고 싶다고 결정을 했다.

"그럼 이제 셋째 차례야." 하고 말을 끝내자 아이는 울기 시작한다. "언니들도 다 엄마와 살면 아빠는 누가 돌보느냐"며 눈물을 뚝뚝 흘리면서, "나는 아빠랑 살래." 한다. 순간 나는 멍해졌다. 부부는 인륜이요, 부모와 자식은 천륜이라 했던가? 하늘도 끊으려야 끊을 수 없는 이 인연을 내가 어떻게 하겠는가?

별거를 시작하고 얼마 후 그 여자가 날 찾아왔다. 언니네 가게에서 점원으로 일해 왔는데, 이 사건 이후 형부 보기가 민망해 가게를 그만두었으니, 도와달라는 거다. "그럼 이력서 가져와요." 하니 이력서 쓸 것도 없단다. 가정이 어려워 교육은 받지 못했지만 어릴 때부터 장사 기술을 배워 물건 파는 일은 자신이 있다 한다. 마침 S물산에 근무하는 친구가 있어 부탁했더니 여자를 데리고 청계천에 있는 그 회사 직매장에 오라는 거다. 친구는 여자보고 내일부터 출근하라고 했다. 여자가 먼저 가고 난 후, 차를 마시면서 친구는 대뜸 "박형 사고 쳤구나." 하면서 의미 있는 웃음을 나에게 보냈다. 나는 손사래를 치면서 "아니야, 옆집 사람인데 하두 사정이 딱해서." 하고 두리뭉실 넘겼다. 그녀의 아들에 대한 분노보다 더 큰 고통과 절망은, 남들이 이 사실을 알고 나를 비난하는 일이다. 잘난 맛에 남편 제대로 챙기지 못한 멍청이, 아무리 남들의 생각이 쉽게 변하고 쉽게 잊어버린다 해도, 내 가슴속에 남아 있는 수치는 영원히 남을 것이다.

별거에 들어간지 한 일 년쯤 되었을까? 회사로 전화가 걸려 왔다. 본인이 자동차 운전자라 밝히면서 교통사고가 났단다. 아이들 셋이 나란히 손을 잡고 길을 가는데 차와 부딪쳐서 한 아이가 길바닥에 쓰러졌단다. 내가 병원에 도착하니 아이는 이미 검사를 받고 있었다. 외상은 없어도 사고 후유증이 발생할 수도 있으니 세세한 진료가 필요하다고 운전자는 입원을 권한다. 의사가 지시한 대로 여러 가지 검사를 받고 있는데, 그녀의 아들도 연락을 받고 나타났다. 우리는 남남이 되기위한 과정을 거치고 있는 중인데, 그런 사실을 완전히 잊은 채 아이의 안위를 걱정하고 있었다. 또 앞으로 어떤 일이 발생할 수도 있으니 입원을 시켜 지켜보자고 둘이서 의논했다. 아이가 입원해 있는 일주일 내내 퇴근을 하면 약속이나 한 것처럼 병원에 와 저녁도 같이 먹고 말도 하는 정다운 부부처럼 보이게 행동했다. 이혼 후, 여섯이나 되는 아이에게 또 이와 같은 문제가 발생한다면, 헤어져 사는 일이 더 번거롭고 복잡할 것 같다는 생각이 들었다.

내가 부끄러워한 것은 내 자신이다. 내 아이들과 부모형제, 친척, 친구, 이웃에게 내 가정에 내재한 도덕적 가치의 부재를 보여주어서는 안 된다. 나의 자제력이 감당할 수 있는 데까지 참고 또 참아, 어느 누구도 이 참담한 사실을 알게 해서는 안 된다. 지적 능력이 뛰어난 사람이 반드시 옳은 생각과 판단을 하는 것이 아니다. 또 바른 행동을 하는 것도 아니다.

봄이 오면 새싹이 돋고, 가을이 되면 낙엽이 바람 따라 날아가 듯이, 사람 사는 이치도 이와 같지 않겠느냐? 오늘 이 비참하고 고통스러운 일도 다 지나갈 것이다. 세상에 변하지 않는 일이란 없다. 통 크게 한번 덮고 넘어가자. 나는 그녀의 아들에게 큰소리로 웃으면서 "당신 짐 싸 가지고 집으로 들어와." 하고 말했다.

부모의 사랑은 늘 목이 마르다

행복은 마음이다

"애기 엄마." 지나가는 나를 부른다. "네?" 하고 쳐다보니 이웃에 사시는 아주머니다.

"어쩜 그렇게 애들 가정교육을 잘 시키셨어요? 아이 여섯이 하나같이 방글방글 웃으며 인사도 공손하게 하네요."라고 칭찬하신다. 이곳에 이사와 인사도 나누고, 골목 안 사람들하고는 집안 사정 이야기를 어느 정도 하는 처지다. 모두들 아이들이 탐이 난다고 한다. 무슨 재주가 있기에 그 많은 아이에게 눈 한번 찌푸리지 않고, 한결같이 예뻐하는지 그 비결이 무엇인지 묻는다. 애가 하나나 둘인 그들은, 아이들이 하는 행동이 마음에 들지 않아 고함치고 야단친단다. 그런 질문을 받을 때마다 나의 대답은 한 가지다. "특별히 가정교육을 한 적이 없어요."

아이가 태어나면서부터 할머니는 집안의 어른이고, 존경해야 하는 사람으로 알고 자랐다. 식사 시간에도 할머니가 먼저 수저를 들고 "이

제 먹자." 해야 밥을 먹기 시작했다. 할머니의 표정 하나하나가 아이들의 행동에 지침서가 되어, 이건 이렇게 하고, 저건 저렇게 해야 한다는 이치를 깨우쳐 준다. 일상생활에서 보고, 듣고, 느끼고, 깨닫는 아주 평범한 일들이 가정교육이다. 이것은 교과서적인 특별한 원리원칙으로 정의하기 어렵다. 집안에서 일어나는 크고 작은 일들이 할머니의 중심에서 진행되니, 자연히 예의나 범절을 따로 가르칠 필요가 없다는 말이다. 어른들의 행동이나 말에서 자연스럽게 배워나가기 때문이다. 말은 마음을 전하는 수단이기도 하다. 공손한 말을 하는 사람과 거친 말을 하는 사람은 그 사람의 성장과정과 됨됨이가 다르다. 어른들이 하는 모든 말들은 아이의 마음에 조금씩 쌓이는 의식意識과도 같은 것이다.

사람은 자신의 마음을 바로 눈앞에 나타낸다. '부모의 건강과 진실한 삶과 성실한 자세는 아이들에게 좋은 태도를 갖추게 하는 열쇠'가 된다. 좋은 태도가 좋은 운을 만든다는 말도 있지 않는가? 우리 집은 사흘이 멀다 하고 어머니께 문안차 찾아오는 친척들이 많다. 아이들의 상냥함과 공손함은 나의 어떤 융숭한 대접보다도 그분들의 마음을 기쁘게 해 주었을 것이다.

대개의 사람들은 처음 만나면 "자녀가 몇이나 됩니까?" 하고 묻는다. 처음엔 "여섯입니다." 했더니 "에이, 농담 그만 합시다. 요즈음 누가 그렇게 많이 낳습니까? 셋만 두어도 미개인이라 합니다." 한다. 아무리 여섯이라 말해도 어느 누구도 믿지 않는다. 하기야 30대 초반인 나를 보고는 아이 여섯을 낳았다고 상상하기 쉽지 않았을 것이다. 딸을 넷 두고 그 다음 아들 둘이라고 이해하기 쉽게 설명하는데 시간이 많이 소요되어, 어느 날부터 아예 "아들 하나 딸 하나" 그렇게 설정을 했다. 그랬더니 모두가 참 잘 두셨네요 한다.

이 여섯 아이들이 이웃 사람들에게 기쁨을 선물하다니 기분 좋은 일이다. 세상에 절로 얻어지는 것은 없다. 공짜가 없다는 말이다. 어머니 모시고 산 10년이 죽을 고생만 하고, 죽지 못해 산 삶이 아닌 것을 이제야 알 것 같다. 일상생활에서 얻는다고 다 좋고, 잃는다고 다 손해 보는 게 아니라는 것이다. 얻는 것과 잃는 것이 얽혀져 있는 게 인생이지 않은가?

별거에서 집으로 돌아온 남편은 하루하루 아이들과 보내는 시간이 많아졌다. 퇴근하고 곧장 집으로 와 놀이터, 산, 학교 운동장 같은 곳에서 즐겁게 논다. 야시카 카메라를 구입해 아이들의 모습을 담기도 한다. 나는 이런 일들이 무덤덤하고 아무런 감동이 없다. 꼭 벽에 걸려 있는 그림처럼 멀리서 보는 것 같다. 어떤 날은 퇴근해 집으로 들어서는 골목길에서 일하는 아주머니와 아이들 손을 잡고 나란히 서 있는 그가 그 아주머니 남편 같아 보인 적도 있었다. 그가 낯설다. 하루 생활에서 그와 이렇게 가깝게 지낸 적도, 집안에서 오래 얼굴을 마주본 적도 없었다. 바람처럼 나갔다 구름처럼 들어오기 때문이다. 집에 온 첫 날밤 우리는 "어머니 안 계시니 마음 편히 안방에서 남들처럼 한번 자 보자."고 베개를 나란히 했다. 한창 잠에 골아 떨어져 누가 업어가도 모 를 그 시간, 아프게 짓눌리는 눈, 앵앵거리는 벌레가 들쑤시는 것 같은 머리에 베개를 반대 방향으로 옮겨 잠을 청해 보았지만 잠은 다시 오 지 않는다. 그래도 자는 척 하고 있는데, 그 역시 나와 똑같은 행동을 반복하고 있지 않는가? 부부로 산지 10여 년이란 세월 동안 무엇이 우 리를 이렇게 남남처럼 만들어 놓았을까? 그는 그동안 어머니의 아들 에서 나의 남편으로 역할을 바꾸기로 결심한 것처럼 마음을 열고, 집 안 일을 하나하나 챙기고 있다.

그 날은 마당에서 큰 소리로 웃는 소리가 마루에까지 들려 왔다. "은아야, 이젠 엄마가 잔소리 하지 않겠지. 백옥 같잖아. 참 빨래하기 쉽 다, 그렇지?" "네, 아빠." 세수대야에 푼 많은 양의 세제가 채 물에 용해 되지도 않았는데, 그 속에다 셔츠를 풍덩 담갔다가 조금 후에 꺼낸다. 우리 집 아주머니는 흰옷 검은 옷 구별 없이 세탁기에 다 넣어 한꺼번 에 돌리기 때문에, 모든 옷들이 거무튀튀하다. 그 셔츠를 희게 한다고, 세제가 범벅이 된 옷들을 흔들면서 유쾌하게 웃는다. 마당 양쪽에는 큰 나무가 심어져 있어, 그 나무 이쪽 저쪽에다 새끼줄을 매달아 빨래 를 널고 있다. 셔츠에 묻은 세제가 햇빛에 반사되어 은빛으로 빛난다.

행복이란 무엇인가? 사람의 행복은 오색 무지개처럼 찬란한 것이 아니다. 사소하고 일상적이고 조그만 데 있다. 길가에 피어있는 이름 모를 들꽃에도, 길게 늘어져 빗방울에 잎새를 펄럭이는 담쟁이잎에도 행복은 깃들어 있다. 농부가 애써 농사지은 곡식에도, 공사장에서 일하는 사람의 땀방울에도 행복은 있다. 사람은 행복을 원한다. 그 행복을 소유하는 유일한 방법은 자신의 생각을 행복의 조건에다 맞추어 나가는 거다. 많이 가진 자라고 많은 행복이 쏟아지지 않는다. 가난하고 병든 사람에게도 행복은 한아름 있다. 아름다움은 아름다운 눈을 가진 사람만이 볼 수 있는 것처럼, 행복은 외부에 있는 것이 아니고, 내 마음속에 있는 내부 조건이 만들어 나가기 때문이다. 행복은 마음이다.

요즈음 내 가슴에는 어머니가 마지막 가시면서 남긴, 아주 크고 새까만 '솥 뚜껑 울화병' 하나가 가슴에 버티고 붙어 있다. 그전부터 있었는데 어머니와 싸운다고 그걸 인지하지 못함인지, 아니면 어머니가 나에게 준 마지막 훈장 같은 선물인지 알지 못한다. 너무 답답하고 갑갑하다. 숨 고르기도 힘이 든다. 나는 이 무거운 솥 뚜껑을 조금씩 조금씩, 내 밖으로 옮겨 밀어낼 것이다. 내게는 남들보다 많은 여섯 배의 힘이 있기 때문이다. 매일매일 여섯 아이가 만들어 주는 행복에 솥 뚜껑도 그냥 그 자리에 붙어 있지 못할 것이다. 솥 뚜껑아 안녕.

자식은 부모 마음 먹고 자란다

"둥둥 내 사랑, 금자둥아, 은자둥아, 하늘에서 뚝 떨어졌나, 땅에서 불쑥 솟았나, 둥둥 내 사랑, 금을 주고 너를 살까, 은을 주고 너를 살까, 둥둥 내사랑." 조모께서 나를 위해 불러주신 자장가이다. 나는 이 노래를 동생이 태어나기 전까지 듣고 자랐다. 내 아이를 등에 업고 조모처럼 노래를 한다면, 소중하고 귀하다는 말만으로는 부족할 것 같았다. 아이가 가슴에 담고 성장할 수 있는 의미를 골라 덧붙였다.

"집안에서는 기둥되고, 사회에서는 거울되고, 나라에서는 보배되세, 둥둥 내사랑."

나는 노래의 리듬에 따라 몸을 이리 저리 흔들고, 아기는 등에서 쌔근쌔근 잠잔다. 이 말은 아이 앞날에 대한 격려요, 또 아이에 대한 나의 희망이다.

내가 "집안에서는" 하면 아이들은 "기둥되고", "사회에서는" 하면 "거울되고", 이처럼 우리 가족은 이 말을 가훈 삼아 노래했다. 나의 아버지는 내가 걷기 시작할 때부터 손을 잡고 다니면서 말씀하셨다. "너는 미국 유학 가 박사를 따야 한다." 나는 그 말이 무슨 뜻인지 몰랐다. 집에 오시는 손님이 귀엽다고 머리를 쓰다듬어 줄 때마다 "아저씨, 나 미국 유학 가요."라고 했으니, 아마도 남들이 부러워하고 자랑할 만하다는 것은 알았던 것 같다. 철이 들기 시작하자, 이 말이 어깨에 매달려 여간 부담스럽지 않았다. "박사는 공부를 해야 하니, 어떤 경제적 어려움이 있더라도 극복하고 공부하자." 이렇게 자신에게 말했다. 오늘 내가 서울에 있는 대학에 올 수 있었던 것도 이 지침이 크게 작용했다고 생각한다.

아이들은 쑥쑥 자랐다. 부모들이 생업에 메여 일만 하고 있을 때도 아이는 커 나간다. 가정교육이란 훈계를 통해서 가르치고 배울 수 있는 것이 아니다. 함께 생활하는 할아버지, 할머니, 엄마, 아빠, 누나, 형, 동생의 행동이나 말에서 좋은 점과 나쁜 점을 느끼고 깨달아 간다.

어떤 날은 퇴근하고 거실에 들어서면 나는 눈을 다른 쪽으로 돌려야 한다. 아이 다섯이 벽 쪽으로 나란히 서, 두 손을 들고 서 있는 모습을 바라보아야만 하기 때문이다. 큰 딸애는 버드나무 회초리를 들고 눈을 부릅뜨고 "손 내리면 맞아!" 하고 겁을 준다. 막내 아들이 엄마 구원병을 보고 손을 슬며시 내려놓는 순간에는, 재빠르게 움직이는 누나의 회초리를 피할 수가 없다. 누군가 잘못을 해 문제가 발생했는데 모두가 본인은 아니라고 발뺌을 하니 큰애가 벌을 주고 있는 광경이다.

사람은 자신의 잘못을 인정하기 싫어한다. 큰애는 동생들이 잘못을 시인하고 수긍해야 한다는 이치를 아는 것처럼 가르친다. 사람은 "깨끗한 성품, 올바른 행동, 열심히 노력하는 태도", 이런 덕목이 합쳐서 인격이란 완성체가 나타난다. 이 기본적인 토양은 가정에서 쌓아 나갈 수 있다. 누나나 동생의 장점과 단점, 적극성, 겸손, 도량은 형제 서로간에 반면교사反面教師로서 배울 수가 있다. 형제가 많다는 것은 좋은 점이 많다는 것과 같다. 서로 경쟁자가 되기도 하지만, 때로는 의논하는 좋은 친구일 수도 있기 때문이다.

건너 방 사람들을 이사 보내고, 그 방에다 마루에 쌓아두었던 책들을 옮겼다. 방 중앙에다 큰 책상을 놓고, 공부방을 꾸몄다. 그때 타임-라이프Time-Life에서 발간한 과학에 대한 아주 비싼 책을 구입했다. 한 권이 14,000원이니 24권이면 아마도 쌀이 몇 가마니가 될 수도 있다. 남편 한 달 월급과 거의 비슷한 돈이다. 이 책은 보통 책의 2배의 크기를 가지고 있었고, 내용은 에너지, 기계, 건축, 선박, 우주, 비행기, 인체, 시간, 마음 등을 컬러 또는 흑백 사진과 설명을 더 붙였다. 아이들이 방바닥에 늘 깔아놓고, 빙 둘러 앉아 무슨 연구하는 사람처럼 고개를 숙이고 열심히 들여다 본다. 이 책에는 선박이나 인체처럼 주위에서 쉽게 접근할 수 없는 부분도 있었다.

부모의 사랑은 늘 목이 마르다

그 중에서도 나의 눈을 끈 고대 로마시대의 의료 기구인 의과용 톱, 절제용 갈고랑이, 메스 등이 꼭 시골 농가의 연장 같이 보였다. 인체에 관한 사진은 실제 사람의 내장 핏줄까지 세세히 그려져 있었고, 뇌의 두개골頭蓋骨 구조는 의과대학 교재로 학생들이 들고 다니는 해골과 같았다. 그 해골을 그린 화보를 아이들은 손으로 짚어가면서 자신의 의견을 말하면서 신기해 한다.

아이의 머리 속에 무엇을 탐구하려는 호기심을 심어주는 일은 중요하다. 그 대상이 인체이건, 마음이건, 그런 것은 상관없다. 책 속에 내포한 내용 이외에도 아이의 상상력을 무한대로 끌어올릴 수 있는 계기를 만들어 주어야 하기 때문이다.

어느 날 퇴근해 거실에 들어서자 두 아들이 겁먹은 표정으로 나를 쳐다보더니 울기 시작한다. 마루 바닥에는 무슨 전자기계 부품 같은 것이 차례차례 놓여 있다. 아이를 달래느라 미쳐 TV가 사라지고 받침대만 덩그러니 남았다는 걸 보지 못했다. "엄마, 이것 뜯어서 다시 만들려고 했는데 아무리 차례차례 같다 붙여도 본래대로 되지 않아요."라며 눈물을 흘린다. 곁에 서 있는 누나들은 눈을 부릅뜨고 노려보고 있다. 재미난 만화를 볼 수 없게 만들었다고 화를 낸다. "니가 무슨 기술자야, 왜 멀쩡한 텔레비전을 못 보게 만들어? 빨리 사 와." 누나도 같이 운다. 아직 초등학교도 입학하지 않은 나이다. 지난번에는 오디오를 분해해 못쓰게 만들어 다락방에다 얹어 두었다. 아이는 기계를 조립 할 수 있다고 생각해 자꾸만 시도한다. "자, 엄마 말 잘 들어. 너희들은 분명히 할 수 있어. 그런데 조립하는 순서에 잘못이 있었어. 무엇이 문제인지 그 점을 찾을 때까지 새 가구는 손대지 말고, 버리게 되어 있는 것들만 이용해 다시 만들어 봐."

"할 수 있다. 그렇지?"

믿음은 산도 움직인다 한다. 나는 내 아이들을 믿는다. 아이들은 내가 시키는 일보다는 본인들이 자발적으로 하는 것에 더 열중한다. 지금부터는 아이들 가슴에 노벨상Nobel Prizes이란 큰 희망을 담아 주어야 할 것 같다.

부모의 사랑은 늘 목이 마르다

둘이 합쳐도 100점이 안 되네

"현아 엄마 잘 만났어, 물어볼 게 있는데." 이웃집 경숙 엄마는 반가워하면서 나의 손을 잡는다. "그 집 아들 말이야. 정말 학교에서 빵점 받아와?" 나는 이제야 무슨 말인지 알았다. "어떻게 아셨어요?" "우리 집 애들한테 공부하라고 야단쳤더니, 그 집은 빵점을 받아와도 엄마가 야단치지 않는다고 소문이 나 있다네."

골목 안 아이들 학년이 거의 비슷해 학교에서 일어난 일들을 잘 알고 있었다. 자녀를 똑똑하게 잘 키우고 싶은 게 부모의 마음이다. 그런데 빵점을 받아도 부모가 가만이 있느냐고 감탄사를 연발한다. 요 근래에 자녀 교육 열의가 점점 높아져 아이에게 좀 더 일찍, 좀 더 많은 것을 배우게 해, 대부분의 아이들이 초등학교에 입학하기도 전에 한글과 산수는 어느 정도 읽고 계산한다. 그리고 여유가 있는 집에서는 유치원도 보낸다. 아이가 동화책이나 이야기책을 읽는 것은 자연스런 현상이다.

얼마 후 시장에서 만난 경숙 엄마는 나를 보더니 손뼉을 딱 친다. "아이고, 내 말이 맞았어. 어제 그 집 아들을 우연히 길에서 만났는데, '너 공부 잘하지?' 했더니 '아니요, 저 빵점 받아요' 그러는 거야." 경숙 엄마가 "이 녀석아 거짓말하지 마. 너희 누나들은 다 잘 하잖아." 하니까, 아들이 어깨에 맨 책가방을 풀어 필통 속에 꼬깃꼬깃 넣은 시험지를 꺼내 "아줌마 나 정말 빵점이에요." 하면서 시험지를 펴서 눈앞에 갖다 대더라며 신기해한다.

　아들 둘이 한꺼번에 태어나자, 빨리 학교에 보내기 위해 출생신고를 한 해 먼저 했고, 입학하기 전까지 매일 가구 전자제품을 부수고 새로 만드느라 공부 같은 건 관심이 없었다. 그러니 이름도 쓸 줄 모르고 입학했다. 시험지마다 빵점이 수도 없이 그려져 있어, 은근히 걱정되어 남편 보고 좀 가르쳐 보라고 했더니 "걱정하지 마, 그래도 제 이름 석자 썼으니 선생님이 시험지 찾아주었지." 한다. 다행인 것은 산수는 둘 다 전부 100점을 받았다. 빵점을 본 어른들이 신기한 표정을 짓고 또 실실 웃으니, 아들은 빵점이 나쁜 것이 아니고 사람들이 좋아하는 거구나 하고 생각했을 수도 있다.

　담임 선생님이 전화를 주셨다. "아드님이 해냈어요, 아드님이." 흥분해 무슨 말인지 알아들을 수 없다. "뭘 했다는 겁니까?" 과학 시간에 통에 물을 가득 담아, 그 물 위에 진흙으로 물체를 만들어 띄우게 하는 과제인데, 배를 만들어 뜨게 했다고 한다. 지금까지 어느 학생도 성공한 적이 없었단다. "어머니 한번 학교에 오셔서 보고 가세요."라는 것이다. 아이들을 입학시키고 한번도 학교에 간 적이 없다. 대부분의 부모들은 자식을 학교에 맡기고, 선생님께 감사의 인사를 하는 게 자연스런 일이었다. 내가 초등학교 다닐 때, 아버지가 육성회장을 맡아 가끔씩 집에 선생님들을 식사 초대도 하시고, 육성 회비도 많이 내셔서, 교장선생님을 비롯하여 선생님들이 나를 예뻐하셨다. 친구들이 지나가는 나에게 손가락질하면서 저 애는 사邪를 먹였다고 말하고, 심지어 나의 이름이 사쟁이었다. 어린 마음에 기가 질렸고 속이 상했다. 친구들에게 죄를 지은 것 같은 비굴한 마음도 들었다. 돌림 받은 상처가 오래 남아 있어, 아이들의 학교는 입학식 날과 졸업식 날, 딱 두 번만 가는 것으로 나의 마음을 굳혔다.

집에 온 아들에게 어떻게 진흙으로 배를 띄울 수 있었느냐고 물었다. "배 안에는 충분히 큰 빈 공간이 있어야 물에 뜰 수 있다"며, 서재에 가 타임지에서 발간한 선박에 관한 책을 가지고 와 설명을 한다. 그림을 손으로 짚어가면서 차근차근 말한다. 물은 수면 아래에 잠긴 공간만큼, 물의 무게와 동일한 양의 힘으로 배를 위로 들어 올린다. 이 힘이 배의 무게보다 크기 때문에 배가 뜰 수 있단다. 글자도 읽지 못하는 아이가 그림을 보고 그 원리를 응용해 배를 만들었다니 여간 희망적인 일이 아니다. 아이들은 그들의 세계가 있다. 부모로부터 물려받은 유전적인 특성과, 아이 스스로 몸에 익힌 습관적인 특징을 가지고 있다. 먼저 관심을 가지고 세심히 지켜보아야 한다. 어떤 교육방법이 이 아이에게 적합한지를 관찰해야 하기 때문이다.

　"엄마 동생들 공부 좀 시켜요." 밤 늦게 퇴근해 올 때마다 아이들 누나는 나에게 불평을 한다. 동생 둘의 숙제를 밤새 하려니 팔이 아픈지, 양쪽 팔을 번갈아 탁탁 치고 있다. 어떤 날은 숙제를 알지 못해 아들 친구한테 대신 물어서 해 보낸다. 우리 아이들 모두가 우등상이란 걸 받아 본 적이 없다. 국어 산수처럼 시험 점수를 받는 과목은 우수했지만, 미술이나 음악 같이 선생님이 인정하는 실기 점수에 약했다. 그러니 반장, 부반장 심지어 줄반장도 맡은 적이 없었다. 셋째는 곱고 양순한 성격이다. 선생님이 난데없이 부반장이라는 감투를 주면서, 수업 시간에 떠드는 친구 이름을 적어서 보고하는 역할을 맡겼다. 이름이 적힌 친구들이 "너 뭐가 잘나 내 이름 적어.", "니 동생 둘은 숙제도 안 해 와, 매일 골마루에 벌을 서고 있잖아, 니 동생이나 잘 가르쳐." 하고 항의를 한단다. 아들은 학교가 끝나고 집에 오면 누나들이 붙잡아 공부시킬까 봐, 아예 집으로 들어오는 큰길 버드나무 밑에다 책가방을 놓고 도망가 버린다. 지나가는 동네 사람들이 그 책가방을 우리 집에다 갖다 주는 경우도 있지만, 대부분의 사람들은 큰소리로 "그 집 아들 책가방 여기 있어요." 소리친다.

남편은 "걱정하지 말아, 차차 공부할 거야." 하고 말한다. 내가 아이들의 점수에 지나치게 신경 써 이렇게 하라, 저렇게 하라 하고 간섭할까 봐 걱정하는 말이다. 소를 끌고 강으로 가는 건 소 임자의 몫이지만, 물을 먹고 먹지 않는 건 소의 마음이라 한다. 부모가 애타게 공부하라고 소리쳐도 공부하고 안 하는 것은 아이 마음이란다. 어떤 일이든 자발적으로 해야만 최고의 성과를 낼 수 있다는 이치가 남편의 지론이다. 자유롭게 내버려 두고, 잘 한 일에는 아낌없는 칭찬을 보내라. 칭찬과 격려는 사람을 모든 일에 최선을 다 하도록 만들고, 그것은 그 사람의 능력을 최고치까지 끌어 올리는 계기를 만든다. 아이가 잘못했을 때 정면으로 야단치지 말고, 아이 자신도 인정할 만한 큰 잘못에 회초리를 들어라. 사람은 누구나 자기 자신을 평가하기 때문이다. 아이도 자기 자신을 평가한다. 내 아이들한테 노는 일만이 아니고, 공부도 잘 할 수 있다는 의지를 심어주어야 하겠다. 그래야만 언제인가는 100점도 받아 오겠지.

나는 아이가 여섯이다

　　　　사람의 뇌신경세포는 약 1000억 개가 있고 이중 실제 사용하는 세포는 0.3%인 4200개다. 나머지는 써보지도 못한 잠재력이다. 이 잠재된 가능성을 끌어내는 것이 교육이다.

　나는 첫딸을 낳았고, 그 다음에도 딸을 낳았다. 또 그 다음에 딸을 낳았다. 누구나 딸 낳고 아들 낳고, 이렇게 쉽게 원하는 대로 자식을 둘 수 있다고 믿었다. 크게 걱정하지도 않았다. 틀림없이 아들을 낳을 수 있다는 신념 같은 믿음이 있었기 때문이다. 넷째 딸을 낳고 나서 걱정이 생기기 시작했다. 아들을 두는 일이 운명이라면 그 운명을 나 스스로 만들어 나가자고 했다. 그 후 다섯 번째는 아들 둘을 한꺼번에 두었다. 모두 합해 여섯 아이들이다.

　첫 번째 임신이 찾아왔을 때, 세상 모든 엄마는 뱃속의 태아를 위한 태교를 한다. 가장 축복받는 건강과 지혜, 그리고 복덕을 갖춘 아이어야 한다고 스스로 다짐을 한다. 또 뱃속의 아기한테도 말한다. 훌륭한 사람이 될 수 있는 좋은 자질을 갖고 태어나 달라고, 마음속으로 말하고 또 기도한다. 아이를 똑똑하고 행복하게 기르고 싶은 것은 모든 부모의 소망이다.

　나의 첫 번째 아기는 열 달을 채우지 못하고 태어났다. 아기는 나에게 희망이란 꿈이다. 무엇보다도 이 아이가 나처럼 많이 부족한 사람으로 살아가지 않기를 바랐다. 말을 배우기 시작하자 "너는 의사가 되어야 한다."고 가르쳤다. 아이는 의사가 무슨 말인지도 모르고 자랐지만, 그 말이 아이의 가슴에 새겨져 있었다. 너무 이른 나이에 공부를 시작하는 것이 좋지 않다고 생각한 나는 아이를 유치원도 보내지 않았다. 또래의 아이들이 책가방 메고 유치원 가는 게 부러운지, 가방과 노트, 연필을 사 가짜 학생을 연습한다고 다락방에 올라가 숙제도 했다. 또 그림도 그리고 글씨도 썼다. 바로 집 앞에 있는 초등학교가 신입생을 뽑는 예비 소집일에는 다른 친구들과 나란히 줄을 서서, 호루라기에 맞춰 하나, 둘도 했다. 교실에 들어가 선생님이 친구와 짝을 배정하는 과정에서 가짜 학생이라는 게 들통 나, 울면서 집에 왔다. 하는 수 없이 동 주민자치회에 가서 취학통지서를 받아와 7살에 학교에 보냈다. 집안에서 어느 누구도 글자를 가르친 적이 없는데도 가끔씩 100점도 받아온다. 공부를 하면서 재미있어 하고 우스운 말을 만들어 식구들에게 웃음을 선물한다. 내리 여자 동생만 셋이 있어, 아이가 남자 동생이 있어야 한다고 생각했는지, 남자 동생이 태어난 날 학교 공부를 마치고, 온 동네 할머니와 마실 다닌 집집마다 찾아가 우리 엄마 아들 낳았다고 알리기도 했다. 얼마나 고단했으면 그날 밤에 이불에다 넓은 지도를 그렸다.

첫째이니 가족에 대한 책임감이 어린 마음에도 있었나 보다. 한번은 종아리에 피가 날 정도로 때린 적이 있었다. 모처럼 시장에 데리고 가 구워내는 빵을 주문하고 건네주려고 돌아보니 아이가 사라졌다. 아이를 찾아 시장 안을 헤매다, 혹시나 하고 대문을 열자 "할머니, 엄마가 빵을 몰래 사 먹으려고 해.", "니 어미가 무슨 짓을 하는지 하나도 빠트리지 말고 일러야 해." 하는 소리가 들린다. 나는 아이한테 "고자질이란 이렇게 피가 날 정도로 맞아야 되는 나쁜 짓"이라 말하며 계속 매질을 했다. 그 이후 한번도 나를 원망하는 눈길이나 그 일에 대해 아이 나름대로 불평을 말하지 않았다. 잘못을 인정하는 태도와 마음이 곧고 속이 넓다는 생각이 들었다. 갑자기 어려워진 집안 형편에 살던 집을 팔고, 낯선 동네로 이사를 왔다. 초등학교 4학년인 아이는 다니던 학교와 전학 갈 학교에 가, 부모가 직접 학교에 와 전학 수속을 할 수 없는 사정을 말하고, 동생하고 학교에 갈 수 있게 되었다고 나더러 걱정하지 말라 한다. 쌀독에 쌀이 떨어져 밥을 굶자, 시골에서 보내준 쌀보리를 가지고 쌀가게에 가, 라면을 바꿔와 동생들 저녁을 굶기지 않았다. 직장생활 하는 엄마를 대신해 동생들 하나하나를 챙기고, 잔소리

부모의 사랑은 늘 목이 마르다

도 하고 별도 준다. 나로서는 집안에 가정교사를 둔 것 같은 대견함과 뿌듯함이 있었다. 좁은 집안에서 동생 다섯이 떠들어 대니, 미안한 생각이 들어 "시끄러워 공부하기 힘들지?" 하면, 걱정하는 나를 위로한다. 시험기간 중 밤새 공부를 해야 하는 날은 도시락을 만들어 동생들에게 건네준다. 내 생각에 이 아이는 본인이 할 일이 있을 때는 어떤 환경적인 요인에 영향을 받지 않는 의지와 집중력을 가진 것 같다. 바르고 빈틈없이 자기 자신의 일을 해낸다. 앞으로 큰 열매를 맺지 않을까 하는 희망을 보았다.

교육이란 사람이 살아가는데 있어, 필요한 모든 행위를 가르치고 배우는 과정이다. 그 과정은 유아로부터 성인이 될 때까지다. 아이가 가정에서 부모로부터 어떤 교육을 받고 자라는 과정은 그 아이의 인생에 중요한 영향을 준다. 부모는 아이의 거울이고 아이의 첫 스승이기 때문이다. 모든 부모들은 아이를 위하여 최선을 다 하고 싶고, 잘 키우고 싶어한다.

둘째 아이는 위로 언니, 밑으로는 동생들이 줄줄이 있으니, 본인은 두 번째 태어난 걸, 결코 좋은 운이 아니라고 생각하는 것 같다. 부모의 사랑이 본인에게만 턱없이 부족하다고도 느낀다. 마음속에 벽을 만들어 두고, 무얼 요구하는 적도, 자신의 의사를 말하는 적도 없다. 그저 묵묵히 자신이 할 일만 한다. 가끔씩 알 듯 모를 듯한 미소를 나에게 보내기도 하고, 거울을 남몰래 들여다 보고 몸가짐을 이리저리 움직여 보기도 한다. 멋있는 모습을 연출하는 중이다. 아이 생각에 어떤 모양과 표정이 다른 사람에게 예쁘게 보일까를 시험해 보는 것 같다. 유치원에 보낼 계획이 없었는데, 어느 날 난데없이 원아복을 입고 나타나 내일부터 원장님이 유치원 오라 했단다. 부모들이 흔히 말하는 둘째 아이 특유의 성격, "다른 형제들보다 사고가 독립적이고, 본인만의 길을 찾으려고 노력한다."는 말이 이 아이에게는 적합하다. 현실을 있는 그대로 받아들이기보다는 나름대로 여러 다른 세계를 동경하고 있는 것 같다. 성적도 100점을 받아오는 적도 있지만, 또 하위의 점수도 받는다.

부모가 아이에게 가르쳐야 할 것이 공부만이 아니고, 예의와 범절, 형제간의 우애, 가족간의 협조와 상대를 배려하는 마음과 같은 인성도 중요하다. 일찍 자고, 일찍 일어나고, 가족과 함께 식사하고, 친구와 사이좋게 놀고, 학교 공부 철저히 복습하는 기본적인 생활을 충실하게 하고 있나를 관심 있게 챙겨야 한다.

자녀 교육에는 왕도가 없다. 바로 나 자신이 아이의 좋은 본보기가 되어야 하기 때문이다. 내가 부모로부터 받은 가정교육이 아이의 교육으로 시작된다. 또한 내가 살아온 경험도 중요하며 어떤 부류의 사람들과 교류하는 지도 아이에게는 중요하다. 사람마다 각기 다른 성품이 있기 때문이다. 심리학에서 말하는 반면교사反面教師다. 아이가 주체적으로 살아갈 수 있는 자립심, 자존감 같은 능력을 키우는데 나의 생활 태도가 아이에게 큰 영향이 될 수도 있다. 무엇보다 중요한 일은 아이의 건강한 인성이다.

대학 진학을 결정할 때, 약학과를 추천했는데 "왜 언니는 6년을 공부하는데 나는 4년만 공부하느냐."고 따졌다. "그래 좋아, 너도 의과대학에 가." 이 아이는 스스로 성장해 나갈 수 있는 뿌리 깊은 나무처럼 무슨 일이든 내면에 흔들림이 없다.

잠재력이란 숨어있는 능력이다. 셋째는 곱고 양순한 성격이다. 누구에게나 고개 숙여 인사하고, 고개를 들 때에는 미소를 짓는다. 미소는 상대방에게 관심을 보이고, "나는 당신을 좋아합니다." 하는 말을 내포한다. 그러니 보는 사람들이 다 예뻐하고 칭찬한다. 아침 등교 시간 한성여고를 올라가는 큰 길에서 여학생들이 아이를 중앙에 세워두고 쭉 둘러서 있다. 한 학생이 "예쁘게 생겼다." 하니 다른 학생이 "정말 예쁘다." 한다. 옛말에 선도 보지 않고 데려간다는 셋째 딸이다. 태어난 날 손자를 기다리던 어머니조차 섭섭함 대신 "죽은 데 산 데 없이 참 잘 생겼네, 우리 집에 미스 코리아 났다." 하고 자기 아들에게 섭섭해하지 말라 했다. 책가방 던져 놓고 놀기만 하는 동생들 숙제를 오른 손, 왼손으로 번갈아 써 학교에 보내고도, 싫은 표정 한번 짓지 않는다. 목욕탕에서 큰소리로 "가만 있지 못해!" 하면서 두 동생을 씻긴다. 담임 선생님조차 학교에 얼굴 한 번 내밀지 않는 나의 딸을 부반장이란 감투를 주었다. 어느 날 초인종이 울리자, 문 밖에 나간 아이가 들어오지 않았다. 무슨 일인가 하고 나가보니 남루한 옷차림의 남자가 돈을 요구하고 있었다. 아이는 지금 돈이 없어 줄 수 없다는 말을 계속하고 있었다. 나는 화를 내면서 "은아야, 빨리 들어오지 못해?" 하고 "그냥 대문 닫아." 했다. 아이는 그 사람한테 고개를 숙이면서 미안해한다. 방안으로 들어 오면서 "엄마, 불쌍한 사람에게 그렇게 말해도 돼?" 하고 원망하는 눈으로 나를 쳐다본다. 집안에서 책가방, 신발 정리, 심부름 같은 귀찮은 일은 모두 이 아이의 몫이다. 아이는 저마다 타고나는 자질과 잠재력을 가지고 있다. 이 아이는 어떤 잠재력이 있을까?

어느 날 아이는 "언니는 공부가 그렇게 좋아?" 하고 묻는다. "사람이 어떻게 하루 내내 공부만 하고 살 수 있어? 나는 부잣집에 시집가 제사祭祀를 매일 지내, 동네 사람들에게 맛있는 음식을 대접할 거야." 아이 생각에 밤낮으로 책상에 앉아 공부만 하는 언니가 딱하고 측은하게 보인 것이다. 이 아이는 목소리도 곱다. 언니와 동생 모두가 음치에 가깝다. 유일하게 제대로 음을 낸다. 말을 할 때도 노래처럼 음정을 올렸다가 내린다. 듣는 사람의 마음을 아름답게 어루만져 준다. 여섯 아이 중 유일하게 의과대학에 가지 않고 경영학을 선택했다. 자신의 일보다 다른 사람을 배려하고 늘 따스한 마음을 상대방에게 전해 준다. 나는 이 아이가 빛나는 보석 같다는 생각이 들었다.

부모의 사랑은 늘 목이 마르다

미국의 잠재력 개발 전문가 글랜 도먼Glenn Doman은 정상적인 영아는 태어날 때 잠재력을 가진 천재이며, 이 잠재력을 개발하느냐 못 하느냐에 따라 똑똑함과 아둔함을 나타낸다고 한다.

넷째는 곧고 개성이 강한 아이다. 언니들이 무슨 잔소리를 하든 본인은 상관하지 않는다. 어느 날 말하는 것처럼 책을 소리 내어 읽고 있어 "왜 그렇게 싸움하는 것처럼 읽느냐?"고 물었다. "엄마, 우리 반 어느 남학생이 말을 아주 잘 하는데, 그 친구랑 말 싸움을 하기로 했어. 꼭 이겨야 해." 하고 사회책에 나오는 어려운 낱말과 문장을 외우고 있다. 초등학교 4학년이 민주주의니, 공산주의니 하면서 언니 책을 들고 방과 마루로 왔다 갔다 한다. "네가 설마 이런 어려운 단어를 알겠느냐?" 하는 자신감을 얼굴에 드러낸다. 자신이 하고 싶은 일은 꼭 하고야 마는 기개를 타고 났다. 담임 선생님이 자신에 대한 평가를 쓰는 작문 숙제를 내었다. 아이가 손을 들고 정말 솔직하게 써도 되느냐고 물었단다. 선생님은 너희들의 진실한 평가를 받고 싶다고 하셨다. 아이는 학기 초부터 본 선생님에 대한 나름대로의 생각을 하나하나 열거하기 위해 밤새 머리를 썼다. 노트 한 장 앞뒤를 꽉 채워 제출했더니 아니나 다를까 "박세아, 수업 끝나고 교실에 남아." 해서 야단을 실컷 맞고 울면서 집으로 왔다. "선생님은 거짓말쟁이야. 그럼 선생님의 좋은 점만 쓰라고 해야지, 왜 솔직하게 쓰라고 거짓말 시켜. 엄마, 내 말 맞지?" 한다. 앞으로의 희망은 미용사다. 실습이 필요하다고 친구를 집으로 데리고 와, 파마와 고데를 하는 흉내를 낸다. 친구를 의자에 앉히고, 머리에다 물을 바르고, 당기면서 "손님 조금만 참으세요, 아주 예쁜 모습이 될 것입니다." 하고 머리가 아프다고 큰소리로 울어도, 눈 하나 깜짝하지 않고 계속 연습한다. 아이 나름대로 상상의 세계로 가 현실의 세계와 접목한다. 다른 친구 엄마들은 다이야 반지를 끼고 학교에 와 담임선생님과 면담을 하는데, 우리 엄마는 반지가 없어서 학교에 오지 않는 걸로 안 아이는 "내가 커서 돈을 많이 벌어 큰 언니 코보다 더 큰 다이야 반지를 사 줄 거야." 한다. 세계 지도 책을 방바닥에 펴 놓고 색연필로 동그라미를 그리면서 앞으로 '엄마가 비행기를 타고 여행 갈 길'을 만든다고 모든 나라를 붉게 만들어 버렸다. 바느질 솜씨가 야무져, 식탁보를 백화점에 진열되어 있는 상품처럼 만들어 사람들에게 선물도 준다. "나는 패션디자이너가 되어야 하는데 참 아깝다." 하면서 의과대학에 지원했다. 공부도 어느 때는 전 과목을 만점에 가까운 점수를 받아 오지만, 또 어느 날은 최하의 성적도 받는다.

아이의 잠재력을 이끌어 내는 일은 부모의 몫이다. 부모가 아이의 잠재력을 믿어줄 때 아이도 자신의 잠재력을 믿는다. 아이에 대해 가장 정확하게 아는 것도 부모다. 이 잠재력의 개발은 아이의 나이와 신체발달 과정에 맞추어 나가야 된다고 생각한다. 꽃과 나무에 지나친 거름은 그 영양분을 흡수하지 못해 말라 죽는다. 아이도 감당할 수 있을 만큼 훈련되어야 한다.

막내로 태어난 아들 둘은 어떤가? 장남 진균이는 일요일 날 대문에 기대어 서 있다. 눈물을 뚝뚝 흘리면서 "그럼 달걀 삶아줘."를 반복한다. 친구랑 교회에 가 삶은 계란 하나를 먹었고, 교회에 올 것을 약속했단다. 우리는 절에 다니니 교회에 다닐 수 없다고 했더니, 약속을 지키지 못하니 먹은 계란을 갖다 주어야 한단다. 하는 수 없어 누나가 아이 손을 잡고 그 교회에 가 자초지종을 말하고, 아이를 안심시켰다. 마음이 선하고, 거짓말을 하면 안 된다고 알고 있다. 할아버지 기일에 사정상 아이가 제주가 되어야 하는 날이었다. 준비가 끝나 "진균아, 진주야, 일어나."라 깨우니 진균이는 벌떡 일어나 얼굴을 씻고 단정한 옷차림으로 제례 준비를 하고 있었다. 진주는 계속 잠에서 일어나지 못한다. 책임감이란 참 놀라운 일이다. 다섯 살인 아이 머리에 장남이란 사실이 각인되어 집안 일에 마음을 쓴다. 한 날 한 시에 태어난 형제도 형과 동생의 관계가 분명한 것이 신기하다.

차남 진주는 마음이 굳고 고집이 세다. 눈동자가 초롱초롱 빛나고 모든 일에 정확하다. 자로 잰 듯이 매사에 원칙적이고, 또 본인이 하고 싶은 건 꼭 하고야 만다. 손님이 주고 간 1000원을 문방구에 갖고 가, 가지고 싶은 물건을 사고 난 뒤, 진균이의 돈을 같이 쓰는 재주가 있었다. 옷도 형이랑 똑같은 모양과 색은 싫다 해, 서로 다른 옷을 입혔다. 어느 저녁 자신의 의견을 관철한다고 윗옷을 벗고 집을 나가 밤이 되어도 돌아오지 않자, 온 식구가 동네를 헤매어 찾아 데리고 왔다. "춥고 무섭지 않았냐?"고 묻는 나에게 견딜 수 있었다고 말하고 "엄마, 내 생각이 맞지?" 하고 자신의 주장을 굽히지 않는다. 둘이 한 날 한 시에 태어났는데 하늘과 땅만큼이나 다르다. 똑같은 점은 공부에 관심이 없는 것과 끊임없이 물어오는 질문이다. 놀이터나 산과 들에서 놀다 의문이 생기면 그것을 머리에 담아 두었다가 집에 와 쉴 새 없이 질문을 한다. "나뭇가지를 당겼는데, 왜 그 가지가 제자리에 되돌아 가느냐"고 묻는다. 여전히 초등학교 4학년이 되었지만 둘이 합쳐도 100점이 되지 않는 점수를 받고도 당당하다. 친구들이 놀려도 개의치 않는다. 100점의 중요성을 알지도 못할 뿐 아니라, 친구와 노는 일을 더 신나 하고 재미있어 한다. 산과 들을 쏘다니면서 자연을 보고 느끼고 마음도 넓힌다. 나무도 보고, 풀도 보고, 아름다운 꽃들도 본다. 일부러 정서적인 교육을 시킬 이유가 없다. 타인과 어울려 노는 법을 배우고, 축구와 달리기 같은 경기를 하면서 이기고 싶은 경쟁심도 기른다. 용돈이 생기면 즉시 오락실에 가서 게임도 하고 머리를 응용하는 방법을 스스로 터득한다. 집 앞 공터 목재소에서 잘려 나온 나무 토막들을 주워 나름대로 디자인 한 가구를 만든다. 집안에 있는 공기구를 사용하다 고장이 나면 다시 사다 만든다. 망치에 손을 다쳐 피가 나도 울지 않는다. 그렇다고 수업시간에 산만하게 장난을 치거나 집중하지 않아, 알베르트 아인슈타인처럼 학교에서 쫓겨나는 일도 없다.

부모의 사랑은 늘 목이 마르다

아이들 교육은 공부하고 싶은 마음과 흥미를 북돋워주는 일이 먼저다. 너무 어린 나이에 공부에 질린 아이는 할 의욕도 없고, 공부 그 자체가 즐겁지도 행복하지도 않다. "아이의 내면에 있는 능력을 끌어내는 것이 잠재력의 개발"이다. 부모는 아이의 능력을 믿고, 아이 자신도 그 능력을 믿게 해야만 가능성과 창의성을 발휘할 수 있다. 무슨 일이든 할 수 있다는 자신감이 있는 것과 없는 것의 차이는 그 사람의 생애를 성공과 실패로 가른다.

5장

빈Wien에

살다

"두 아들도 나란히 그 대열 첫 번째에 서 있다.
부모들이 나를 힐금힐금 쳐다보며 웅성거리기 시작한다.
'동양인이 둘이나 상을 타잖아.'"

빈에 가다

빈Wien(비엔나)은 오스트리아공화국Republic of Austria
의 수도다. 13세기부터 합스부르크 왕국의 수도이며, 온 유럽 교통과
정신문화의 중심지가 된 국제적인 도시다.

"네? 버스를 타고 다른 곳으로 가 비엔나행 비행기를 타야 한다고
요?" 순간 머릿속이 하얗게 질렸다. 문득 경동시장에서 무거운 시장 보
따리를 등에다 메고, 또 양손에 들고, 버스를 향해 허겁지겁 달려가 승
강구에 매달리는 나의 억척스런 모습이 떠올랐다. "아이쿠, 어쩌지. 큰
일 났네. 화물로 보낸 짐을 찾아 이 아이들 손을 잡고, 또 버스를 타러
간다니 참 난감한 일이다. 파리 드골공항에 내려, 환승객 안내원에게
비행기표를 보이고 환승을 어디서 하느냐고 묻자, 그녀는 "게이트Gate
3" 한다. 이건 무슨 소리인지 멍하게 서 있는 나에게 계속해서 "게이트
gate 3"라고 크게 말한다. 순간적으로 아차 싶었다. 서울에서 비행기를
어떻게 갈아타는지 자세히 알아봤어야 했다. 그런데 무턱대고 덤비는

준비성 없는 나의 성격이 이러한 결과를 가져왔다.

아는 만큼 잘 할 수 있다는 평범한 이치를 지금 깨닫고 있는 중이다. 그러나 이미 늦었다. 내 생전 외국이란 곳에 처음 왔다. 김포공항처럼 터미널이 달랑 하나 있는 줄 알았지, 1, 2, 3까지 이렇게 많이 있다는 사실도 몰랐다. 가만히 서 있기만 하면 비행기가 와 나를 태우고 목적지까지 데려다 주겠지 했다. 나는 이 난감한 상황에서 탈출해야 한다. "도와주세요. 곧 비행기를 타야 합니다." 사람이 다급하면 어디서 나오는지도 모르는 대처 능력이 튀어나오는 모양이다. 어떻게 내가 외국인들이 많이 지나다니는 공항 통로에서 큰소리로 영어로 말할 용기를 냈을까? 그동안 영어 같은 건 잊고 살았다. 안내원은 우리를 터미널 2까지 데려다 줄 수 없는 자신의 처지가 답답한 듯 계속 설명했다. 그녀 역시 내가 그녀의 말을 잘 알아듣지 못하는 힘든 상대라는 걸 아는지 천천히 크게 말했다. 그때 정장차림으로 손가방 하나만 달랑 든 신사가 우리 곁을 지나가다 도와주겠다고 나선다. 나는 누구에게인지 모를 '땡큐'만 연발했다. 그 신사는 꼬불꼬불한 통로를 몇 개 지나는 동안 우리의 티켓을 보고 찾아가는 방법을 설명한다. 나는 그제야 비행기를 탈 때는 게이트가 가장 중요한 역할을 한다는 사실을 알았다. 그녀가 말한 "게이트 3"은 비행기 탑승구가 아닌, 터미널 2로 가는 공항터미널 버스 타는 곳을 말한 것이다. 버스에서 내리니 비엔나행 비행기가 기다리고 있었다. 온몸에 흘러내린 식은땀이 옷에 배어 있었고, 두 아들의 얼굴도 창백한 것이 많이 놀란 듯한 표정이다.

    나는 섬에서 태어나 섬에서 자랐다. 바다가 사방을 에워싸고 있어, 늘 바다와 산, 하늘 밑에서 자랐다. 호수처럼 깊은 푸른 하늘에는 양털 같은 구름이 조개 무늬처럼 곱게 새겨져 있었고, 둥둥 떠다니는 구름은 크고 작은 산봉우리를 수없이 만들어냈다. 산에는 나무며 풀이며 꽃들도 철마다 붉고 흰 화사한 색채로 아름다움을 겨루고, 맑은 바람은 살랑살랑 산을 흔든다. 저 멀리 떠다니는 돛단배, 밀려오는 파도는 은빛 물살을 뿌리고, 햇살에 부서지는 물줄기는 공중에서 휘날린다. 눈이 부시게 시린 모래밭에 누운 나는 비행기를 타고 하늘 아래 다른 먼 나라로 가는 꿈을 꾸고 있었다.

    남편이 해외 특파원 발령을 받자, 아이가 많은 나는 걱정부터 앞섰다. 이 아이들을 다 데리고 외국생활을 한다는 것이 엄두가 나지 않았다. 큰 딸아이는 "엄마 걱정 마. 우리는 가족이 너무 많아 하나님이 한 집에서 살기 힘드니 떨어져 살라고 하신 것 같아."라며 동생과 서울에서 다니는 대학에서 공부를 계속하고 싶다 한다. 나는 딸애의 생활이 좀 더 편하도록 살고 있는 주택을 팔아 아파트로 옮기는데 시간이 걸릴 것 같아, 남편에게 셋째, 넷째를 데리고 먼저 근무지에 가게 했다.

    우리나라는 해방 후 남북이 둘로 나뉘어 삼팔선을 경계로 하고 있다. 남쪽은 자유민주주의고, 북쪽은 공산주의 사상 체제를 이루었다.

한 나라, 한 민족이지만 서로를 적으로 여기는 세계에서 가장 불행한 동족이다. 우리 모두는 어릴 때부터 반공 교육을 받았다. 어른이나 주위에서 듣는 이야기의 대부분이 공산주의 사상에서 발생한 일들이 많았고, 공산주의자는 무서운 사람들이라고 배웠다. 해외에 나가는 일도 쉽지 않았다. 공무나 회사의 직무로 출장을 가는 경우도 철저한 신원조회를 거쳐, 연좌제에 해당 사항이 없어야 여권을 받을 수 있었다. 연좌제의 기준은 일반 범죄자는 해당되지 않으며, 친족 중 사상적으로 문제가 있는 경우이다. 납북자나 월북자 가족은 아예 해외에 나가는 일이 금지되었다. 그만큼 여권을 소지한 사람은 국가가 인정한 건전한 사상의 대한민국 국민이라는 것을 증명한다. 이런 세태에 어떤 사람들은 속이 훤히 비치는 흰 셔츠 주머니에다 여권을 넣고 다녔다. 남들에게 선택된 사람이라는 것을 자랑하기 위해서다. 남편은 출국하기 전날 가족들에게 여권을 주면서 "나는 가난하고 힘없는 조상을 많이 원망했는데, 이번에는 조상덕을 톡톡히 봤다."고 크게 웃었다.

오스트리아는 유럽 중앙에 위치해 있으며, 북쪽에는 독일, 체코, 동쪽에는 헝가리, 슬로바키아, 서쪽에는 스위스, 리히텐슈타인, 남쪽에는 이탈리아와 국경을 접하고 있다. 제2차 세계대전 중 독일에 병합되었다가 1955년 주권을 회복하여 영세 중립국이 되었다. 나라 면적은 한반도의 절반 정도이고, 독일어를 쓰는 게르만족이다. 이 작은 나라에 세계 각국의 스파이, 정보원, 신문기자, 바이어Buyer 등, 자국이 필요한 이익을 얻기 위하여 고군분투하는 사람들이 몰려들어 와 있다. 남편의 직무는 동서 이념의 시대에 동구권의 정치, 문화, 사회, 교육 등 여러 사건들을 취재해 기사를 쓰는 것이다.

오후 3시를 조금 넘기는 시간인데도 어둠이 벌써 빈 공항 주위에 깔려 있다. 눈인지 비인지 분간조차 가지 않는 찬바람이 내 가슴에 와 닿는다. 마침 남편의 비서가 딸애 둘을 데리고 마중을 나와 있어 우리는 쉽게 만날 수 있었다. 남편은 회사에서 급히 처리할 일이 있어 서울로 떠났고, 우리는 낯선 이곳에 와 있다. 김포에서 출발해, 보이는 것은 얼음뿐인 앵커리지 공항에 두 시간 정도 머물렀고, 파리를 거쳐서 비엔나까지 장장 스무 시간이 넘는 긴 여행이었다.

집수리를 하다

"나이스 투 미트 유Nice to meet you" 하고 손을 내밀자, 한국말로 "안녕하십니까?" 한다. "네?" 하고 어리둥절한 표정을 짓는 나를 보고 씩 웃는다. 장난기 어린 소년처럼 얼굴도 붉힌다. 마음이 따스하고 정이 많은 사람 같아 보인다. 곁에 선 딸아이가 요즈음 한국말을 배우고 있다고 설명한다. 그의 이름은 허버트 프리자허Herbert Friesacher이고 나이는 서른을 넘긴 것 같이 보인다. 빈 대학에서 사회학 공부를 했고, 여러 계층의 사람들과 자유자재로 교제해 친구가 많단다. 심지어 체코, 헝가리, 폴란드와 같은 공산주의 국가에도 아는 사람들이 있는 독특한 친화력의 소유자다. 걱정 없어 보이는 낙천주의자인 듯한 그는 남편의 비서다. 공항에서 집으로 오는 동안 영어로 또는 독일어로 쉬지 않고 말한다. 영어는 나를 위한 설명이고, 독일어는 애들을 위한 언어교육이다. 아마 남편이 나를 소개할 때 아주 조금 말을 알아듣는다고 말한 것 같다. 우리는 지금부터 그를 아저씨라 호칭할 것이다.

부모의 사랑은 늘 목이 마르다

남편은 도나우Donau 강 주위에 새로 지은 오피스텔을 얻어 짐을 풀었다. 사무실 겸 숙소로 딸들과 기거하고 있었다. 집을 구하는 시간이 소요되어 임시로 정하고, 빈 중심에 우리 가족이 살 집을 마련해 그곳으로 이사를 가기로 했다고 말했다. 그 집은 이미 비어 있었고, 아이들 학교와 거리가 가까운 곳이다. 오늘 우리는 그 집에 왔다.

현관문을 열자 매캐한 담배 냄새와 고인 물이 썩는 것 같은 역겨움 때문에 문을 쾅 하고 닫고 말았다. 아이들은 기침을 하면서 '후~우' 하고 숨을 토해 낸다. 아저씨가 먼저 들어가 창문을 활짝 열고 나와 지금은 들어갈 수 없으니 햄버거 집에 가 점심을 먹고 오자고 한다. 그 집은 빈의 부잣집 딸이 18세가 되자 부모로부터 독립해 살고 있던 집이다. 40여 평이 넘는 넓이에 혼자 살았으니 당연히 선진국 국민답게 예쁘게 꾸미고 깨끗하게 살고 있었겠지 했다. 나의 예상은 빗나갔다. 그녀는 공부는 하지 않고, 하루 내내 담배만 피운 것 같다. 집안에 가득 찬 지독한 담배 냄새가 어느 정도 빠지고 난 후 집 구조를 점검해 보니, 한 면은 방과 거실, 중앙에는 긴 복도가 있고, 다른 면에는 부엌과 목욕탕, 창고 등이 있었다. 집 상태를 보고 난 후 나의 얼굴은 근심으로 가득 찼다. 이런 불결한 집이 빈 중심가에 있다니! 매달 200만 원이 넘는 큰돈을 지불해야 하는 내 입장에서는 이 계약에 문제가 있다고 생각했다. 아저씨는 우리가 고쳐 쓰는 조건이기 때문에 집 수리를 해도 된다고 한다. 그렇지 않으면 벽에 못 하나를 박아도 주인의 허락이 필요하고, 그 계약조건에서 조금이라도 위반하면 보증금에서 감한다고 한다. 철저한 계약주의이다. 아저씨는 내일부터 일할 기술자를 데리고 오겠단다. 말도 못하고 글도 읽지 못하는 내가 할 수 있는 일이란, 어떻게 하면 이 집을 우리가 편안하게 생활할 수 있는 공간으로 꾸밀지 걱정하는 것이 전부였다. 그는 다음날 전화로 "문제가 있다."고 알려왔다. 다음날도 또 그 다음날도 여전히 문제가 있단다. 내 생각에 '문제가 있다'는 것은 해결하기 무척 어려운 난관이 있다는 뜻이다. 지구 반대편에 와 있는 나는 "사람의 생김새도 다르고, 말도 다르고, 생활풍속도 하늘과 땅만큼이나 차이 나는 이곳에서" 그저 멍청한 바보일 수밖에 없고, 그가 말한 '문제'라는 것이 마음에 걸려 겁이 많이 났다. 이 도시는 내가 사는 집을 중심으로 5km 이내에 작은 공원들이 있어 오후 3시만 되면 까마귀가 울어댄다. 스산한 새 울음과 도시의 적막이 나의 걱정을 가중시키고 있었다.

삼일 후 집으로 온 아저씨는 지금은 크리스마스 시즌이라 기술자들이 모두 휴가를 보내고 있어 일꾼을 구할 수 없다고 한다. 어쩔 수 없이 본인이 친구를 데리고 와 직접 수리를 하겠단다. 그가 말한 '문제'가 '기술자를 구하지 못하는 상황'이라는 것을 이해한 나는, 말의 표현과 이해가 동서양이 많이 다르다는 사실을 깨달았다. '아저씨가 정말 집을 수리할 수 있을까?' 하는 의문이 머릿속에서 빙빙 돌았지만, 그저 고맙다고 인사를 건넸다. 다음날 아침 우리는 뱁 가세Web Gasse 8번지의 그 집에서 만나기로 약속을 했다.

아저씨의 친구는 쉰 살이 되어 보이는 분이다. 말쑥한 옷차림에다 작은 트럭 안에서 각종 장비를 꺼내고 있다. 아이들도 거든다. 천장 페인트를 칠할 때 올라갈 높은 나무 책상, 벽지를 바를 때 올라갈 의자, 풀칠을 할 때 마룻바닥에 깔 판자, 페인트 통, 벽지, 천장 칠할 때 쓸 봉이 있는 길고 짧은 막대기, 풀 등이다. 서울에서 우리 집을 수리할 때 인부들이 갖고 온 기구 전부가 여기에 있다. 먼저 벽에 베인 냄새를 제거하기 위하여, 큰 면도날 같은 칼로 벽지를 뜯어내고, 천장 페인트칠부터 시작했다. 아저씨와 친구 분의 일 솜씨가 서울 일꾼처럼 빠르다. 천장에서 페인트를 칠하는 봉이 왔다 갔다 하니, 그 시커멓게 그을린 면이 신기루처럼 새하얗게 변해가고 있었다. 나는 '아~' 하는 감탄사를 연발하면서 고개가 아프도록 천장만 쳐다보고 있었다. 아이들도 일을 돕기 위해 바쁘게 움직인다. 점심을 먹으면서 아저씨 왈, 이 기술은 학교에서 배운 것이라 한다.

오스트리아의 교육제도는 독일과 거의 비슷하며, 초등학교가 4년, 김나지움 중고등학교 과정이 8년이다. 초등학교를 졸업하면 대학 진학을 할 학생은 인문계인 김나지움에 입학한다. 취업을 원하는 학생은 기술을 배우는 실업계 학교로 간다. 만약에 실업학교에 진학한 학생이 기술 배우는 것이 본인의 적성에 맞지 않는다고 판단해, 대학 진학을 원하면 김나지움으로 옮겨올 수 있다. 또 반대로 김나지움에서 실업계 학교로 진로를 바꿀 수도 있다. 김나지움은 남학생에게는 기술 과목, 여학생에게는 가정 과목을 가르친다. 기술 과목에서는 자동차 정비와 수리를 비롯해 집 수리와 전기, 수도, 보일러 등 일상생활에서 사용하는 기구들이 고장이 났을 때 그것을 스스로 고쳐 쓸 수 있는 기술을 배운다. 또 여학생은 요리, 제빵, 바느질 등을 배운다. 가정생활에 필요한 일들을 학교에서 실습을 위주로 가르친다. 유급 제도가 있어, 낙제한 과목이 있을 때는 상급반으로 진급할 수가 없다. 학교는 지식만이 아니라 생활인으로 살아가는데 필요한 모든 일들을 학생 스스로 습득하게 만든다. 남의 도움 없이도 편안한 생활을 할 수 있도록 하는 능력을 키우는 것이다.

아저씨와 친구 분의 작업복에는 흰 페인트가 군데군데 묻어 있다. 우리는 아저씨를 선생님으로 모시고 벽지 바르는 시공을 했다. 양탄자도 깨끗하게 청소했다. 집 수리를 시작한지 일주일이 지난 후, 우리 집은 이 세상에서 가장 깨끗한 하얀 집이 되었다. 한 나라의 교육정책은 그 나라의 국민을 행복하게도, 불행하게도 한다. 모든 국민이 어떤 직무에서든지 바르고 능률적으로 능력을 발휘할 수 있도록 키우는 산교육이어야 한다. 국민을 행복하고 건강하게 살 수 있는 한 사람의 사회인으로 만드는 것은 국가의 몫이다.

부모의 사랑은 늘 목이 마르다

낯선 독일어 도전하기

배움에는 왕도가 없다. 공부를 잘할 수 있다는 의지를 가지고 꾸준히 노력하면, 힘들고 어렵더라도 성적은 향상될 수 있다. 사람은 누구나 내면에 스스로 성장해 나갈 수 있는 힘이 있기 때문이다.

자동차가 도착했다는 신호가 집안까지 들린다. 남편의 비서가 아들을 학교까지 데려다 주기 위해 아침 등교시간에 맞춰 왔다. 학교 갈 준비를 끝내고 비서를 기다리던 아들은 후닥닥 화장실로 뛰어간다. '우웩' 하는 소리가 문밖으로 새어 나온다. 놀란 나는 아들의 등을 어루만진다. 아침 먹은 것을 다 토해내고 긴 숨을 뿜어내면서 핏기 없는 얼굴로 나를 바라본다. 무언가 도움을 청할 말을 하고 싶은 기색이다.

오늘은 A아, B베, C체도 쓸 줄 모르는 아들이 학교에 가는 첫날이다. 지난밤에 내가 몸에 지니고 있는 염주를 가지고 싶다 해, 이유를 물었더니 부처님이 도와 줄 것이라 한다. 얼마나 겁이 났으면 어린 아들이 부처님을 생각했을까? 팔목에 찬 염주를 만지작거리면서 현관을 나서는 아들은 꼭 허수아비가 강풍에 허우적거리는 모습 같다.

　남편이 이곳에 발령 났을 때, 제일 먼저 걱정한 것이 아이들 교육문제였다. 아이 넷을 국제학교International School에 보낸다면 그 학교에서는 어떤 교육을 하는지, 수준은 어느 정도인지, 세계 각국에서 온 수준이 천차만별인 학생들의 반 편성은 어떻게 하는지 등 여러 가지가 알고 싶어 해외에 근무했던 선배에게 자문을 구하고, 빈의 국제학교에서 온 정보를 세밀히 검토했다. 우리의 경제적 사정과 좋은 교육을 받을 수 있는 학교 선택 기준을 놓고 많은 고심을 했다. 한국에서 온 외교관이나 회사 주재원 가족 중 어느 누구도 이곳 김나지움에서 공부하는 학생이 없었다. 해외에 나오면 무슨 공식처럼 너도 나도 아이를 국제학교에 보낸다. 그렇다 보니 이곳에 거주하는 부모들은 아이를 이곳 김나지움에서 공부시키는 것은 아이의 대학 진학에 대단히 위험한 일이라고 나에게 충고한다. 학자금보다 더 중요한 것은 공부를 제대로 배우는 것이다. 나는 이곳 학교에서 선진국의 교육을 받아보는 길이 최선이라고 결정했다. 마침 교육청에 근무하는 비서 아저씨의 친구가 집에서 가깝고 호평이 나 있는 사립학교를 추천해 주었다.
　마리아 레지나Maria Regina 김나지움는 1857년 가톨릭교회가 설립한 왕립 여학교다. 교장 선생님은 수녀님이다. 딸 아이 둘은 이곳에 도착한 날부터 이 사립학교에 다녔다. 서울에서 고등학교 1학년이었던 셋

　　　　　　　　　　부모의 사랑은 늘 목이 마르다

째는 넷째인 동생과 같은 중학생이 됐다. 둘 다 독일어 교육을 전혀 받지 않았기 때문에, 언어가 어느 정도 수준이 되면 되면 셋째를 제 학년으로 진급시켜 준다는 학교 측의 약속을 받았다. 학교는 빈에서 제일 부자 동네인 18-19구에 있었다. 자연히 학생들도 경제적인 수준이 높은 집 자녀들이다. 절반이 넘는 학생들이 승마교육을 받고, 집에서 말을 키우는 학생도 있었다. 대부분의 학생들은 부모의 승용차로 통학했고, 우리 딸애는 전동차와 버스를 이용했다. 일주일에 두 번 미사를 보는 시간에는 흰 블라우스와 파란색 스커트를 입어야 한다. 단 학생이 타 종교를 믿으면 미사에 꼭 참석하지 않아도 되는 교칙이 있어, 딸애는 그 시간에 독일어 공부를 할 수 있다고 무척 좋아했다. 다행히 학교가 오후 2~3시쯤에 끝나, 학원에 다니면서 독일어를 배울 수 있었다. 가끔씩 책가방 검사를 하는 날이면 학생들은 피우던 담배를 교문 앞 나무 밑에다 놓고 교실에 들어간다. 교칙은 엄격하고 학생들은 규율을 잘 따른다.

두 아들이 들어간 학교는 이름이 얼마나 길든지, 그 학교 학생 누구도 교명을 정확히 쓸 수 없단다. 그래도 너희는 꼭 기억하라고 일러두었지만 우리 아이들 역시 알지 못한다. 전교생이 학교 이름을 "프리스 가세Fries gasse 4"라 부른다. 프리스 가세 4 번지에 있는 학교라는 것이다. 오랜 전통이 있는 학교는 아니지만 최근에 설립한 사립학교이니 시설이나 교사는 우수하다는 평가다. 한 반에 20명 남짓한 학생이 공부하는 남녀공학이다. 우리처럼 외국에서 온 학생은 없었다. 거의 일주일 내내 지속되던 아들의 구토증이 없어졌다. 학교에서 돌아오면 웃기도 하고, 친구들이 하는 말을 어림짐작으로 이해해, 나에게 교실 풍경을 알려주기도 한다.

"엄마, 우리 반에 이상한 애가 있어. 어떻게 2번이나 유급한 사실을 자랑할 수 있을까?" 학기 초에 본인을 소개하는 자리였다. 그 친구는 낙제를 두 번이나 했지만, 스키도 잘 타고 그림을 잘 그린다고 당당하게 본인의 재주를 뽐내었다 한다. 아버지가 이 나라 무슨 장관이라는 말을 다른 친구한테 전해 들었단다. 나 역시, 장관이나 되는 부모가 공부도 안 하는 그런 아들을 가만두고 있느냐고 물었다. 참 어이없는 질문이다. 사람은 타고난 재능이 다 다르다. 우리처럼 공부를 잘해야만 부모가 자식을 자랑스럽게 생각하고, 장래가 촉망받는 인물로 인정받는 사회적인 분위기는 아니다. 세계적인 화가 구스타프 클림트, 음악가 구스타프 말러, 심리학자 지그문트 프로이트는 이 나라의 정신이 만들어 낸 위대한 인물들이다.

물이 높은 곳으로부터 낮은 곳으로 흐르는 이치처럼, 공부를 잘 하기 위해 정말 중요한 것은 무엇일까? 이 학교에서 교사는 학생들에게 관심을 가지고 소통한다. 성적이 부족한 학생에게는, 반 친구 중 그 과목에 뛰어난 친구들로부터 배우게 한다. 아들은 독일어를 학원과 아저씨 그리고 친구한테서 도움을 받았다. 집에서도 새벽 2시까지 불을 끄지 않았다. 어느 날 아파트 관리인이 "당신네 집 불빛 때문에 건너편에 사는 주민들이 잠을 잘 수 없다며 불평한다."고 했다. 이곳은 오후 8시가 지나면 거리에 사람 그림자도 볼 수 없고, 집 주위도 너무나 조용하다. 우리는 창문에 블라인드를 설치해 계속 불을 끄지 않았고, 잠이 와도 어느 한 방이라도 불이 켜 있으면 먼저 불을 끄지 않는 경쟁을 하고 있었다. 한 번은 냉장고 고장으로 안에 든 음식물의 냄새가 밖으로 새어 나가, 옆집 사람이 현관문에 '마이네 개둘드 이스트 암 엔데Meine Geduld ist am Ende(우리의 인내심에 한계에 왔다)'라는 경고를 써 붙였는데, 우리는 사전을 찾아 그 의미를 알아내고는 한 수 배웠다고 손뼉을 치며 좋아했다.

청력을 상실한 베토벤, 시력을 잃은 헬렌 켈러는 정상적인 사람보다 끊임없는 노력을 해 세계적인 위인이 되었다. 뛰어난 사람일수록 더 많이 노력한다. 이 세상에는 열심히 노력하는 사람만이 성취할 수 있는 꿈이 있다고 나는 믿는다.

빈 슈타츠오퍼에 가다

아들이 반 친구 안드레의 수학 공부를 도와주고 받은 돈으로 오페라 〈라 트라비아타〉의 표를 사왔다. 아마 내가 이곳에서 제일 먼저 가보고 싶은 문화 예술의 공간이라 생각했던 모양이다. 나는 생애 처음 오페라를 볼 수 있다는 설레임보다, 아직 독일어도 시원찮은 아들이 어떻게 수학에 대한 설명을 할 수 있었는지 궁금증이 앞섰다. "쉬워요. 계산하는 방법은 여러 설명이 필요 없어요." 기본적인 주어와 동사만 알면 잘 가르칠 수 있다는 말이었다. 아들은 수업이 끝나자 오페라를 잘 아는 친구와 같이 가서 이 표를 구입했다고 한다.

빈 국립 오페라극장Vienna State Opera(독일어로는 빈 슈타츠오퍼Wien Staatsoper)은 1869년에 개관한, 유럽 최고 최대의 극장이다. 그 때 무대에 올린 첫 작품이 모차르트의 〈돈 조반니〉였다. 제2차 세계대전 중인 1945년 연합군의 폭격으로 잿더미가 되었고, 10년 후인 1955년 재

부모의 사랑은 늘 목이 마르다

건되었다. 음악 교과서에 나오는 모차르트, 베토벤, 슈베르트 같은 많은 음악인들은 불멸의 명곡을 남기기 위해 고뇌하고 창작했다. 이들은 고전음악의 기초를 만들었고, 빈에 거주하며 이 극장에서 활동했다. 그들의 음악을 우리는 지금도 사랑하고 있다.

오페라 관람 전날 밤 얼마나 흥분했으면 잠을 이루지 못했다. 꼭 초등학교 1학년생이 처음 소풍을 가는 것처럼 들떠 있었다. 섬에서 자란 나는 문화 예술이라는 것 자체를 알지 못했다. 문학이나 그림, 음악에 대한 이해를 도와줄 만한 서적이나 그림 자체를 주위에서 볼 기회도 주어지지 않았다. 마을 초등학교에 있는 풍금과 중학교에 있는 풍금 2대가 나의 예술 소양을 키우는 전부였다. 학교에서 음악 선생님이 풍금을 치면서 노래를 가르칠 때 나도 꼭 풍금을 치면서 노래를 부르겠다고 생각했다. 집에서 청소를 할 때나 길을 걸을 때 나는 늘 노래를 불렀다. 아무도 듣는 사람이 없을 때는 음악 선생님처럼 큰 소리로 부르고, 곁에 사람이 있을 때는 마음속으로 불렀다. 그래도 노래를 한다는 그 자체가 무척 신나고 즐거웠다. 고등학교를 다닐 때는 통학 20리 길이 나의 오페라 무대였다. 논두렁 밭두렁의 콩잎이나 벼잎도 나의 음률에 따라 서로 비비대며 악기 소리를 내주었다. 학교가 끝나고 집으로 돌아올 때, 배가 고파 산에 올라가 진달래꽃을 한 아름 따 입이 터지게 가득 넣을 때도 나의 오페라는 쉬지 않고 계속되었다.

빈은 유럽에서 가장 아름다운 중세 도시로 꼽힌다. 유럽 제일의 명문가인 합스부르크 왕가가 650년 이상 권력을 잡았고, 오스트리아 왕은 한때 신성로마제국 황제를 겸하기도 했다. 이 왕가의 후손들은 유럽 여러 나라의 왕과 왕비가 되었다. 중세 유럽의 문화 예술은 모두 빈에서 나왔다 해도 과언이 아니다. 그때는 예술인들이 왕실이나 귀족 후원자들의 취향에 맞춰 작품을 바치다시피 했고 예술품에 대한 정당한 대가도 받지 못하고 동정 섞인 은전을 받아 생계를 유지했다. 1800년을 전후해 경제력과 지성을 갖춘 시민사회 계급이 나타나자, 베토벤은 귀족들의 후원을 버리고 "스스로 내가 쓰고 싶었던 곡을 썼다."고 밝혔다. 최초의 프리랜서 작곡가였다. 이때부터 새로운 음악이 탄생되었다.

빈 국립오페라 극장은 거대하고 아름다운 르네상스 양식으로 건축되었다. 이 건물은 빈의 상징적인 건물일 뿐만 아니라 세계 2대 오페라하우스다. 건물 기둥에는 흉상이 새겨져 있고, 조각까지 되어 있다. 내가 극장 안에 들어섰을 때 사람들이 정말 많았다. 그 숫자에 놀란 나머지, 저 사람들이 어디에서 공연을 관람하나 하는 걱정까지 생겼다. 2층으로 올라가는 계단은 미끄러질 정도로 반들거렸고 거울처럼 환했다. 천장 중앙에는 커다란 크리스털 샹들리에가 폭포처럼 불빛을 토해내고 있었고, 무대 바로 밑에는 오케스트라 단원들이 악기를 연습하고 있었다. 아름다운 드레스를 입은 할머니들이 제일 앞자리에 앉았고, 가끔 시내 나들이에서 보아 온 중절모 쓴 정장 차림의 노신사들이 모두 이 극장에 와 있는 것처럼 많이 보였다. 빈 사람들의 오페라에 대한 유별난 사랑은 그들의 일상생활이고, 오래된 전통이자 그들의 교양이었다.

2층 중앙 로비에는 로댕의 작품인 구스타프 말러가 쓸쓸히 혼자 앉아 있다. 빈 음악원을 졸업한 말러는 다시 빈 대학에 입학해 철학, 역사학, 음악학을 전공했다. 당시 그의 스승은 안톤 브루크너였다. 그는 20대 초반에 전문 지휘자로 나섰고, 37세 때 이 극장의 지휘자가 되었다. 10여 년간 그의 지휘 실력과 높은 예술적 식견으로 이 극장을 한 단계 수준 높은 극장으로 발전시켰다. 스승인 브루크너와 그의 교향곡은 명성 높은 오케스트라 공연을 할 때 등장한다. 말러의 8번 교향곡은 무려 1000명이 동원되어 이 극장에서 공연하지 못하고 뮌헨에서 공연하기도 했다. 공연 수준 역시 비약적인 발전을 이루었고, 오늘날 이 극장의 명성이 있게 한 가장 중요한 지휘자의 한 사람이다.

교향곡은 '심포니symphony'를 번역한 말인데, 심포니는 소리의 조화, 연주회를 뜻한다. 함께 소리를 낸다는 뜻이다. 음역이 높고 낮은 다양한 악기가 모여 합주를 하는 것이다. 17세기에 이런 합주는 주로 성악곡의 반주나 오페라의 배경 음악으로 활용되었다. 오페라 막간이나 성악가들의 쉬는 틈에 관객들이 지루하지 않게 연주하는 심포니가 등장했다. 그런데 이상하게도 오페라보다 심포니를 더 재미있어 하는 관객이 생기기 시작했다. 자연스레 작곡가들은 이런 청중의 요구에 맞추어 심포니를 만들기 시작했는데, 이것이 바로 교향곡의 시작이다. 요제프 하이든은 교향곡에 대한 명확한 기준을 만들고 또한 규정을 제시해, 오늘날 교향곡의 아버지라 불린다.

내가 앉은 관람석은 2층이었고, 무대를 향해 고개를 돌리고 있어야 보이는 자리였다. 무대 장치며, 성악가들의 의상이며, 그들의 몸놀림이며, 울려 나오는 노래이며, 무엇 하나 빠트리면 안 되는 보석 같은 소중한 공연을 보고 있다. 그중에서도 여 주인공 비올레타가 알프레도를 향해 '그녀가 그를 사랑하듯이 언제까지나 그녀를 사랑해달라'고 절규하는 장면에서는 내 가슴도 아팠다. 오케스트라 지휘자가 긴 턱시도를 입고, 수많은 단원들의 하모니를 이끌어 내기 위해 춤을 추는 광경은 오랫동안 나의 뇌리 속에 남아 있었다.

빈 국립 오페라극장을 거쳐 나간 지휘자와 예술 감독은 열거할 수 없을 정도로 많다. 그중에서도 구스타프 말러, 리하르트 슈트라우스, 헤르베르트 폰 카라얀, 왈츠의 대가 요한 슈트라우스 2세와 같은 예술인들이 열정을 가지고 명연을 한 장소다. 이 극장은 총 2209석의 규모로 매일 저녁 빈 필하모닉 악단이 연주를 한다. 무대에 서는 가수들도 세계 정상급이 많지만, 작품에 따라 그렇지 않은 경우도 있다. 매년 300회 이상 공연을 하는 이 극장 앞에는 해가 기울기 시작하면서 많은 사람들이 줄을 선다. 그중에서도 일본 단체 관광객이 동양인으로서 처음 나의 눈에 띄기 시작했다. 그들을 부러워하기도 했다.

부모의 사랑은 늘 목이 마르다

남편이 기사를 쓴다고 오페라 표를 두 장 사왔다. 극장 안에 들어선 그는 좌석표를 나에게 주면서 "눈에 짓물이 나오도록 실컷 보라"면서 어디론가 사라졌다. 그는 1막이 끝나 로비에 나온 나를 붙들고 빨리 집에 가자며, "고함지르는 소리가 그렇게 듣기 좋으냐."고 묻는다. 하는 수 없이 집으로 오는 동안 'A석이었는데, 아까워서 어쩌나…' 하는 생각만 했다. 아들이 사준 표와 내가 산 표는 공연을 보고 나면 일주일 동안은 고개를 자유스럽게 움직일 수 없는 불편한 좌석이지만, 나는 그곳에 앉아 있는 동안 행복하고 황홀했다. 음악은 사람으로 태어난 것을 감사히 느끼게 해주고, 세상 어떤 것보다 우리의 삶을 축복해주는 것 같다. 손으로 만지고 눈으로 볼 수 없지만 소리를 통해 희로애락喜怒哀樂을 느낀다면 그것은 큰 은혜일 것이다. 음악은 사랑하는 사람의 목소리보다 더 달콤하고 더 향기롭다.

빈 슈타츠 오퍼여! 그대의 정신과 영광 영원하리라!

평양식당에서 만난 북한 여성

         그녀는 검정치마, 흰 저고리에다 긴 머리를 곱게 묶었다. 화장기 없는 얼굴에 치마저고리로 가린 균형 잡힌 몸매는 잘 다듬어진 조각처럼 단아하다. 여름 날 아침 풀잎에 맺힌 이슬처럼 맑고 고운 그녀는 스물다섯쯤 보이는 처녀로, 빈 서부역 바로 앞 골목길에 위치한 평양식당의 종업원이다.

    남편이 북한 사람 만나게 해 준다고 큰소리치면서 안내한 곳이다. 식당 앞에 도착한 그는 다른 약속이 있어 급히 가 버리고, 딸애와 단둘이 남겨졌다. '평양식당'이란 한글 간판을 단 이 식당은 북한이 운영하는 곳이다. 이층으로 올라가는 계단을 밟고 안으로 들어서자, 실내는 한 20여 평 될까 말까 한데, 꾸밈이 없는데도 아담하게 보인다. 벽면 중앙에 금강산을 그린 것 같은 산수화가 눈에 들어왔다. 주방은 홀 끝자리에 위치해 눈여겨보지 않으면 보이지 않는다. 그런데 이상하게도 홀 안에 큰 칸막이를 해, 이쪽과 저쪽을 구분해 있었고 손님은 달랑

부모의 사랑은 늘 목이 마르다

우리 둘 뿐이다. 냉면을 가지고 온 그녀는 우리에게 말을 건다. "기자 선생님은 어데 가셔더래요?" 꼭 가까운 사람 대하듯 한다. 남편이 이곳에 도착해 제일 관심을 가지고 드나든 식당이다. 그들의 생활환경을 엿보고, 북한에 대한 정보를 수집할 수 있을까 하는 계산이 있었기 때문이다.

　　냉면이 입으로 들어가는지 코로 들어가는지 몸이 벌벌 떨려 온다. 맞은편에 앉은 딸아이도 편안해 보이지 않는다. 나는 긴장을 풀고 싶어 "은아야, 왜 그래? 겁이 나? 너는 아빠랑 여기 왔다 하지 않았어?" 하고 말을 건넨다. "엄마 빨리 나가자. 집에 가서 밥 먹어." 하면서 나를 재촉한다. 나와 딸애가 받은 반공교육은 북한 사람을 무섭게 생각하도록 했다. 우리 국민을 납치할 수 있는 장소에서는 가차 없이 북한으로 끌고 간다고 알고 있었다. 실제로 영화감독 신상옥, 배우 최은희 부부를 비롯하여 KAL기 납북 사건 등 크고 작은 납치 사건이 신문 지상에 오르내리기도 했다. 식당에서 화장실 갈 때도 딸애와 손을 꼭 잡았다. 남편에게 그 식당에서 저녁밥을 먹으면서 얼마나 무서웠는지 모른다고 원망했다. 그는 여기는 중립국이고 세계가 지켜보기 때문에 나같이 별 쓸모없는 사람은 잡아가지 않는다고 단정 짓듯 말하고는, 본인은 서울에서 손님이 오면 이 식당에 와 식사를 대접하고 저녁에는 인삼주와 사주(뱀술)를 마신다고 한다. 사주가 몸에 좋은 보약이라며 서울 사람들이 대단히 좋아한다고 신나게 말한다.

처음에 남편이 이 식당에 왔을 때 여 종업원이 둘 있었는데 어떤 이유인지 그중 한 사람은 북한에 소환되고, 미인인 그녀만 남았단다. 그녀의 아버지는 북한의 최고위급 인사고, 그녀 역시 대학 교육을 받아 영어와 독일어를 능통하게 구사한단다. 내가 생각하는 일반적인 식당 종업원이 아닌 '정보원'이자 최고의 엘리트였다. 같이 일하는 남자 종업원 역시 '국가안전보위부'에서 파견 나와 있는 요원이다. 남편은 때때로 북한 대사관 직원을 이 식당에 초대해 서로 주거니 받거니 술을 마신다. 그들도 사주와 인삼주는 비싼 술이라 여겨 좋아한다고 한다. 남한 사람, 북한 사람 서로가 자기네 국정에 유익한 정보를 얻기 위해 상대방을 떠보고 헛웃음질을 하는 곳이다. 술이 거나하게 취한 것 같은 분위기가 되면, 남편은 "김 동무 선생, 언제 김정일 위원장 동지 만나게 해 줄 것입니까?" 하고 너스레를 떤다고 한다.

얼마 후 나는 냄비를 구입하기 위해 집에서 걸어서 갈 수 있는 주방용품 전문 백화점에 갔다. 대체로 같은 회사의 제품이라고 해도 다른 백화점에 비해 가격이 저렴하다는 걸 알았다. 물건을 이것저것 보고 있는데 어디서 군인들이 행진하는 것 같은 발자국 소리를 들었다. 고개를 들어 소리가 나는 쪽을 보니 동양 여자 셋이 걸어가고 있는데, 두 여자는 앞에서, 한 여자는 뒤에서 앞에 있는 여자들 뒤통수를 보고 걷고 있다. 꼭 방송에서 본 북한군 행진을 보는 것 같았다. 틀림없이 북한 대

부모의 사랑은 늘 목이 마르다

사관 직원들이 쇼핑을 끝내고 가는 중이라 짐작했다. 북한 대사관은 모든 직원이 한 집에 기거한다. 가족을 북한에 두고 본인만 근무지에 오기 때문에 집단생활을 하는 것이다. 북한은 사상적 관점에서는 사회주의를 표방하고, 경제체제는 공산주의, 정치제도적인 면에서는 민주주의를 가장한 독재정치로 운영되는 집단이다. 개인의 자유는 인정되지 않기 때문에 모든 인민은 통제되고, 조정되고, 개개인은 자신이 원하는 어떤 일도 할 수 없다. 심지어 말도 조심해야 한다. 어느 탈북자는 "북한 전체가 거대한 감옥"이라고 표현한 신문 기사를 읽은 적도 있다.

"아가씨, 이 돈 받으세요.". 나는 그녀의 손을 잡았다. 딸애 둘이랑 먹은 냉면 값 청구서에 음식 값과 팁 이외에 50실링 지폐 한 장을 끼워 넣었다. 그녀는 그 50실링을 도로 가지고 와 나에게 내민다. "기자 선생님은 아이가 여섯이라 하지 않았습니까? 이 돈 교육비에 보태 쓰시라요." 하고 나의 얼굴을 들여다본다. 순간 나는 머쓱해졌다. 내가 다른 사람보다 아이가 많으니 돈을 아껴 쓰라는 뜻인 것 같다. 나는 웃으면서 "나도 서울에 아가씨 같은 딸을 둘이나 두고 왔어요. 아가씨를 보니 딸아이를 보는 것 같이 마음이 아프고 생각이 납니다. 아가씨도 평양에 계신 부모님 생각이 나지 않습니까? 아마 어머니가 나랑 비슷한 연령이 아닐까요?" 물었더니, 그녀는 금방 숙연한 표정을 지으며 머뭇거린다. "고맙습니다. 어마니가 준 돈이라 생각하겠습니다." 하고 창가로 눈을 돌린다. 나는 아무 말 하지 않고 그녀의 손을 잡고 등을 토닥거려 주었다. 나 역시 서울의 딸애들이 생각나 눈시울에 물이 맺혔다.

우리는 한 나라 한 민족이다. 남과 북으로 갈라져 서로를 적으로 여기지만 삼팔선을 긋기 전에는 부모와 형제, 친척, 이웃으로 살던 사람들이다. 아주 짧지만, 가끔씩 사상과 이념을 떠나 인간 본연의 모습으로 돌아가는 순간들이 있다. 전쟁터의 전우나, 스포츠 경기장에서나, 오늘 이 식당에서와 같이, 서로를 보살피고 염려한다. 사람과 사람의 정이란 흐르는 강물과 같은 이치인가?

1989년 정부의 해외여행 전면 자유화에 따라 수많은 배낭족이 이곳에 왔다. 대부분이 대학생이다. 그때부터 이곳 평양식당은 만남의 장소로 알려져 늘 한국 학생들이 꽉 차 있었다. 와자지껄 떠드는 소리는 꼭 서울 같았다. 가끔 이곳에 들러 우리 학생들이 북한에 대해 어떤 생각을 하며 어떤 태도로 우리나라를 나타내는지를 살펴보았다. 그들은 아무런 생각이 없는 것처럼 자유롭게 말하고 있었다. 얼마 후 서울에서 손님이 와 그곳에 다시 가게 되었는데, 문이 닫혀 있었다. 북한이 무엇 때문에 이 식당을 폐쇄했는지 알려진 바는 없지만, 남한 학생들은 그들의 정보수집에 도움이 되지 않고 오히려 남한이 북한보다 자유롭게 잘 산다는 사실이 북한 주민에게 알려질까 겁이 나 서둘러 문을 닫았을 거라는 생각이 들었다.

부모의 사랑은 늘 목이 마르다

한국인 배낭족들

　　배낭여행은 '백패킹Backpacking'에서 온 말이다. 배낭을 짊어지고 떠나는 저예산 개인여행이다. 물론 여행사나 현지 가이드의 도움을 받지 않는다.

　　빈 서부역과 도로를 구분한 경계인 길거리에서 "야, 큰일났다!" 비명을 지르는 소리가 들린다. 허둥지둥 그쪽으로 뛰어간 남편과 나는 깜짝 놀랐다. 버너에다 라면을 끓여 나누어 주는 과정에서 실수로 냄비에 든 라면이 어느 청년 손등에 쏟아졌다. 손목에는 기다란 면발이 어지럽게 걸려 있었고, 당사자는 아프다고 소리친다. 나는 그 청년 손을 잡고 뛰었다. 남편 보고 큰 소리로 "그 사람들 다 데리고 집으로 와요."라고 했다. 화상은 상처 부위에 흐르는 물이 최고의 치료법이란 것을 알았기 때문이다. 열두 사람이다. 모두들 큰 배낭을 등에다 메었고, 손가방도 하나씩 들었다. 그들이 집안으로 들어서자 방에서 공부하던 아이들이 거실로 나와 "엄마 이거 무슨 냄새야, 썩는 냄새 아니야?" 하고 코를 킁킁댄다. 아이들은 거실에 삥 둘러앉은 아저씨들과 부엌에서 밥 짓는 나를 보고 상황을 짐작하겠다는 시늉을 하고 방으로 들어간다. 이들은 경상도에서 근무하는 공무원들이다. 스위스에서 산업시찰을 끝내고, 쓰고 남은 적은 경비로 유럽 배낭여행을 시작했다. 암스테르담, 브뤼셀, 프랑크푸르트를 거치는 동안 밥은 한 번도 먹지 못했고, 빵과 라면으로 끼니를 해결했다 한다. 기차에서 내리니 배가 너무 고파, 길바닥에 버너를 걸어 라면을 끓이다 사고를 낸 것이다. 그간 숙소도 야간열차 안에서 눈만 붙이는 정도였으니, 몸도 옷도 불결할 수밖에 없다. 밥을 준비하는 동안 꼭 세탁이 필요한 옷만 골라 세탁기에 돌리고, 샤워도 하라 했다. 초겨울 날씨라도 이곳은 매섭다. 정한 숙소도 없다고 해, 열두 명이 거실에서 나란히 누워 하룻밤을 지내고 떠났다.

우리나라는 1989년 1월 해외여행 전면 자유화가 되었다. 그동안 정부는 외화 절약을 이유로 출국을 극도로 억제했다. 그해 여름 방학부터다. 한국 대학생 한둘이 길거리나 공원 벤치, 또는 잔디밭에서 눈에 띄기 시작했다. 같은 동양인이라고 해도 일본, 중국, 한국 사람은 구분된다. 옷차림과 걷는 모습이 나라마다 특징이 있기 때문이다. 남편과 나는 시간이 날 때마다 시내를 산책한다. 그날도 성당 앞 푸른 잔디밭에서 하늘을 쳐다보고 있는데, 남학생 둘이 더벅더벅 걸어오더니 "실례지만 한국 분입니까? 저희는 K대학 기계공학과 학생입니다." 하고는 북유럽의 여러 나라를 거치는 동안 밥을 한 번도 먹지 못했으니 여기 한국 식당을 가르쳐 달라는 것이다. 남편은 대뜸 "당신 후배잖아. 식당은 여기서 멀어. 우리 집으로 가자."며 앞장서서 걷는다. 그들은 처음에는 서로 주저하는 눈짓을 주고받더니 따라 온다. 빈은 작은 도시고 우리 집은 시내 중심가에 있었다. 이 학생들은 두 번째로 우리 집에서 밥을 먹고 갔다.

배낭여행은 서양말로 '버젯 트래블Budget Travel'이라 하고 일본에서는 '빈핍 가난여행'이라 한다. 숙식이나 이동하는 환경이 다르고, 만나는 사람들의 부류가 다르다. 1989년경에는 인터넷이 대중화되지 않아서 여행정보를 얻기 쉽지 않았고, 여행에 대한 정보 자체도 거의 없었다. 주로 해외여행 책자 등을 보고 연구해 여행을 시작한다. 우리의 경제 사정도 요즘처럼 넉넉하지 않아서 배낭여행을 보낼 수 있는 가정은 중산층 이상이라야 했다. 오죽 했으면 1969년 초, 출입국관리사무소가 지난 1년간 해외여행을 가장 많이 한 국내 인사 10명을 발표했다. 1위를 차지한 서갑호 방림방직 사장이 21회, 3위부터는 한 자리 수였다. 당시에 한 해 5번 이상 출국한 사람이 3000만 국민 중 단 8명이었다. 여권 발급도 쉽지 않아, 관련 부처의 추천서와 외무부의 해외여행심의위원회가 심사를 한다. 한번 비행기 타기가 하늘의 별 따기보다 어려웠다. 그래도 '수출관계, 기술습득, 유학생'에게는 여권이 발급되었다. 80년대 중반에는 외국에 나간 상당수가 사우디아라비아

에 나간 산업 일꾼이었고, 중국, 소련, 루마니아 같은 공산권 국가는
아예 여행이 금지되었다.

　　외국에 산다는 것은 외로움과 답답함의 연속이다. 나는 독일어를
하지도 듣지도 못하니 이웃사람들과 교류도 어렵다. 또 이곳에 나와 있
는 주재원 가족들은 극소수이다 보니 한국 사람 만나기도 쉽지 않다.
먹는 음식도 한국 식료품을 파는 상점이 따로 없어, 대부분 서울에서
비행기에 싣고 온다. 기본 식재료, 간장, 된장, 고추장 등은 늘 가방 속
에 꽉 차게 가지고 온다. 공항에서 체크인을 할 때마다 간이 콩알만 해
진다. 혹시나 가방 무게가 초과되어 비행기 값을 더 지불하는 경우가
생길까 해서이다. 짐을 쌀 때 저울에 올리고, 이 물건이 꼭 필요한가를
다시 확인하고, 하나하나의 무게를 써 계산하고, 또다시 총량 점검을
밤이 새도록 했지만, 늘 무게는 초과되었다. 자식에게 하나라도 더 먹
이고 싶은 마음이 계산하는 방법보다 앞섰나 보다.
　　빈에 온 배낭족들은 대부분 북유럽의 어느 도시나 런던에 도착한
다. 대부분 여러 나라를 거쳐 오기 때문에 보통 10~15일이 걸렸다. 이
때쯤이면 여행에 지쳐있고 집 생각도 나고, 무엇보다 밥을 먹으면 살
것 같다고 하소연한다. 이 도시는 도시 미관을 최우선으로 해, 모든 간
판은 손바닥 두 개보다 약간 크다. 서울처럼 음식집이 즐비하게 늘어
서 있지도 않다. 더군다나 한국 식당은 중심가에 딱 하나 있었다. 가격

도 너무 비싸 손님 접대가 아니면 갈 수가 없다. 우리는 밥을 먹고 싶다는 학생들을 다 집으로 데리고 와 밥을 먹여 보냈다. 한 해에 약 30여 명 안팎으로 3년 동안 어림잡아 100명 정도는 되었다. 그들은 밥도 먹고 샤워도 하고, 유스호스텔 예약이 착오가 생겨 잘 곳이 없으면 다시 와 우리 거실에서 자고 갔다. 그 100여 명 중에는 남편과 나의 친구 자녀도 있었고, 서울에서 대학을 다니는 두 딸애의 친구도 있었다. 모두들 밥을 먹고 일어설 때는 우리가 원하지도 않았는데, 우리 가족과 사진을 찍고 고맙다는 인사와 꼭 사진을 보내주겠다고 약속을 한다. 그런데 어느 누구도 사진은 보내오지 않았다. K공대 기계과 박진규, 나의 대학 후배만이 우리 집 거실에서 아이들과 찍은 사진과 귀한 밥을 대접해주어 감사하다는 인사를 담은 편지를 보내왔다. 처음에 북한 공작원이 납치 목적으로 집으로 데리고 가는 게 아닌가 의심을 해 너무나 송구하다는 말도 쓰여 있었다. 어린 시절, 내 조모는 배고픈 사람은 누구나 데리고 와 밥을 먹여 보냈다. 나는 그저 그렇게 해야만 된다고 생각했고, 내가 할 일을 한 것뿐이라 여겼다. 사진을 보내주지 않은 그들에게 섭섭해 하지도 않았다. 서울에 돌아와 친구들과 식사를 하는 자리에서 은행에 근무하는 친구가 "아무래도 너희 집 이야기인 것 같아. 아이가 여섯이나 되고 서울대 의대에서 공부하는 딸애가 있는 가족이 빈에 산다는데, 틀림없이 너의 집이지?" 하면서 큰소리로 본인 친구의 말을 전한다. 친구의 아들이 빈에서 배도 고프고 잠을 잘 숙소도 없는 난감한 상황에 어떤 한국인을 만나, 그 집에서 밥도 먹고 잠도 자고 세탁도 하고 남은 여행을 했는데, 그 집 주소를 몰라 고마움을 전하지 못했다고 한다. 나는 '그래도 내가 100여 명에게 밥을 해준 일이 보람이 있구나.' 하는 생각을 했다.

배낭여행은 단체여행에서 해볼 수 없는 여러 이점이 있기 때문에 '새로운 문화체험에 목말라 했던' 학생들에게는 동경의 대상이다. 어느 날 육교 아래를 뛰어다니며 카메라 플래시를 열심히 터트리는 청년이 보였다. 가까이 가 보니 여러 각도에서 다리를 찍고 있었다. 그 학생은 서울대학교에서 건축공학을 공부하는데 이번 여행 목적이 다리 사진을 찍는 것이라 한다. 남편은 "자네가 여행을 제대로 하네. 자네 같은 학생이 있으니 우리는 희망이 있다."고 격려해 주었다. 1990년대와 2000년대를 지나오면서 배낭족들은 단순히 견문을 넓히는 데 그치지 않고, 동행하는 친구를 통해 사람을 평가하는 안목을 키우고, 세계인을 만나 영어도 말하고 그들이 하는 행동과 태도를 지켜보면서 자기 자신의 성찰과 성장의 계기를 만들었다. 그중에서도 으뜸인 것은 그 나라의 문화와 전통음식을 먹어 볼 수 있다는 것이다.

얼마 전 나는 배낭을 메고 베를린, 드레스덴에 갔다. 드레스덴의 츠빙거 궁전의 돌계단에 앉아 피곤한 다리를 쭉 뻗고 지나가는 수많은 사람들의 얼굴을 쳐다보았다. 상대가 웃으면 나도 웃어 주고, 상대가 찡그리면 나도 얼굴에 힘을 주었다. 눈을 감고 잠시 졸기도 했다. 또 베를린 장벽이 있던 곳에 몇 번이나 되돌아가, 해가 기울 때까지 있었다. 배낭여행은 자유롭고, 자신만의 추억을 만들 수 있으며 자신의 내면을 새롭게 발견하기도 한다. 또 자신의 부족한 면을 성찰하고 새롭게 각오를 하기도 한다. 나 역시 배낭여행 중 가장 생각나는 음식이 흰쌀 밥에다 고추장을 넣어 비비는 것이었다.

부다페스트에 가다

부다페스트Budapest는 헝가리 공화국Republic of Hungary의 수도다. 원래는 부다와 페스트 두 개의 도시가 도나우 강을 끼고 양쪽으로 걸쳐 있었으며, 부다는 14세기부터 헝가리의 수도로, 페스트는 상업 중심지로 발전하였고, 1872년 부다와 페스트를 합병하여 오늘에 이른다.

남편이 헝가리 수상 미클로스 네메스와 인터뷰를 며칠 앞둔 어느 날, 부다페스트에 같이 가자고 제안했다. 나는 그때까지 공산주의 국가를 한 번도 방문한 적이 없기 때문에 무척 가보고 싶었다. 몇 달 전 폴란드 자유노조를 주도한 노동 운동가 레흐 바웬사와 인터뷰를 끝내고 받은, 투박한 포장 상자에 든 폴리에스테르 원단 넥타이를 건네주면서 "이거 나중에 가보가 될 테니 잘 보관하라."고 한다. "원, 세상에 지독한 사투리야. 독일어를 그렇게 말하는 사람은 생전 처음이야." 남편은 말 때문에 인터뷰가 쉽게 진행되지 않았다는 표현을 그렇게 했다. "날 비서로 데리고 가지, 그럼 분위기가 확 달라졌을 걸." 하고 가고 싶었다는 마음을 그때 보였었다. 그는 그 일을 기억하고 있었는지 이번에 동행하자고 한다. 설레고, 두렵고, 또 내가 가지고 있던 공산주의 국가에 대한 호기심을 충족할 수 있는 기회라고 생각하고 동행하기로 했다.

제2차 세계대전 때 헝가리는 나치 독일의 협박을 받아 추축국에 가담하였으나 패전으로 소비에트 연방에 점령되어 공산화가 추진되었다. 1946년 헝가리왕국이 붕괴되고, 사회주의 공화국을 표방한 헝가리 공화국이 되었다. 빈에서 부다페스트까지는 자동차로 3시간 정도 소요된다. 이른 아침에 출발해 약속 시간까지는 여유가 있었다. 국경에서 여권을 보이는 간단한 절차를 끝내고, 강과 산과 나무가 어우러진 길을 따라 달린다. 태양은 밝고 고운 햇살을 대지 위에 골고루 뿌리고 있었고, 강을 사이에 두고 이쪽 숲과 저쪽 숲이 물결처럼 어우러져 신비한 요정의 나라로 가고 있다는 착각이 들었다. 강기슭을 따라 줄지어 서 있는 빨간 지붕 집들이 마치 한 폭의 수채화처럼 보인다.

스탈린이 죽은 뒤, 공산당 내 개혁파들은 서기장 카다르를 몰아내고, 복수 정당제와 자유선거를 핵심으로 하는 민주화를 추진하고 정부를 구성했다. 1988년 네메스는 수상으로 추대되었고, 서울 올림픽에 제일 먼저 참여 의사를 밝힌 공산권 국가다. 노태우 정부는 그해 대통령 특보를 밀사로 보내 국교 수립 협상을 시작해, 1989년 초 공식 수교를 했다. 이 수교를 주도한 사람은 구율리 호른과 미클로스 네메스였다.

우리는 리셉션 데스크에 안내되었다. 남편은 인터뷰 장소로 이동하고, 나는 우두커니 혼자 남겨졌다. 여기가 공산주의 국가 헝가리이다. 나는 벽면을 가득 채운 붉은 글씨의 공산당 선전구호와 길게 늘어뜨린 붉은 완장을 찾고 있었다. 아마도 그것을 확인하고 싶어 이 자리까지 와 있다는 표현이 더 정확할 것이다. 아무리 둘러보아도 흰 페인트를 칠한 벽에는 중세 화가들의 작품이 단아한 모습으로 한둘 걸려있다. 복도를 지나가는 직원들도 계급장이 주렁주렁 달린 공산당의 유니폼이 아니라 편안한 정장을 입고 있었다. 나는 순간적으로 '어, 이게 아닌데. 여기가 어디지?' 하는 생각으로 복도를 지나 이 사무실 저 사무실을 분주하게 기웃거렸다. 사무실 안에서 공산당 특유의 분위기와 풍경을 찾고 있었다. 방들 역시 공산당의 흔적이 보이지 않았다. 북한처럼 인민복에 수많은 계급장이 달려 있고 건물 벽에는 붉은 완장이 여기저기 걸려 있을 것이란 나의 상상은 보기 좋게 빗나갔다. 마름모처럼 반듯하게 가꾸어진 정원 잔디밭은 끝없이 펼쳐져 있었고, 지나가는 사람들도 여유롭게 보였다. 공산주의 국가라는 표시는 집무실 입구에 높다랗게 매달린 국기와 공산당 깃발 두 개 뿐이었다.

메데스는 하버드 대학에서 공부한 젊은 공산당 내 개혁파다. 수상이 되자, 소련으로부터 '민주화 개혁'을 허락받기 위해 고르바초프를 만났다. "헝가리의 민주화 운동을 진압하라는 명령이나 지시는 내리지 않겠다."는 그의 약속을 받고, 자신 있게 개혁을 추진하기 시작했다. 이 과정에서 루마니아에 살고 있던 헝가리계 루마니아인들이 국경을 넘어 헝가리로 들어왔는데, 이들을 루마니아로 되돌려 보내지 않았다. 이 조치를 관찰한 동독 사람들이 헝가리에 몰려들기 시작하자, 그는 "오스트리아와 헝가리 국경선을 철폐"한다고 발표해 버렸다. 놀란 동독은 헝가리와 맺은 '헝가리 내 불법 체류자를 동독으로 돌려보낸다는 협정'을 위반했다는 이유로 거세게 항의했다. 이에 메네스 수상은 "어떤 국가간 협정도 인권에 관한 국제적 의무보다 우선 할 수 없다."고 선언하고 아예 오스트리아 국경을 개방해 버렸다. 그의 이런 진취성이 동구 민주화 혁명의 뇌관을 터트리고, 베를린 장벽 붕괴에 영향을 끼쳤다는 주장들이 있다. 큰 제방도 새어나가는 아주 작은 물줄기 때문에 허물어진다는 평범한 이치와 같이, 독일의 통일이 헝가리 민주화 개혁으로 시작될 것이라고 어느 누구도 예상하지 못했다.

남편은 2세기 판노니아Panonian 지방의 로마군 주둔지 일리리쿰과 14세기 몽골 침입자 우구데이 칭기즈칸의 아들이 격전을 벌인 산성을 찾아보기 위해 안내할 사람을 이미 물색해 두었다. 우리는 그 안내자를 따라 그곳에 가 파헤쳐진 로마 군인들의 생활 근거지를 눈으로 보았다. 로마제국이 점령한 유럽 어느 곳에도 비슷한 형태의 건물이 남아 있고 도로를 중심으로 경기장, 목욕탕 같은 시설이 있던 자리에 표시가 있다. 헝가리를 침입한 칭기즈칸도 "먼저 항복해라. 그렇지 않으면 살아있는 생명은 하나도 남기지 않겠다."며 개, 돼지, 소 등 모든 살아 있는 것들을 몰살하고 국토를 황폐화시켰으며, 대다수의 주민들 역시 죽음을 당했다. 격전지인 산성으로 올라가는 길에는 묘지를 사이에 두고 사람들이 살고 있는 집들이 군데군데 보인다. 이 죽음의 산성에도 꽃이 피고 새들이 날고 있었다.

빈으로 돌아오는 차 안에서 나는 네메스 수상이 우리나라의 어느 분야에 관심을 보였냐고 물었다. "물론 경제지. 대우를 위시한 기업들이 시장개척을 위해 벌써 이곳에 지사를 운영하고 있어. 앞으로 더 많은 기업들이 동구권 시장 진출을 위해 이곳을 교두보로 삼을 것"이라 한다. 나는 공산주의 인민들의 생활과 자유주의 국민들의 생활이 다를 것이란 선입견을 빨리 지워 버려야겠다고 머리를 흔들었다. 위대한 미클로스 네메스 수상 같은 지도자 한 사람으로 인해 헝가리 국민은 미래를 열 수 있었고, 앞으로 풍요로운 생활을 꿈꿀 수 있다. '국가의 미래는 지도자에 달려 있다'는 진리를 공부한 값진 여행이었다.

무도회에 가다

　　　"엄마 나 베토벤의 월광곡 쳐, 김나지움 졸업 무도회에서." 아들로부터 걸려온 전화다. 나는 그때 서울에 있었다. "어머! 그 어려운 곡을 어떻게? 너는 피아노 레슨도 안 받았잖아." 아들은 빈 시청에서 운영하는 음악교실에서 피아노와 바이올린을 일주일 2번씩 무료로 배웠고, 이번 기회에 자신의 실력을 뽐내고 싶다 한다. 서울은 돈이 있어야 악기를 배울 수 있지만, 빈에서는 지역사회에서 운영하는 음악, 미술 등 예능교육을 무료로 받을 수 있다. 노력과 열정만으로 훌륭한 예능인이 될 수 있는 시스템이다.

　　나에게 무도회란 꿈같은 일이다. 〈안나 카레리나〉, 〈전쟁과 평화〉, 〈바람과 함께 사라지다〉 등 잊을 수 없는 영화 속 무도회 장면을 떠올려본다. 눈부신 드레스를 입은 숙녀들, 연미복 차림의 신사들, 이들이 손에 손잡고 하늘을 나는 은빛 새처럼 빙글빙글 돌며 춤을 춘다. 무도회는 서양의 댄스파티다. 영어의 'Ball'은 라틴어로 춤을 춘다는 의미의 'Ballare'에서 유래했다. 18세기부터 시작된 무도회는 오로지 귀족들만 가면을 쓰고 춤을 출 수 있었다. 그러나 오스트리아 황제 요제프 2세는 호프부르크Hofburg 왕궁에서 누구나 입장할 수 있는 무도회를 열었다. 이러한 완화 조치는 빈 사람들이 궁정 관습을 모방하는 기회가 되었으며, '드레스 코드', '개막 팡파르', '데뷔탕트', '모두 왈츠를'이라는 구호, 파트너들의 명단이 적힌 '댄스카드', '자정 막간극' 등을 포함하는 엄격한 형식을 갖추어 오늘날까지 이어졌다.

나는 백화점에 가 회색빛 나는 정장 한 벌과 같은 계열의 모자를 샀다. 입어 보니 마음에 들었다. 남편은 검정색 양복을 입었다. 빈 사람들보다 크게 빠지지 않는다고 생각하고 의기양양하게 무도회가 열리는 쉔브룬Schönbrunn 궁전 안으로 들어갔다. "어, 이게 뭐지?" 홀 안을 가득 매운 선남선녀들의 가지각색 모양의 드레스와 날아갈 것 같은 연미복이 내 눈에 들어왔다. 춤을 추러 온 나의 드레스는 일상복이었고, 왈츠의 기본 동작도 제대로 배우지 못했다. 그야말로 나의 무지다. 남이 장에 간다니 거름지고 장에 가는 머슴이 꼭 내 꼴이다. 하기야 나의 문화 세계에서는 아예 무도회가 없었다. 나는 현기증이 났다. 아들이 안내한 우리 테이블에 가 앉았다. 바로 옆자리에 아들의 친구 운다르시 부모님과 또 다른 친구 안디의 부모님이 있다. 키가 큰 운다르시 부모의 무도복은 영화 속 비비안 리와 클라크 케이블보다 더 멋져 보였다. 우리는 서로 인사를 나누고 자식들의 우정에 대해 고마워했다. 음악

부모의 사랑은 늘 목이 마르다

이 흘러나오자 모두들 일어서 춤을 추기 시작한다. 남편과 나는 꾸어다 놓은 보리 자루처럼 우두커니 앉아만 있었다. 그들의 춤은 쏟아지는 샹들리에의 불빛보다 화려하고 더 빛났다.

나폴레옹이 빈을 점령하고 빈에서 회의(1814~1815)를 개최할 때마다 중간중간에 무도회를 열어 '회의가 춤을 춘다'는 말이 생겨났다. 왈츠의 매혹적인 회전 동작은 당시 종교적으로 엄숙했던 분위기를 친밀하게 바꾸어 버리는 계기가 되었다. 이처럼 빈 사람들에게는 무도회가 전통이고 그들의 생활이다. 빈의 무도회는 어디에서도 찾아볼 수 없는 격식 있고 낭만적인 자리이다. 해마다 겨울이 오면 400여 개 이상의 무도회가 열리고, 세계 각국에서 춤을 사랑하는 30만 명의 사람들이 모인다. 빈에는 춤을 가르치는 댄스학교Tanz Schule가 많다. 이 학교의 교육과정은 총 5단계로 나뉘져 초보, 동Bronze, 은silber, 금Gold, 황금Goldstar의 등급이 있다. 배우는 사람의 자질에 따라 차이는 있지만 보통 일주일에 60분 수업에, 다음 단계로 넘어가기까지 약 1년이 소요된다. 대부분의 학생들은 김나지움 과정에서 댄스 교습과 신사숙녀의 예의범절을 배운다.

문화Culture란 무엇인가? 또 나는 문화인인가? 남편의 업무상 잠깐 빈에 살고 있는 동안, 그들처럼 백화점이나 시장에 가 쇼핑을 한다. 오페라 하우스에서 오페라를 감상하고, 극장에서 영화와 뮤지컬도 본다.

또 미술사, 자연사 박물관에 가 그림과 조각을 보고 즐기기도 한다. 링 슈트라세 주변을 어슬렁거리면서 300년 넘는 전통 있는 레스토랑에서 식사를 하고, 클림트, 프로이트가 다녔던 카페 첸트랄에서 차를 마신다. 아이들에게 줄 빈 최고의 과자 자허 도르테를 집으로 가져가 아이들과 맛있게 먹는다고 내가 과연 이들과 같은 문화인인가?

영국의 인류학자 에드워드 버넷 테일러Edward B. Tylor는 "문화는 제 민족의 양식을 고려 할 때, 한 사회의 구성원이 갖는 법, 도덕, 신념, 음악, 미술, 문학, 연극, 영화, 기타 여러 행동 양식을 총괄하는 것"이라 정의했다. 그렇다면 문화인이란 타고나는 것이 아니고, 내가 속한 사회 구성원들의 생활양식에서 공동으로 습득하는 후천적인 것이다. 또 내 자식의 다음 세대로 전해지면서, 기존 문화에 새로운 문화 형식을 쌓기도 한다. 시간의 흐름에 따라 다르게 변화할 수도 있다는 것이다. 바꾸어 말하면 선진 문화국민이 역사의 흐름에 따라 후진 문화국민이 될 수도 있다는 말이다. 지금 나는 빈 사회의 구성인이니, 문화인이 될 수 있다.

빈에 살면서 우연이 왈츠를 추는 장소에 간 적이 있다. 광장이라든가 넓은 공터와 음악이 있으면 사람들은 어울려 춤을 춘다. 어느새 나도 그 속에서 빙글빙글 돌고 있다. 빈은 문화와 예술의 덩어리이다. 그들의 정신이 오랜 세월 속에 녹아 전통이란 문화를 만들어 나가고 있다.

하이델베르크 대학의 졸업 무도회

하이텔베르크 대학Universitat Heidelberg은 독일 연방 공화국에서 가장 오래된 대학이다. 1386년 로마 교황의 허가를 받아 루프레히트 1세가 설립해, 유럽에서는 프라하의 카렐 대학과 오스트리아의 빈 대학 다음 세 번째로 설립되었다. 특이한 점은 대학이 생기고 난 뒤 그 주위에 마을이 들어서, 대학 정문이 없는 것이 특이하다. 마을 전체에 대학 건물이 퍼져 있기 때문이다.

"어마마? 아들아. 그 뚱뚱한 아줌마들 다 어디 갔어?" 나는 무도회가 열리는 궁 안으로 들어서자 양쪽 곁에 선 두 아들에게 물었다. 풍만한 몸매에 터져 나올 듯한 가슴과, 화장기 없는 얼굴에다 아무런 표정도 나타내지 않는 그들. 내가 그곳에 살면서 늘 보아왔던 독일의 중년 아줌마 말이다. "여기 오신 분들은 대부분 의사이고, 또 다른 직업의 독일 상류층"이라 한다. 의과대학 친구들의 부모 대부분이 의사이고, 또 다른 직업 분야의 엘리트란 말이다. 홀 안에서는 신사숙녀들이 서로 인사를 나누고 이야기꽃을 피우고 있었다. 모두들 아름다운 몸매와 화려한 의상으로 나의 눈을 시리게 했다. 이곳에 오는 내내, 내가 그들보다 좀 잘나 보였으면 하는 바람이 있었다. 나의 기대가 또 무너져 내렸다. 빈에서는 무도회가 무언지 모르고 참석해 멍청이 의자에 앉아만 있었지만, 이번에는 코리아에서 온 제대로 된 부모를 보여줘야 한다고 생각했다. 어떤 드레스를 입을 것인가 고심하다, 여러 사람들의 조언을 받아 한복을 선택했다. 아무리 멋진 드레스를 입어도 키가 그들의 반보다 조금 큰 내가 그들보다 돋보일 수 없다는 결론이다. 마침 후배가 한복 디자이너라, 고전 한복에서 약간 벗어나게, 춤출 때 편안하게 해 달라 부탁했다. 후배는 저고리 앞섶과 깃, 선의 길이를 길게 하고, 품은 몸에 꽉 맞게, 치마는 드레스처럼 폭을 넉넉하게 바느질 해, 신발이 치맛단을 밟지 않게 만들어 주었다.

좌석은 지정돼 있었고, 나는 두 아들의 친한 친구 부모와 같이 앉았다. 의과대학 졸업생 약 200여 명과 그들의 부모님, 그리고 초대되어 온 그들의 여자친구나 남자친구도 있다. 홀 안에는 은은한 음악이 흘러나오고, 간단한 저녁식사와 음료수가 마련되어 있어 저녁을 먹으면서 서로 인사를 나눈다. 내가 앉은 테이블에 아들의 친구들이 자꾸 와 인사를 한다. 연노랑 저고리와 청록색 치마가 그들의 눈에 특이하게 보이는 것 같다. 식사가 끝나갈 무렵, 경쾌한 춤곡이 흘러나오자, 남녀가 한 쌍이 되어 원을 그리며 춤을 추기 시작한다. 나는 아들이 어떤 여자 친구와 파트너가 되어 멋진 춤을 출 것인가에 온통 신경이 쏠렸다. 혹시 독일말 하는 며느리를 데리고 올까봐 겁이 나, 그 점에 더 신경을 쓰고 있었다고 말할 수 있다. "엄마 걱정하지 말고 친구와 춤춰." 아들은 진지하게 "오늘 저녁은 엄마와 춤추는 특별한 날"이라 한다. 첫 춤은 부모와 자식, 그 다음은 함께 추고 싶은 파트너와 추는 순서란다. 그동안 자식에게 베푼 부모의 노고를 치하하는 예의는 동서양이 다르지 않는가 보다고 생각했다.

왈츠의 춤 동작은 은은하고 기품 있다. 그들의 춤은 호랑나비가 이 꽃 저 꽃으로 훨훨 날아다니는 것 같은 자태다. 칠흑 같은 밤하늘에 반짝이는 어느 별이 이렇게 찬란할 수 있을까? 처음에 나는 큰 아들과 손을 잡았고, 그 다음 작은 아들과 빙빙 돌았다. 무도회가 열리기 열흘 전, 이곳에 와 두 아들과 충분히 춤 연습을 해 두었다. 긴 자주색 옷고름이 몸놀림에 따라 구름 위를 걷는 신데렐라처럼 나부끼고 있다.

존경하는 대학 총장님이 홀 안에 마련된 강단에서 학생과 부모 앞에서 졸업식을 거행한다. 먼저 학생 7명을 호명해 단상에 일렬로 세웠다. 이들은 전체 학업 성적 2%에 드는 학생들이다. 두 아들도 나란히 그 대열 첫 번째에 서 있다. 총장님은 한 사람씩 불러 졸업증서와 성적표를 주면서 악수도 청한다. 부모들이 나를 힐금힐금 쳐다보며 웅성거리기 시작한다. "동양인이 둘이나 상을 타잖아." 아마 이렇게 말하고 있다는 생각을 했다. 그 다음에는 나머지 학생들이 졸업장을 받았다. 총장님은 축사를 시작한다. "자랑스런 부모님, 세계 최고의 대학을 졸업하는 졸업생 여러분, 졸업을 축하합니다. 슈바이처 박사처럼 인류에 대한 사랑과 봉사정신을 갖고 의사로서 훌륭한 삶을 살라."고 당부했을 것이다. 내가 알아듣는 단어는 '슈바이처 박사'가 유일했다. 식이 끝나자 많은 부모들이 나를 가운데 세운 채, 빙 둘러서 있다. "당신은 아주 자랑스런 아들을 두었어요. 당신 역시 대단한 어머니예요." 모두가 축하의 말을 해주고 있다. 축구 경기장에 결승골을 넣은 선수의 헹가래 같이, 나의 몸도 홀 안에 둥둥 떠다니고 있었다.

남편이 프랑크푸르트로 옮겨 오자, 빈 의과대학에 다니던 아들이 이 대학에 입학원서를 냈다. 불합격이란 통보를 받고, 그 다음 해에는 "우리가 꼭 이 대학에서 공부해야 하는 이유"를 두 장이나 썼다. 특히 아버지가 이 대학의 입학을 거부당하고 얼마나 낙망했는지, 그래서 하고 싶은 철학을 포기하고 기자의 길로 들어섰다는 내용과, 아버지 원을 풀기 위해 이 대학에서 최고의 의사가 될 수 있는 기회를 동양인인 우리도 갖고 싶다는 희망을 썼다. 또 형제 중 한 사람만 합격해도 다른 형제 없이 이 대학에서 공부하는 일은 없을 것이라 했다. 둘 다 합격시켜 달라는 요구였다. 아들은 빈 의과대학에서 해부학 조교를 계속했다. 나는 시체를 만지는 일이 걱정되어 이번 학기는 그만두라고 여

부모의 사랑은 늘 목이 마르다

러 차례 말했지만 듣지 않았다. 사람이 부상을 당해 몸 안의 혈관이 터졌을 때 "정맥은 정맥과, 동맥은 동맥과 이어져야 하는데", 피범벅으로 인해 혈관이 눈에 보이지 않으니 손의 느낌으로 찾아 연결해야만 한단다. 인체의 조직을 정확히 알지 못하면 훌륭한 의사가 될 수 없다는 지론이다. 이 대학에서 이 점을 높이 평가해 둘 다 입학 허가를 받았다고 우리는 결론지었다.

홀 안에 흐르는 〈아름다운 푸른 도나우 강〉이 끝나자 〈황제의 왈츠〉가 연주된다. 모두들 일어서서 춤을 추기 시작한다. 그때 조선시대 임금이 의식용으로 쓰던 검은 색 면류관과 검정색 곤룡포를 길게 늘어뜨린 검은 얼굴의 남자, 헐렁한 검정 바지와 검은 곤룡포를 걸친 검은 얼굴의 여자가 홀 안으로 나란히 들어왔다. 나는 그 관과 옷차림이 너무 신기해, 하던 동작을 멈췄다. 홀 안에서 춤추는 사람들 모두 동시에 나처럼 동작을 멈추었다. 사람들이 웅성거리기 시작한다. 아들은 반에 아프리카 케냐 출신 친구가 있는데, 아마 그의 부모님인 것 같다 한다. 그들의 전통의상이 아니면, 의식 때 입는 정장이라 생각했다. 왕관에 매달린 여러 색의 구슬은 움직일 때마다 출렁거렸고, 부인의 목과 손목에도 빨갛고 검은 구슬이 매달려 있다. 이 대학에서 외국인은 그 친구와 우리 아이들까지 이렇게 셋뿐이라 한다. 그 이상한 옷차림의 남자는 케냐 중앙은행 은행장이라 알려졌다.

자정이 가까워지자 부모들은 하나둘 자리를 떠났고, 신나는 음악이 흘러나온다. 지금부터는 청춘 남녀가 밤이 새도록 춤을 추는 그들만의 시간이다. 나는 차를 타고 숙소로 돌아오면서 하늘에 있는 달과 별들에게 말했다. "참으로 행복한 무도회"였노라고.

부모의 사랑은 늘 목이 마르다

IMF로 귀국하다

　　　　　"아주머니, 콩나물 1000원어치 팔면 얼마 남아요?"
밥은 먹고 살 수 있느냐고 묻는다. 아줌마는 고개를 흔들면서 "아니
요, 죽지 못해 해요."라고 말한다. 남편은 실직을 당해 직업을 구한다
고 집을 나가 들어오지도 않고 자식들하고 입에 풀칠이라도 하려고
시장 안 구석진 곳에 콩나물 통을 놓고 앉아 있단다. 나는 출근하는
사람처럼 날마다 그 아주머니 곁에 와서 쪼그리고 앉아 물건 파는 일
을 지켜본다.

　　남편이 헐레벌떡 집안으로 들어서자 숨 가쁘게 "새야 큰일 났어, 빨
리 이삿짐 싸." 한다. "어디로 가요?" "어딘 어디야, 서울이지." "왜 서울
로 가요?" "IMF 사태가 났어." "그게 무언데요?" "경영학을 공부했다
는 사람이 그것도 몰라?" 1997년 우리나라가 외환 부족으로 부도 위
기에 처해, 국제통화기금IMF으로부터 자금 지원을 받은 사건을 말한

다. 프랑크푸르트에 살고 있는 나로서는 한국에서 배달되어 오는 신문도 일주일 이상 걸려야 읽을 수 있어 지금 한국의 갑작스런 상황 변화가 어찌된 영문인지 짐작이 가지 않는다. 이곳에 있는 회사 지사나 은행 지점들도 IMF 사태에 모두 업무를 중단하고 한국에 들어갈 준비를 한다. 현지 법인은 회사 청산 절차가 까다로워 그 업무 담당자 한두 사람만 남기고, 그 가족과 다른 직원들은 한국으로 가는 비행기를 탄다. 무슨 전쟁이 나 피난을 가는 것 같이 북새통이다. 나는 얼마나 겁을 먹었는지 김포공항에 내려 집으로 오는 도중, 계속해서 어지럼증과 구토에 시달려야만 했다.

얼마 전 정부는 우리경제의 펀더멘털Fundamental인 거시경제지표가 튼튼하다고 발표했었다. 이런 정부 브리핑이 있고, 채 20일도 지나지 않았는데 IMF에게 긴급자금 지원 요청을 했다니 갈피를 잡을 수 없다. 국가나 개인 모두 돈을 빌려주는 입장에서는 그 돈을 회수할 수 있나, 없나를 먼저 따진다. IMF가 자금 지원을 하는 대신, 그들도 여러 조건을 내세운다. '우리 기업 구조조정'과 '공기업 민영화', '자본시장 개방', '기업 인수합병 간소화' 등 정부는 이를 수락하고 IMF의 관리를 받아 국가경제를 운영하기로 약속해 자금을 지원받았다. 쉽게 말해 나라 경제 운영 자체를 우리 정부가 하는 것이 아니고, IMF가 경제 주도권을 쥐고 운영하게 된 것이다. 정치적 지배는 강대국이 약소국가를 힘

부모의 사랑은 늘 목이 마르다

으로 빼앗는 것이지만, 경제적 지배는 우리가 애걸복걸 도와달라고 사정해 그들이 우리의 경제 주도권을 가지는 것이다. 우리 산업과 기업이 국제경제 리스크에 충분히 대비하지 못해 자초한 안타까운 사태라 할 수 있다.

나는 잠을 잘 수가 없다. 아니 하룻밤에도 몇 번이나 자리에서 벌떡벌떡 일어난다. 빈에 딸아이 둘, 하이델베르크에 아들 둘, 서울에 딸아이 둘, 모두 공부를 하는 학생이다. 신문과 TV에서는 연일 날개단 듯 치솟는 달러 강세를 발표하고 있다. 처음에 원화 대비 1달러 환율이 800원으로 시작해 2000원으로 올라가고 있다. 한 아이 당 1000달러를 송금하면 아이 넷이니 4000달러, 우리 돈으로 800만원이다. 또 이 사태가 하루 이틀이 아니고 언제 끝이 날지도 예측할 수 없다. 외환위기란 자본이 급하게 국외로 유출되면서 국제 금융거래에 필요한 달러를 확보하지 못해 치명적인 타격을 입는 상황을 말한다. 지금은 IMF의 관리 체제이니 환율이 중요한 경제지표다.

나는 귀를 막고 싶었다. 환율이 오를 때마다 내 가슴을 치는 소리는 '나는 콩나물 장사라도 할 것이다. 아이들의 학업을 중단시킬 수는 없다.'는 각오였다. 어느 날은 입국을 원하는 한국 유학생들의 숫자가 너무 많아 전세 비행기가 왔다 갔다 한다는 소문도 들린다. 한참 자라나는 자식의 꿈과 희망을 어느 부모가 중도에서 포기하라고 말할 수 있을까? 나는 욕을 하기 시작했다. 나쁜 놈들, 죽일 놈들 하면서 정부를 원망하는 것이다. 정부의 무책임에 대한 분통은 나를 더 미치게 하고 있다.

　IMF 경제위기는 우리사회 전체를 뒤흔들고 있다. 자연 재해인 화산폭발이나 쓰나미는 그 발생 지역만 강타해 휩쓸고 지나가지만, 이 사태는 국민 생활 기반 자체를 무너뜨리고 있었다. 경제 주권이 IMF로 넘어간 1998년 정부는 자본 자유화와 외국인 투자 유치 명목으로 '증권거래업과 선물거래업' 등 21개 업종을 외국인에게 전면 개방했다. 또 외국인의 주식투자 한도 철폐를 시작해, 투기성 외자가 밀물처럼 들어왔다. 이들은 부도 위기에 몰린 국내 알짜 기업을 사들이기 시작해 우수한 기업들이 헐값에 외국기업에 넘어갔다. 그 당시 30대 그룹 절반이 도미노처럼 쓰러졌고, 26개 주요 은행 중 16곳이 무너졌다. 이러한 혼란 속에서 많은 중소기업과 자영업이 몰락하니, 실업자가 늘어나 한 순간에 직업을 잃은 가장들은 길거리에서 방황하는 노숙자 신분으로 변하기도 했다. 한 집 건너 삶의 터전을 잃은 사람들로 인해 가정이 파탄나는 경우도 있었다. 또 봇짐을 싸 야간도주하는 집들도 늘어났다. 대부분의 청년들은 일자리를 구하지 못 해, 군 입대를 희망하니 군대 가기가 하늘의 별 따기보다 어렵다는 말도 생겨났다. 어느 날 친구 부인이 급하게 만나자 해 갔더니, 자기네가 살고 있는 집을 사 달라고 한다. 중소기업을 경영하는 친구는 수출 길이 막혀 회사가 부도

났는데 생산한 제품이 길거리에서 1000원짜리 한 장에도 팔리지 않으니, 은행에서 집을 경매하기 전에 팔아서 월셋방이라도 구해야 가족이 뿔뿔이 헤어져 사는 일을 막을 수 있다며 눈물을 흘린다. 어디 그뿐인가? 파산한 사람들의 집이나 건물들, 그리고 공장에서 생산한 모든 제품들이 '싸구려' 물건으로 둔갑해, 일반적으로 'IMF는 물건을 싸게 파는 일'이라 이해하는 사람도 있었다. 급박한 나라 상황과 이 혼란에 은행금리는 30~60%로 올라갔고 시중금리 역시 최고이율로 치솟아, 돈이 있는 사람들이 시가의 절반 값으로 집과 건물들을 매입했다. 또 이들은 고리의 사채로 엄청난 이익을 챙기기도 한다.

처음에 태국에서 시작된 외환위기가 우리에게 덮쳐왔을 때 "어마, IMF 그게 무언데요?" 하고 서로에게 물었다. 우리는 IMF를 너무 몰랐다. 정부도 몰랐다. 그 당시 외환 업무의 전문성이 턱없이 부족해 그 사태에 대한 대처 능력을 충분히 발휘하지도 못했다. 그러나 외국계 금융회사들은 초경영 기법과 기업 사냥에 축적된 기술로 우리의 알짜 기업들을 다 거두어갔다. 피 눈물 흘리는 많은 내 이웃들에 비하면 나는 겨우 아이들 공부를 중단하느냐 마느냐 하는 것이고, 이는 죽고 사는 절박한 문제는 아니다. 어느 은행이 외국에 매각되어 구조조정으로 4,000명의 동료들이 해직 당해 은행을 떠날 때, 그 상황을 생생히 기록한 비디오가 있다. 그것을 "눈물의 비디오"라 한다. 어디 이 은행뿐이겠느냐? 대기업, 중소기업, 자영업자, 문화예술인 등 사회 전반에 삶의 터전을 한 순간에 잃어버린 우리 모두가 눈물의 비디오 주인공이다. IMF 사태를 벗어나기 위해 온 국민이 한 마음 한 뜻으로 금을 모으고 허리띠 졸라매 2001년 차입금 전부를 상환해 외환 위기에서 벗어났다.

IMF 사태에 대한 아픔은 우리 가슴에 남아 있는 교훈이기도 하다. 우리는 이 충격적인 사태에 비싼 수업료를 지불했다. 또다시 이런 사태는 오지 않아야 한다. 어느 학자가 이 사태를 '인재人災'라고 정리한 점을 깊이 새겨 정부는 정치적, 경제적 정책을 시행할 때에는 국민들의 생활에 어떤 영향을 주는가를 면면이 연구 검토해야 한다. 어떤 정치적 이념이든 서민들의 가슴에 상흔을 남기는 정책은 시행하지 말아야 한다. 어떤 정책을 시행하기 전에 다른 나라에서 경험한 여러 예를 검증해 우리 실정에 맞는지를 알아보아야 한다. 정부의 실패한 정책 전부가 '서민 삶의 짐'이 되기 때문이다.

부모의 사랑은 늘 목이 마르다

빈의 두 딸아이

　　　　　1998년의 봄은 스산했다. 사람들은 말을 잃었고, 희망도 잃었다. 산천초목도 생기를 잃었고, 바다도 강도 흐르지 않았다. 나라와 온 국민이 'IMF'라는 전쟁에서 죽을힘을 다해 싸우고 있는 중이다.

　"엄마 나 취직 했어." 빈 상과대학 졸업반인 셋째 딸아이한테 온 전화다. "뭐? 월급을 타게 되었다고?" 나는 순간적으로 돈을 벌게 되었다는 말을 공부를 중단할 처지에서 벗어날 수 있다는 말로 들었다. "잘됐다. 잘되었어. 어휴, 이제 살았다." 하면서 긴 심호흡을 한다.

　내가 아이들 손을 잡고 빈의 공항에 첫발을 디딘 날은, 잿빛 하늘에 어둠이 서서히 다가오는 오후였다. 세찬 바람과 눈인지 비인지 분간이 되지 않는 물줄기가 나를 반기고 있었고, 시계를 보니 오후 3시가 지났다. 이곳은 겨울 일조량이 많지 않았고, 그나마 오후가 되면 어둠이 깔린다. 서울을 떠나올 때 나를 만나는 주위 사람들이 "비엔나 참 아름다운 도시죠.” 하고 부러움을 표현했다. 자동차를 타고 시내를 들어오면서 내 눈을 의심했다. 그리고 사람들을 의심했다. 도대체 뭐가 아름답다는 건가? 대낮인데도 어두컴컴한 하늘과 불에 타다 만 것 같은 그을린 4층 건물들이 시내 중심가에 즐비해 있었다. 오랜 세월 역사적 풍상의 자국들과 비와 바람, 눈이 새긴 얼룩이 이 도시를 덮고 있었다.

신성 로마제국의 황제를 배출한 합스부르크는 제1차 세계대전 패전으로 유고슬라비아 등 여러 나라들에게 영토를 할양하고 1918년 오스트리아 제국을 해체하고 공화국이 되었다. 제2차 세계대전 이후 동서 이념으로 체제가 분리되자, 중립국으로 전환해 세계 여러 나라에서 몰려온 스파이들이 활동하는 스파이 천국이 되었다. 빈은 독일어를 국어로 사용하는 나라다. 그 당시만 해도 외국인이 여행을 오거나 비즈니스 때문에 빈을 찾는 경우가 많지 않아, 길거리에서나 공공장소에서 피부색이 다른 사람들의 모습이 눈에 잘 띄지 않았다. 이들은 피부색이 다른 상대에게는 매서운 눈초리를 보낸다는 느낌이 들었다. 가끔 외출을 할 때에는 그런 사람들의 눈 속에 내 눈을 겹치게 했다. 그래도 영 기분이 좋지 않았다.

어느 날 영사관에 근무하는 선배가 집으로 초대했다. 그는 세계 어느 도시건 우리나라와 외교관계에 있는 나라에 가 일을 한다. 저녁을

부모의 사랑은 늘 목이 마르다

먹으면서 선배는 어머니를 모시고 해외생활을 계속해 왔는데, 그 어머니께서 혼자 서울에 계셔 영 마음이 편치 않다 한다. "왜요?" 하고 물으니, 선배가 이야기를 들려준다. 어머니가 "애비야, 나 서울로 보내 달라."고 하시길래 "어디 불편하세요?" 여쭤보니, "여기에서는 도저히 살수가 없어. 미국 공원에서 만나는 할매들은 반갑게 '헬로' 하는데 여기는 내가 먼저 '헬로' 해도 째려 봐. 사람 살 곳이 못 돼." 하시고는 서울에 가셨다 한다.

빈 사람들은 그 화려했던 제국의 영광을 아직도 그들이 소유하고 있다고 생각하고 세계가 얼마나 빠르게 경제 성장을 달성했는지는 관심이 없다. 할머니들이 창문을 열고 거리를 바라보고 있다가 어느 누군가 불법적인 행위를 하면 재빨리 신고를 한다. 법과 규칙을 준수하는 것이 이들의 명예이다. 많은 사람들이 원칙적인 행동을 기본으로 한다. 그들이 가끔씩 상대를 보고 고개를 살래살래 흔드는 것을 볼 수 있다. 가정교육 좀 다시 받으라는 의미다. 이웃에 사는 가까운 친구라 해도 불법적인 행위를 하는 것을 보고는 가차 없이 경찰에 신고를 한다. 친밀함과 위법은 다르다는 게 그들의 생활원칙이다. 어느 날 자동차를 타고 가다 가로수를 들이받았는데 차도 가로수도 멀쩡해 그냥 지나쳤다. 교민이 빨리 신고하라 해 경찰서에 갔더니 이미 그 사건이 접수되어 있었다.

빈에는 유학생이 많다. 그 당시 대사관의 집계에 의하면 1500여 명이 넘는다 한다. 대부분이 음악을 공부하기 위해 왔다.

나 역시 이곳 사람 어느 누구하고도 정겹게 말을 해 본 적이 없었다. 그런 곳에다 딸아이 둘만 남겨두고 서울에 왔다. 딸아이는 취직하기 위해 교내에 구비되어 있는 이곳 회사들의 위치와 전화번호를 가지고, 중심가에 있는 사무실에 문을 열고 들어가 일자리를 찾았다. "나는 독일어를 잘 하는 한국 학생"이라고 이력서를 내밀며 자신을 소개했다 한다. 그러던 어느 날 한국타이어 책임자로부터 연락이 왔단다. IMF 사태로 모든 한국기업이 철수 해, 그곳에는 어느 기업도 영업활동을 하지 않는 걸로 알았는데 구세주를 만난 것이다. 딸애는 곧장 회사에 나가게 되었고 학교에서 배운 이론을 실무로 연결하는 인턴 사원이 되었다. 독일 말과 글을 현지인처럼 할 수 있으니 회사 측에서도 도움이 많이 된다고 해, 공부한 보람을 나타내었다. 이곳은 임금 수준이 높아 동생과 공부하고 생활하는데 아무 부족함이 없는 충분한 돈을 받는다며 "엄마 걱정하지 마. 우리는 공부를 끝낼 수 있어." 하고 힘주어 말한다. 어느새 나의 눈가에는 이슬이 고인다.

넷째 딸아이는 빈 의과대학에 다닌다. 외국에서 공부하는 것을 극도로 싫어해 방학 때마다 서울에 와 서울대학에서 실습을 한다. "넌 왜 그렇게 빈을 싫어하느냐"고 물었다. 본과 3학년이 되면 환자를 보는 실습이 시작되는데, 지방에서 온 환자가 "여기 옆구리가 결려요", "배가 꾹꾹 쑤셔요." 하면 표준말만 배운 딸아이는 사투리를 알아 듣지 못해 치료를 할 수 없단다. 그 때마다 교수가 아이한테 보내는 싸늘한 시선이 제일 싫다 한다. 아무리 공부를 열심히 해 우수한 성적을 받아도 외국인의 한계를 벗어날 수 없단다. 그래서 죽기 아님 살기로 노력해 6년 과정을 5년 만에 끝냈다. 졸업은 6년이라는 기간이 있어야 하므로 마지막 한 과목을 남겨 두었다. 대부분의 이곳 학생들도 의과대학을 끝마치는데 7년 이상 걸린다. 딸아이는 "엄마 나 1년 치 학비 벌었지? 언니처럼 취직은 아니지만." 하고 자랑스럽게 말을 한다.

빈 의과대학은 1365년 설립되었고 유럽전체에서 가장 큰 대학이며, 최고의 수준을 자랑한다. 또 이 대학에는 해부학 박물관도 있다. 노벨 의학상 수상자는 모두 7명이며, 그중에서도 혈액형이 ABO형으로 구성되었다는 것을 발견해 수혈을 가능하게 한, 칼 란트슈타이너 Karl Landsteiner, 정신분석학자 지그문트 프로이트Sigmund Freud는 이 대학의 명성이고 자랑이다. 의과대학을 요제피눔 건물이라 하고, 지금은 의학역사박물관으로 사용하고 있다. 딸아이는 때때로 의학박물관에 가 의사가 되는 길을 배운다. 그곳에는 사람과 질병의 관계를 시대별로 구분하여, 커다란 유리병 속에 넣어 두었다. 엄마 뱃속의 태아로부터 죽는 날까지, 사람들이 투병했던 여러 종류의 질병들을 전시해 두었다. 딸아이는 하나하나 손으로 짚어가며 설명한다. 나는 보는 척하면서 외면한다. 너무 징그럽다. 마음속으로 의학 공부를 선택하지 않아 정말 다행이라 생각했다. 의사는 공부를 잘한다고 할 수 있는 직업이 아닌가 보다. '너는 좋은 의사가 되겠구나.' 하고 마음속으로 대견해 한다.

사람이 어려움에 처했을 때 어떤 길을 선택하느냐에 따라 그 사람의 운명이 달라진다. 힘들고 어렵더라도 그 길을 계속 갈 수도 있고, 멈추어 설 수도 있다. 또 후퇴할 수도 있다. 그 고난이란 길은 눈에 보이지 않고 손으로 만져볼 수도 없기 때문이다. 형체가 없으니 붙잡고 제발 물러가 달라고 사정이라는 것을 할 수도 없다. 우리가 한 생애를 사는데 이런 일들이 어디 한두 번만 오겠는가? 나는 콩나물 장사를 한다고 시장을 들여다보기만 하고 다녔다. 아이들은 자신들이 갈 길을 알고 개척하고 있었다. 한 번도 부모의 보호 환경을 벗어난 적이 없는 아이들이다. 그저 고마울 뿐이다. 사람 사는 세상의 고비는 사람마다 그 해결하는 방법의 차이가 있겠지만, 성공하는 사람과 실패하는 사람의 행동은 다르다.

부모의 사랑은 늘 목이 마르다

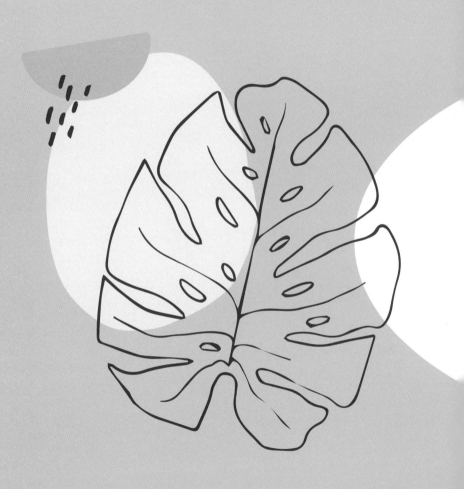

6장

환경 지킴이의 길로
들어서다

"'하천에서 몇 년이나 살았습니까?' 구청장은 내게 묻는다.
나의 고단한 마음을 위로하는 것처럼 들린다."

내가 사는 이곳에 도림천이 있다

도림천은 관악산에서 발원하여 안양천과 합류해, 한강으로 흘러가는 한강의 제2지류다. 옛날에는 우마를 키우던 마장천이라 불렀다 한다.

"아줌마 저리 비켜서세요." 영등포구청 치수과 직원 K씨는 테이블 위에 놓인 사진 몇 장을 힐끗 보고는 가당찮다는 표정을 짓는다. "저, 선생님. 한번만 보십시오." 이 사진들을 보면 내가 왜 이 자리에 며칠째 서서, 구차한 사정을 하고 있는지 알 수 있을 것이라 믿었다. 이것은 현재 도림천과 그 주변의 상태를 찍은 것이다. 서울대 입구에서 출발해 물줄기가 하천으로 흘러가는 구간에 따라 설치되어 있는 여러 시설물들이다. 하천 구간 일부는 복개하여 도로로 사용하고 있었고, 복개하지 않은 부분은 거의 콘크리트로 피복되어 있다. 하천 위에는 많은 교량과 전철역이 건설되어 있었고, 2호선 전철역이 하천을 따라 이어져 있다. 대방동에서 아래쪽으로 내려오면 신도림역 주변이다. 이곳에는 소량이지만 물도 보이고 풀도 보인다. 계속해 문래동 쪽으로 내려가니 이게 웬일인가? 하천 폭이 넓어 물이 깊게 흐르고 있었고, 둔치에는 이름 모를 잡풀들이 우거져 새들의 소리도 들린다. 하늘을 바라보니 왜가리가 흰 날개를 활짝 피고 우아하게 날고 있다. 아, 옛날에 우리가 뛰놀던 하천이 그대로 있다니. 감격한 나는 어느새 희망이라는 용기가 꿈틀거리고 기분도 좋아지기 시작한다. 계속해 걸어가니 안양천과 도림천이 만나는 접경 지점에서 푸른 물이 한강으로 빠르게 흘러 들어가고 있다. 숨을 크게 들이키고 그 물줄기를 따라 한강을 향해 한없이 걸어간다.

내가 도림천에 관심을 가지게 된 것은 1998년 IMF 사태 때, 대부분의 해외지사 근무자들이 급하게 귀사를 하고 우리가 이곳에 이사왔을 때였다. 도림천을 사이에 두고 하천 양쪽으로 대단위 고층 아파트들이 건축되어 수많은 주민들이 유입되었다. 이곳은 작은 공원은 고사하고, 풀 한 포기, 나무 한 그루도 보이지 않는 척박한 땅이다. 하천 바닥에는 쓰레기 더미가 흐르는 물처럼 쌓여있다. 과거 공업지대였을 때 들어섰던 모든 혐오시설을 그대로 방치한 채, 집만 수없이 지어 주민들을 살게 한다. 처음 이사 왔을 때는 차차 정비되겠지 하고 이 지역 지방자치단체인 영등포, 구로, 관악구청에다 기대를 걸었다. 1년이 지나고 2년이 지나도 이 척박한 환경은 변화할 조짐도 보이지 않는다. 주민들로부터 세금은 꼬박꼬박 거두어 가면서, 주민을 위한 어떤 환경 개선책도 제시하지도 않고, 또 대책을 강구할 계획도 없어 보인다. 나는 하천에 담당 직원 같이 생각되는 사람이 보이면, 이제는 하천이 환경친화적으로 변하겠구나 하고 반가운 마음으로 뛰어가 묻곤 했었다. 그들은 "친환경 그게 무언인데요? 그런 것 없어요." 한다.

내가 살았던 비엔나에서는 우리 집을 중심으로 반경 10여 Km 이내 어느 곳이든 작은 공원이 있었다. 도시를 계획할 때 제일 먼저 주민의 안락한 생활을 고려하기 때문이다. 맑은 공기와 깨끗한 주변 환경, 땅바닥에 떨어진 밥알도 주워 먹을 수 있는 청결, 그것이 그 나라 국민의 자존심이고 그들의 생활문화의 척도이기도 하다.

환경 문제를 인식하다

2000년이 되자 나는 이 문제에 접근하기로 마음을 굳혔다. 섬에서 태어나 서울까지 와 대학공부를 하고, 훌륭한 스승님과 좋은 친구들을 만나 많은 혜택을 받았다. 사회생활도 남들처럼 원만하게 해 보람도 있었다. 자식들도 건강하다. 솔직히 말해 내가 살아오면서 남에게 베푼 일보다 국가나 사회로부터 더 많은 혜택을 받았다. 나 스스로 운이 좋았다는 생각과, 지금은 나 자신과 이웃들에게 도움이 될 만한 일을 하고 싶다는 염원이 내 속에 가득 차 있었다.

원시 인류가 등장한 빙하시대에도 인간은 강과 함께 했다. 물이 없으면 생명을 이어갈 수 없기 때문이다. 기원전 3000년경 큰 물줄기가 흐르는 유역에서 최초의 인류문명이 발생한 것은, 인간에 있어 물은 생명과도 같은 것이기 때문이다. 나일강 유역의 이집트 문명, 인더스의 인도 문명, 황하의 중국 문명, 티그리스 유프라테스강의 메소포타미아 문명은 오늘날 인류문화의 기초가 되었다.

나는 손안에 들어가는 작은 캐논 카메라를 구입했다. 청바지, 잠바, 운동화, 그리고 어깨에 메는 배낭도 준비했다. 배낭 안에는 메모지와 볼펜도 있다. 그리고 하천으로 간다. 하천 위에 거미줄처럼 엉켜있는 도로와 지하철은 나 같은 어느 한 개인이 해결할 수 있는 사안이 아니다. 국가적인 거대한 사업이기 때문이다. 우선 눈에 보이는 혐오 시설부터 고발하고 정비를 요구 할 작정이다. 주민들이 가장 많이 이용하는 신도림역 주변부터 사진을 찍었다. 수많은 사람들이 역을 나오면 이 어지럽게 널려 있는 시설들을 보지 않고는 지나갈 수 없다. 가로수에 이리저리 묶어둔 자전거들, 군데군데 쌓여있는 쓰레기 더미, 공터 풍물시장에 들어선 울긋불긋한 천막 음식물 가게들, 다리 위의 노점상, 복개 도로에 운영하는 대형 중장비 건설차량 주차장, 청소차와 청소시설, 위험물 쓰레기, 음식물 쓰레기, 구청 청소차량, 또 유수지에 운영하고 있는 쓰레기 환승장 등등 빨갛고 노랗고 파랗고 희고 검은 색채를 뿜어내며 온갖 폐기물과 쓰레기들이 운집해 있다. 이 지역의 영등포구청, 구로구청이 자행한 불법, 탈법, 위법이 총 망라된 흉물스런 주거공간이다.

부모의 사랑은 늘 목이 마르다

하천의 기능은 무엇인가? 하천에 흐르는 물은 우리의 주요 생활자원이다. 하천은 홍수를 예방하는 기능뿐만 아니라 환경적인 기능도 가지고 있다. 콘크리트로 덮인 이 하천은 땅속이나 바위틈으로 물이 스며들 수가 없어, 비가 그치면 바닥에 물이 보이지 않는다. 고인 물들은 썩은 것처럼 탁하고 냄새가 난다. 홍수 때 떠내려 온 것인지 인근 주민들이 내다 버린 것인지 알 수는 없지만 하천 바닥에 군데군데 쌓여있는 생활 쓰레기, 부서진 침대 조각, 매트리스, 생활 가구들, 모서리, 책상, 조각난 플라스틱 그릇, 찌그러진 양은 그릇, 깨진 사기 그릇, 심지어 입던 옷들도 있다. 온갖 잡동사니들이 공동묘지처럼 군데군데 오뚝 서 있다.

우리나라는 큰 강을 강江, 작은 강을 천川, 또는 수水로 나타내고 있다. 1999년 하천을 국가하천, 지방1급하천, 지방2급하천으로 구분하여, 국가하천은 국토해양부 장관이, 지방하천은 시, 도지사가 관리한다. 법률 제15742호 하천법에 의하면 하천관리방법과 관리비용 부담을 정해 두었다. 도림천은 발원지인 서울대 부분에는 관악구청이, 신도림역 부근에서 하천 중앙에 선을 그어 구로 쪽은 구로구청이, 영등포 쪽은 영등포구청이 각각 나누어 관리하고 있다. 법령에 의하면 하천 관리방법이 정해져 있어, 하천의 유지, 보전을 위하여 어떤 행위를 금지하거나 명령함이라 되어 있다. 즉 하천을 합리적이고 효율적으로 관리 운영함으로써 주민의 생활 편익과 복지증진을 목적으로 한다는 것이다.

　나는 매일 하천에서 살았다. 이웃 사람들이 배낭은 왜 매고 있느냐고 물어도 그저 웃기만 했다. 그리고 강둑에 앉아 흘러가는 물줄기를 한없이 바라보고 상상을 한다. 나무도 꽃들도 있다. 공중에는 새들이 날고 갈대가 흐느적거리는 사잇길을 주민들이 자전거를 타고 신나게 지나가는 아름다운 도림천을 나는 꼭 이루어 낼 것이다.

　　　　　　　　　　　　부모의 사랑은 늘 목이 마르다

도림천을 아름답게

운동본부 결성

나는 "도림천 아름답게" 가꾸기 운동본부를 발족했다. 하천 양쪽에 있는 아파트 단지의 부녀회 중심으로 출발하기로 하고, 각 아파트의 부녀회를 찾아갔다. 처음에 그들은 관청과 투쟁해 주민이 원하는 것을 얻어낼 수 있겠느냐고 반문하고, 바보 같은 짓이니 그만 두라고 충고했다. 계속적으로 내가 사는 아파트 부녀회를 설득하고, 또 수차례 다른 아파트 부녀회를 찾아가 '나 혼자 하는 일은 메아리가 없다. 여러분이 뭉쳐야 산울림이 될 수 있다'고 호소했다. 또 도림천 주변의 상태와 시정 요구에 대해서 구청이 나에게 보낸 회신들을 보이고 우리가 최악의 환경에서 살고 있다는 점을 강조했다. 여러분이 나서야 이 문제를 해결할 수 있다고 매달렸다. 드디어 14개의 아파트 부녀회로부터 같이 싸우자는 응원을 받았다. 이 환경적 문제를 해결할 수 있는 힘은 주민으로부터 나오기 때문이다. 많은 세대들이 동참해 3,236세대가 회원에 가입했다. 본부장, 사무국장, 총무, 운영위원으로 조직을 만들고, 한 달에 한번 정기회의와 임시회의를 소집하고, 그 외에 세부적인 회칙도 정했다. 연도별 사업계획을 수립해 시행하는 것을 원칙으로 했다. 경비는 나의 몫이었다.

이 지역에 있는 영등포구청의 대 주민자세를 한번 살펴보자. 아파트 담장에서 불과 10여 미터 떨어진 유수지 공터에서 폐목재, 폐가전 재활용처리장이라는 간판까지 걸어놓고 영등포의 모든 폐기물과 생활 쓰레기를 반입한다. 심지어 이 공해시설 안에 57대의 청소차가 주차하고, 청소차 세차, 정비는 물론이고 청소 직원들의 생활공간도 있다. 반입된 폐기물의 환적, 압축, 분리, 파쇄, 분쇄를 하루 내내 작업한다. 이런 작업과정에서 분출되는 검은 미세먼지의 일부는 우리 주민이 들이 마시고 나머지 일부는 하천으로 유입되어 우리의 식수가 된다.

또 구로구청은 어떤가? 신도림역 주변에 산재한 여러 혐오 시설과 하천 제방에 설치해 운영하고 있는 대형 생활폐기물, 그리고 음식물 쓰레기 적환장에서 나오는 추출물들은 하천으로 스며들어가 애벌레와 해충들의 서식지로 자리 잡고 있었다. 운동본부는 이런 오염된 환경을 지적하고 빠른 시일 내에 시정을 요구하는 민원을 제기했다. 우리가 진행하는 일들을 각 아파트 게시판에 게재했는데, 이는 생활환경에 대한 주민들의 관심과 또 우리 스스로 경각심을 고취하기 위해서다.

우리가 제일 처음 시작한 일은 1일 찻집을 열어 기금을 마련하는 일이었다. 이러한 사실이 알려지자 몇몇 신문에서 '아름다운 도림천 반드시 이루어진다'는 제목으로 기사화 했다. 이로 인해 악취와 쓰레기, 오물 등으로 몸살을 앓고 있는 우리의 주거지에 대한 주민들의 관심이 높아졌다. 그리고 우리를 응원하기 시작했다. 우리는 신이 났다. 운동본부 회원 3,236세대의 이름으로 서울시, 구로구청, 영등포구청, 관악구청에다 진정서를 보냈다. 그들도 우리에게 회신을 보내 주었다. 그 답장을 가지고 담당자를 찾아가 진행 상황을 알아보았다. 민원이란 민원자의 지속적인 노력이 있어야 해결된다는 깨달음을 얻은 것은 지난 1년간 사진과 민원 사항을 들고 쉴 새 없이 구청을 드나들면서다. 또 공직자들이 민원을 처리하고 회신하는 메커니즘을 잘 알게 되었다.

관악구청에 보낸 안건을 한번 살펴보자. '도림천에 물이 흐르게'를 요구한 이 민원에 대하여, "이 문제를 집중 검토하고 있으며, 여러 가지 방법으로 접근하고 있다. 예를 들어 관악산이나 지하철역에서 흘러나오는 물을 어느 지점에 물탱크를 만들어 저장해 두었다가, 갈수기에 일정한 양을 하천에 흘려보내는 방법이다. 많은 예산은 물론, 물 저장에 필요한 택지를 물색해야 한다. 그러니 시간을 두고 기다려달라"는 답변이다. 민원인은 기다리면 되겠구나 하는 희망을 가지고 구청만 바라보고 있다. 그러면 시간이 흐른다. 담당자는 다른 부서로 이동한다. 이와 같은 구청의 '대 주민자세'는 영등포나 구로구청이나 거의 비슷하다.

2002년은 지방선거가 있는 해다. 지방자치법에 따라 지방의회 의원, 지방자체 단체장을 뽑는 선거다. 구의원, 시의원, 구청장, 시장이 주민의 투표에 의해 선출된다. 나는 서울시장에 등록한 후보자의 공약사무실에 찾아가, 도림천에서 수집한 문제들에 대한 자료를 제출하고, 시민공원으로 조성하는 것을 공약해줄 것을 부탁했다. 내가 살았던 유럽에서 수집한 아름다운 하천의 사진도 첨부했다. 서류를 검토한 담당자는 치수 옹벽을 자연석으로 쌓는 아이디어를 칭찬하고, 시장에 당선되면 "청계천을 친환경적인 도시공간으로 조성하고, 서울의 역사성과 문화 환경을 복원하고, 서울시 관할 33개의 하천을 그 지역 특성에 맞게 시민공원으로 만들 계획"이라 설명했다.

이 후보자가 시장에 당선되면 도림천이 되살아나겠다는 희망과 아름다운 서울의 문화 시대를 기대했다. 시장, 구청장, 구의원, 시의원은 주민에 의해 선출된다. 따라서 주민의 문제가 그들의 문제점이기도 하다. 이를 해결해야만 지역을 위한 일꾼이라는 칭찬과 재선에 당선될 가능성이 높아진다. 우리는 이 지역 내의 구의원, 시의원을 운동본부의 고문으로 추대했다. 선거에 의해 지방자치단체 의원과 단체장들이 선출되었다. 운동본부는 8월 영등포구청장을 모시고 주민 간담회를 개최했다. 구청이 편의상 도림천 주변에 방치한 여러 공해시설물을 이전, 정비하고 녹지 조성을 요구하는 민원에 구청장의 의견을 듣는 시간이다. 그리고 다음에는 구로구청장을 만나 우리의 요구사항과 구청의 입장을 듣는 자리를 마련할 것이다.

부모의 사랑은 늘 목이 마르다

도림천 주변 오염 상태

'주민은 혐오시설 설치를 반대한다'와 같은 지역이기주의는 타 지역의 사정은 상관없이 자기 지역의 이익, 행복만 추구하는 태도나 입장을 말한다. 운동본부는 "도림천 아름답게" 이 운동이 공공의 이익을 위하여 꼭 필요한 시설을 자기 지역 내에 설치하는 것을 결사반대하는 님비Nimby현상으로 비춰질 것을 가장 우려했다. 이 지역은 수십 년 동안 공업지대로 번창했다. 공장에서 배출되는 공업용 폐수나 오수가 빗물과 함께 땅에 스며들었고, 매연과 분진이 공기 중에 떠다닌다. 납, 수은 같은 각종 중금속과 흙먼지가 하천 주변의 쓰레기와 폐기물에서 분출된 물질과 혼합되어 미세먼지로 변한다. 이 미세먼지는 사람의 입이나 코 등 호흡기에서 일부 걸러질 수도 있지만, 많은 부분은 그대로 관통해 혈관을 타고 뇌에까지 침투할 수 있다. 실제로 정신장애, 만성기관지염, 폐질환은 물론 자산 감소를 호소하는 주민들이 많이 있었다. 우리들이 생명과 재산을 위협당하는데도, 아무런 대안도 제시하지 않고 어떤 계획도 제시하지 못하면서 차일피일 애매한 표현으로 주민을 속이고 있다. 또 혐오시설 자체를 숨기기에 급급한 영등포, 구로구청에 우리의 안전을 위해 정화를 요구하기 시작했다.

이들 구청에서 설치해 운영하고 있는 하천 주변의 여러 시설물들은 미관상 더럽다, 냄새 난다, 보기 싫다는 식의 단순한 문제가 아니다. 여기서 배출되는 유해물질은 하천에 유입되고, 고인물은 웅덩이를 만들어 애벌레와 모기, 해충의 서식지가 된다. 또 하천 제방 음식물 쓰레기 적환장과 청소차량 주차시설, 유수지에서 운영 중인 대형 생활폐기물 파쇄분쇄시설, 가전제품 분리장, 청소차 주차 등에서 쏟아져 나오는 여러 유해물질은 하천으로 유입된다. 다음 펌프장이나 하수처리장으로 보내는 배수펌프장의 물은 어떤가? 썩어서 악취가 나고, 애벌레로 번식해 사람 손마디만한 구더기로 변해 담장이나 하천둑으로 기어 다닌다. 악취에 시달리는 인근 주민들이 여름에도 창문을 열지 못한다고 호소한다. 신도림교 다리 위로 지나다니는 사람들 역시 코를 막고 뛰고 있다. 요즘은 공원이나, 행정기관, 지하철역 같은 그 지역에 좋은 이미지를 주거나, 그 지역에 이익이 되는 시설들은 서로 유치하기 위해 정치인들까지 동원된다. 우리는 이런 지역이기주의를 표출하는 것이 아니라, 제발 숨 좀 쉬고 살자는 것이다. "검토 중이다.", "서울시와 협의 중이다."라는 구청의 답변은 해가 바뀌어도 여전히 변함이 없고 다람쥐 쳇바퀴 돌 듯한다. 나는 이 문제가 쉽게 해결될 수 있을까 하는 의문이 생기기 시작했다.

토요 데이트

"친애하는 이명박 서울시장님, 우리는 도림천 주변에 살고 있는 도림천 아름답게 가꾸기 운동본부의 주민들입니다. 저희가 오늘 이렇게 진정서를 쓰게 된 이유는 우리 생활의 일부분인 도림천에 대한 대책

부모의 사랑은 늘 목이 마르다

을 촉구하기 위해서입니다."로 시작하는 호소문과 회원 3,236세대의 서명을 날인한 우리의 청원서를 제출했다. 담당자는 이렇게 많은 주민이 보낸 민원은 처음 받아본다며 놀라워한다. 즉시 정무부시장과 면담이 이루어지고 제기된 민원사항 중 서울시가 가장 쉽게 해결할 수 있는 부분부터 접근을 시도했다. 국회의원, 시의원, 구의원 모두를 포함한 이 지역 정치인에게도 이 문제를 똑같이 제기했다.

2003년 5월 1일 운동본부는 "안녕하세요. 이명박입니다. 토요일 정오에 만납시다."라는 토요 데이트에 신청했다. 서울시장이 지역 주민이 무엇을 원하는지를 직접 듣고 해결해주는 제도다. 우리의 신청서를 확인한 자치행정과 직원은 "아마 시장님 임기가 끝나야 데이트가 될 것 같은데요." 하며, 타 지역의 민원사항이 너무 많아 우리 차례는 몇 년이 걸릴 것 같다고 말했다. 서울시 인구가 양적으로 팽창하여 새로운 주거지가 필요했고, 새 주거지에는 도시기반 시설이 턱없이 부족해, 생활환경 개선을 요구하는 청원이 잇따르고 있다고 했다.

2004년 7월 31일 정오, 서울시장과 토요 데이트 날이 정해졌다. 신청한 지 꼭 1년이 지났다. 운동본부는 시장에게 어떻게 말씀드려야 도림천이 시민공원으로 조성될 수 있을지 주민들의 의견을 듣고, 환경전문가에게 자문을 구하고, 그동안 관악, 구로, 영등포구청에 요청한 민원사항들을 총 정리하고 그 사안에 대한 구청의 회신도 준비했다. 불법, 위법, 탈법으로 운영해온 이 흉물스런 시설물이 얼마나 많이 환경을 파괴시키고 있는지를 사진으로 만들어 제출하였다. 그리고 현재 도림천의 상태와 미래 조감도도 준비했다.

나는 운동본부의 본부장으로서 정확하게 우리의 뜻을 전달하기 위해 며칠 방문을 걸어두고 말하는 연습도 했다. 만약에 실수하여 주민의 간절한 소원이 무산될까봐 조바심도 생겼다. 원래 민원이란 해결될 때까지 지속적으로 제기하지 않으면 슬그머니 사라진다는 속성을 잘 알고 있는 나로서는 불안하다. 너무 긴장해 떨린다. 무엇을 이루고자 하는 나의 간절함이, 나의 노력만이 아니라 다른 외부적인 상황에 의해 결정된다는 사실은 두려운 일이다. 이때는 내 몸 안에 있는 기운이 스르르 다 빠져나가 몸도 흔들릴 정도다. 다행히 운영위원 중 현직 언론사 기자, 고등학교 교사가 동행하게 되어 안심이 되었다. 서울시청 별관에 대담 시간보다 일찍 도착했다. 시장이 15여 명의 직원들과 들어오더니 "이 분들이시구나." 하고 악수를 청했다. 우리는 긴장이 풀렸다. 서울시 건설기획 국장, 치수과장, 계장, 영등포구청 건설국장, 치수과장, 구로구청 치수과장, 계장 그리고 담당자들이다. 회의가 진행되자 나는 준비한 자료와 조감도를 꺼내 요구사항을 말했다. 나의 설명이 끝나자 시장은 한쪽 벽면 반만 한 크기의 조감도를 회의장 바로 앞에 이미 걸어 두었고, 막대로 우리가 요구한 사항을 가리키면서 "이거죠? 이렇게 해 달라는 것 아닙니까?" 하고 짚어냈다. 오랫동안 각 구청에 요청한 사항이 하나도 빠지지 않고 전부 포함되어 있었다. 담당국장에게는 "이거 이렇게 하면 문제점이 있습니까?" 하고 말했다. 즉 해결하는 데 하천법, 도로교통법에 반하거나 불법, 탈법, 위법 요소가 있는지 묻고 있다. 내가 하천에서 살다시피 하며 찾아낸 여러 문제점을 시장은 그림 한 장으로 쉽게 간파하고 있었다. 참으로 놀라운 능력이다.

시장이 지시한다. "서울시청, 영등포, 구로구청은 오늘 논의된 사항을 빠른 시간 내 해결할 것." 회의는 끝났다. 휴우, 살았다. 우리는 서로를 껴안고 빙빙 돌았다.

도림천 주민 대청소의 날

운동본부는 토요 데이트에서 결정된 사항을 주민들에게 공지하고, 우리 스스로도 하천을 정비하는 '도림천 주민 대청소' 행사를 정기적으로 실시하기로 결정했다. 오늘은 첫 번째로 청소를 하는 날이다. 국회의원, 구청장, 지역의원 다수와 구청 담당자도 참여한다. 주민 300여 명이 연두색 바탕에 검은 무늬로 "도림천 아름답게"를 쓴 앞치마를 입고 하천의 상부, 중앙, 하부를 나누어, 할아버지, 할머니, 아저씨, 아주머니, 처녀, 총각이 더러운 쓰레기를 걷어내고 있다. 오늘은 도림천이 연두색 꽃을 여기저기서 피어 내고 있다. 참으로 아름다운 꽃이다.

주민연합비상대책위원회

지난 1월 영등포구청은 도림천 주변 환경개선사업과 관련 주민대표들을 '불법적 청소 행위 방해와 허위사실 유포' 등의 이유로 사법당국에 고소를 하였습니다. 우리가 이러한 투쟁에 나서게 된 것은 영등포구청의 무책임한 대 주민자세, 더 나아가 주민을 속이는 기만 행정에 대한 분노에서 출발했다는 점을 인식하지 못하고, 주민대표 고소에 나선 영등포구청을 바라보며, 주민의 일원으로, 또 "도림천 아름답게" 가꾸기 운동본부장과 주민연합비상대책위원장으로서 왜 문제가 여기까지 왔는지를 분명히 밝히는 것이 바람직할 것 같아, 그간의 경위를 다시 한번 정리하고 고소 사안에 대한 제 의견을 밝히고자 합니다.

– 영등포구청에 낸 공개 질의서, 2006년 2월15일

판사는 40대 후반쯤 되었을까? 꾸밈이 없는 온화한 표정의 여성이다. 그녀는 영등포구청 청소행정과 담당자들과 우리 주민연합대표들의

부모의 사랑은 늘 목이 마르다

얼굴을 번갈아 직시한다. 나는 겁이 났다. 같은 국가 공무원이니 구청에 더 유리한 판결을 내리지 않을까를 걱정하고 있는 중이다. 내 생전처음 법정에 서 있고, 재판이라는 실제상황을 직면한 것도 처음이다. 또 재판이 어떤 절차로 진행되는지 경험해 보지 못한 나는 지금 이 자리에서 죄의 유무가 판정이 나는 줄 알았다.

서울시의 약속

서울시가 토요 데이트에서 우리 주민에게 약속한 '도림천주변환경개선' 사업에 필요한 예산을 편성하고, 그 비용을 확정하는 데까지는 오랜 시간이 요구되었다. 예산편성은 제출한 사업계획에 필요한 경비가 적합한 투자인지를 심의하고 결정한다. 이 예산을 집행하기 위해서 거치는 절차는 '도시계획승인, 투자적격심사, 기본설계' 등이 있다. 이를 담당하는 부서 사무실이 각각 나누어져 있어 나는 그 부서마다 찾아가 담당자에게 이 안을 빨리 통과해 줄 것을 사정하고 매달렸다. 시의 행정 업무는 천천히 진행되었고, 엄격한 검토와 부서간 조율도 하는 것 같았다. 민원인의 입장에서 볼 때는 천불 나는 일이지만 기다리고 기다려야 한다. 그것만이 아니다. 혹시나 무슨 사유로 이 안이 어느 부서에서 무산되는 것이 아닐까 하는 무서운 조바심이 늘 있었고 그것이 나를 불안하게 했다. 담당자가 이 안이 통과되었다고 통고해 주어야 잠을 편히 잘 수 있었다. 하천 기본설계를 하는 서울시정연구소 환경전문 박사들을 도림천에서 만나 이 하천이 친환경적인 기능과 역할을 다할 수 있도록 설계를 부탁하기도 했다. 나로서는 이 일에 내가 가지고 있는 최대의 역량을 발휘해 전력을 쏟았다고 말할 수 있다. 내 생전 이렇게 나 아닌 다른 사람들을 위해 일을 해본 적이 없으며 일에 대해 이같은 열정도 가져본 적도 없었다. 드디어 하천 기본설계가 완성되어, 서울시는 영등포구청, 구로구청에 도림천 주변을 친환경 생활공간으로 조성하라는 지침을 내렸다.

영등포구청의 주민 기만

영등포구청은 서울시가 내려보낸 확정된 예산에 의한 '실시설계'를 설계하는 중이다. 나는 이 안을 보여줄 것을 여러 번 요구했지만 번번이 거절당했다. 아직 설계가 완성되지 않았다는 것이 그 이유다. 돈(예산)은 우리 주민이 오랜 시간 서울시와 함께 노력해 확정받아왔다. 구청이 그 돈을 구청의 행정적인 이해편의를 위해서 사용할 것인지 아니면 주민을 위하는 진정한 자세로 쓸 것인지를 설계도면을 보고 확인해야 한다. 그동안 위법적이고 탈법적인 시설물들이 우리 주변에 많이 널려 있었기 때문이다. 우리 주민이 거주하는 아파트 담장에서 겨우 10미터도 떨어지지 않는 '유수지 안에' 영등포구청의 청소시설 총집합소가 있다. 즉 쓰레기 환적 작업, 폐기물 파쇄 분쇄 작업과 57대의 청소차를 주차해 청소 직원들의 기거 장소로도 사용하고 있다. 이 시설에

부모의 사랑은 늘 목이 마르다

서 발생하는 소음과 분진 그리고 먼지는 집 안까지 침투한다. 인근 주민들은 창 틈새에 날아온 검은 먼지로 몸살을 앓고 있었다. 유수지란 평지나 강물에서 홍수량의 일부를 일시에 이곳에 저류低流하여 하류의 최대 유량을 저감低減시키기 위해 이용하는 공간이다. 여기는 녹지, 주차장 이외의 어떤 시설물도 건축할 수 없다고 규정되어 있다.

2005년 9월 드디어 공사가 착공되었다. 이제야 구청에서 도면을 볼 기회가 주어져 설계를 확인하는 중인데, 청소과장이 "구청장이 급히 찾는다."며 내 손을 잡고 일어선다. "아니, 아직 도면 확인도 못했어요. 조금 기다려요." 하니 막무가내로 나를 이끌고 구청장실로 들어선다. 둥근 테이블 중앙에 앉은 구청장을 비롯해 부구청장, 국장, 담당자가 눈에 들어왔다. 청장은 악수를 청하더니 자리에 앉자 "아니, 김 국장 뭣 합니까? 이런 훌륭한 분이 시민상을 받아야 되지 않습니까?" 하고 너스레를 떨었고 직원들도 맞장구를 친다. 이렇게 '큰일'을 해낸 사람은 김 본부장 밖에 없다고 하면서 남자도 못할 일을 어떻게 했냐고 흥분하고 있다.

"하천에서 몇 년이나 살았습니까?" 구청장은 내게 묻는다. 나의 고단한 마음을 위로하는 것처럼 들린다. 내가 하천에서 알아낸 여러 문제점들을 구청장에게 '제발 사람 좀 살 수 있게 해달라'고 제출한 문서를 그는 한번이라도 읽어봤을까. 담당자들이 적당히 '검토 중이다, 시간이 필요하다'고 쓰고 구청장 직인만 찍어서 내게 보낸 것은 아니었을지. 내가 보낸 민원에 대한 구청의 회신이 내 파일에 가득하다. 그래도 묵묵히 내가 모을 수 있는 여러 자료들을 수집하여 제출했다. 아름다운 도림천으로 거듭날 수 있다는 집념과 의지로 오늘에 왔다. 독일과 오스트리아의 자연 그대로의 하천과, 서울의 양재천과 서울숲의 전경도 민원에 들어있다. 그리고 서초구청의 양재천 개발 진행 프로그램도 포함시켰다. 서초구청처럼 주민을 위한 일을 좀 해달라는 부탁이었다. 그들은 나에 대한 칭찬의 말을 계속하며 지금 당장 시민상을 받는 것처럼 열을 올리고 있다. 나는 멍한 상태에서 자리에서 벌떡 일어났다. "제가 만약 상 받을 일을 했다면 당신들이 아니라 주민들에게 받겠다." 고 잘라 말했다.

구청과 우리 집은 걸어서 약 1시간이 소요되는 거리다. 나는 머리를 푹 숙이고 걷고 있었다. 저들이 무언가 우리 주민을 속이는 계략을 가지고 있다는 의심이 들기 시작했다. 그 의심이 나의 발걸음을 붙잡고 나의 몸을 꽁꽁 동여매고 있었다. 가자, 공사현장으로 가자. 그리고 확인하자. 절박한 마음으로 간신히 현장에 도착했다. 그곳에는 인부들이 움직이고 있었고, 땅바닥을 자세히 관찰하니 기존의 파분쇄 공장이 설치되어 있는 땅의 경계보다 더 넓게 흰색으로 빗금을 쳐 두었다. 나는 공사 감독자를 만나 이 선에 대한 질문을 하였고 답변을 들었다. 그는 "청소시설 공장을 현재 규모보다 더 크게 확장하는 공사"라고 말한다. 설계도면을 보여주지 못한 이유가 바로 이것이구나 하는 생각에 땅

　　　　　　　　　　부모의 사랑은 늘 목이 마르다

바닥에 주저앉고 말았다. 이 참담함을 무슨 말로 표현할 수 있을까? 4년 넘는 시간 동안 오직 이 일에 매달려 온 나를 비웃기라도 하듯, '도림 유수지 주변 환경개선'이란 큰 글자가 쓰인 현수막이 바람에 펄럭이고 있었다.

주민들에게 알리다

"우리는 이 시설물을 수용할 것인가?" 나는 100여 명의 주민들 앞에서 말을 하고 있다. "저는 죄인입니다. 지난 4년간 운동본부를 조직하여 각 구청과 서울시에 우리의 척박한 주변 환경을 개선해 줄 것을 요구하여 서울시의 22억 원이라는 예산 확정과 150억 원의 예산 배정도 받았습니다. 그런데 지금 우리의 담장과 맞붙어 있는 유수지에서 청소 용량을 확장하고 청소 시설을 영구 토착화하기 위한 공사를 하고 있습니다. 지금 여러분이 서 계시는 바로 이 자리입니다."

각 아파트에 게시한 공고문과 각 아파트 입주자대표회에서 방송으로 이러한 사실을 알려 주민들이 모여 있다. "저는 죄인입니다."라는 말만 나오면 눈물이 줄줄 흘러내린다. 처음 나 혼자 민원이 무엇이며 어떻게 처리되는지도 모르고, 도림천 주변 혐오 시설 사진을 찍어 관악, 영등포, 구로구청과 서울시에 내민 과정을 설명했다. 구로구청 담당자는 "당신은 영등포 사람인데 왜 우리 구에 민원을 제기하여 우리를 힘들게 하느냐"고 했다. 나는 조직이 필요하다는 생각에 도림천 주변에 있는 여러 아파트 부녀회 중심으로 "도림천 아름답게" 운동본부를 결성한 과정도 이야기했다. "함께 운동본부를 꾸리고 여러분의 도움으로 오늘까지 왔습니다. 저는 죄인입니다. 여러분을 위한다고 한 일들이 여러분에게 최악의 환경을 만들어 준 결과가 되었습니다." 눈물이 계속 흘렀지만 이야기를 멈추지 않았다. 구청의 입장도 설명했다. "주민들이 반대하는 이 시설을 타 지역으로 이전시킬 장소를 물색하기까지 임시로 이곳에서 운영하겠다고 합니다. 그렇다면 우리는 이 시설물을 받아들여야 합니까? 여러분의 결정에 따르겠습니다."

다음날은 200여 명이 나의 말에 귀를 기울이고, 사흘째인 그 다음날은 더 많은 주민들이 모였다. 뜬눈으로 이 궁리 저 궁리를 한 끝에 '주민에게 알려 주민 스스로 결정하게 하자'는 판단을 하고, 청소시설 공장에 대한 설명을 하고 있는 중이다.

연합주민투쟁본부 구성

구청과 싸운다. 이겨야 한다. 어떤 시련과 고난이 오더라도 우리가 절실하게 필요한 맑은 공기와 쾌적한 환경을 쟁취하자. 사람은 스스로의 의지로 행동하는 존재다. 이에 따른 책임 역시 스스로 질 수밖에 없다. 나는 구청에 시공 중인 공사를 즉시 중단할 것을 공개적으로 요구하고, 주민들 앞에서 현재 진행 중인 공사 개요에 대한 설명회를 할 것을 요구했다. 구청은 2005년 11월 17일 오후 6시, 설명회를 하겠다는 회신을 보내왔다.

여러 해 동안 서울시와 구청에 낸 민원 사항과 그들이 보낸 회신과, 구청이 시정하겠다고 약속한 일들을 요약해 각 아파트 게시판에 공고했다. 설명회에 참석할 우리 주민이 꼭 알고 대응을 해야 할 일들이다. 설명회 장소에는 헤아릴 수 없는 주민들이 꽉 차 회의장 안으로 들어갈 수 없는 사람들은 밖에 서 있다. 구청 직원 10여 명은 회의장 안으로 들어왔고, 다른 직원은 회의장 밖에서 웅성거리고 있다. 무슨 전쟁이라도 할 것 같은 살벌한 분위기다. 주민들은 '투쟁'이라는 글자 아래 '우리는 쓰레기 집합장을 수용할 수 없다'고 쓴 붉은 띠를 머리에 두르고 서 있다. 앉을 공간이 없기 때문이다. 구청 청소 책임자는 큰소리로 공사에 대한 설명을 하는데, 분노와 울분에 차 있는 주민 어느 누구에게도 들리지 않는다. 주민들의 격한 항의는 계속 되고 있다. 구청 직원들이 슬그머니 자리를 떠날 낌새를 보이자 주민대표 사회자는 구청 책임자에게 큰소리로 말한다. "내일부터 청소 관련 어떤 업무도 이 유수지 내에서는 할 수 없다. 모든 청소차의 진입로를 차단한다. 우리는 구청과 충돌을 원하지 않는다. 대책을 세워라."고 통고한다. 이 말은 주민들이 이 일에 해결할 수 있다는 투지를 보여준 것이다. 나는 회의장 밖에서 주민들의 의지와 능력을 느꼈다. 구청 직원은 아무런 설명도, 주장도 하지 못한 채 회의장을 급히 빠져나갔다. 나는 회의장 밖 주위를 두루 살피고 있었다. 구청의 다른 어떤 작전이 있을 수 있다는 생각이

들었기 때문이다. 구청은 뭐가 그렇게 겁이 났는지 회의장에서 멀리 떨어진 곳에 경찰차를 대기시키고 있었고, 형사처럼 보이는 여러 사람들이 이쪽을 지켜보고 있었다.

구청 직원이 떠난 후, 그 자리에서 전체 주민 회의가 진행되었다. 주민들의 위기의식은 그들을 무서운 힘의 집단으로 변화시키고 있었다. 우리 주민들은 우리 사회의 각계각층에서 일을 하고 있다. 여러 종류의 직업에 종사하며 사회생활 경험도 풍부하다. 지금부터는 부녀회가 주축이 된 우리 '운동본부' 조직이 감당할 수 없다는 의견이 나왔다. 구청과의 투쟁이 그리 만만치 않다는 사실을 알고 있는 것 같았다. 오늘이후 각 아파트 입주자대표회를 중심으로 새로운 조직과 행동강령을정하는 것으로 결정했다. 각 아파트입주자대표회장은 주민연합비상대책위원이 되고, 그 아파트 투쟁에 대한 세부사항은 그 아파트가 정한다. 필요한 경비도 부담하라는 것이다. 비대위위원장은 이 일을 진행해온 나에게 그 책임이 주어졌다. 비상연락망을 만들고, 인력지원부, 정보법률팀, 현장팀, 기획홍보팀의 조직도 만들었다. 구청과 대치상황에서 구청에 우리의 투쟁 상황을 알리고 주민들에게도 그날그날의 진행을 알리는 소식지가 필요하다는 의견이 나왔다. 마침 육군 정보담당 예비역 장군과 국영 방송국 현역 국장이 맡겠다고 자원해 주셨다. 그 이름은 투쟁속보이다. 회의는 어느 누구의 반대의견 없이 일사천리로 진행되었다. 또 너무나 고마운 일은 투쟁본부가 못하는 일은 우리가 하

부모의 사랑은 늘 목이 마르다

겠다는 노인회가 있었다. 주민들의 상식, 분별력, 선의, 신뢰로 회의는 끝났고 우리는 똘똘 뭉쳤다. 바로 내일 2005년 11월 18일 새벽 5시부터 구청 청소차 진입로를 차단하는 투쟁에 나선다.

천막 농성으로 맞서다

청소차를 막아내다

어둠에 갇혀 사방이 까맣다. 현관을 나서서 눈을 크게 떠 이쪽 저쪽을 둘러보지만 주민들은 보이지 않고 바람소리만 있다. 2005년 11월 18일 새벽 5시다. 초겨울인데도 무척 매서운 추위다. 외투를 입고 모자를 푹 눌러쓰고 장갑을 끼고 목도리를 목에서부터 가슴까지 두른다. 몸은 완전 무장을 했지만 발길이 빨리 움직이지 않는다. 마음속에 있는 무서움이 나를 노려보고 있다. 꼭 총부리 앞의 들짐승 같다. 그래도 힘들게 발걸음을 옮긴다. 청소 트럭의 출입을 도로에서 가로막기 위해서다.

청소차는 1대도 출발하지 않아, 안도의 숨을 쉬고 주민들이 빨리 나타나기를 간절히 빌고 있다. 어제 회의에서 5시부터 투쟁에 돌입하기로 결정했다. 주위는 아직도 어두운데 나 혼자 도로 한복판에 서 있다. 혹시 운전자가 나를 보지 못하고 돌진한다면 나는 이 자리에서 죽

부모의 사랑은 늘 목이 마르다

는 것인가, 온몸이 떨린다. 차고에서 자동차 시동 거는 소리가 난다. 두 눈을 감았다. 눈을 뜨고는 트럭이 나에게 달려오는 질주를 도저히 막 아낼 수 없다는 순간적인 판단이 왔다. 팔에 힘을 준다. 양팔을 벌리 고 1차선 넓이의 도로 한가운데 서 있다. 어둠이 조금씩 물러나 희미하 게 주위가 밝아지고 있었고 '끼—익' 하는 급정거 소리와 "아줌마" 하 며 악을 쓰는 소리가 들린다. "미쳤어? 죽고 싶어 환장했어?" 아무 대꾸 도 하지 않은 채 그냥 양팔만 벌리고 서 있다. 주위에서 사람들의 두런 거리는 소리가 들리더니, 하나 둘 주민들이 모여들기 시작한다. 운전자 는 차에서 내려와 다짜고짜 나를 끌어낸다. 내가 끌려 나온 그 자리에 몇십 명의 주민들이 대신 서 있다. 그들은 운전자에게 소리를 질러댄 다. "어제 설명회에서 구청에 청소 업무 중단을 요구하고 오늘부터 통 행 차도를 막는다고 통고했는데, 그런 지시를 받지 못했느냐?"고 따진 다. 연달아 나온 몇십 대의 청소차들이 후진해서 차고로 되돌아 갈 때 쯤에는 100여 명의 주민들이 모였다. 그들은 나를 진정시키기 위해 따 스한 물과 담요를 가지고 와 얼싸안아주었다.

천막 농성장

눈 깜짝할 사이다. 언제 준비했는지 쓰레기적환장 진입로에서부터 천막을 설치하고 있다. 도로와 맞붙어 있는 얕은 언덕은 주민들이 천 막을 설치하고도 남을 넉넉한 공간이 되었다. 전동 모터 소리가 왱 하고 울리면, 땅에 구멍 내는 천공기 소리, '다-따따따' 파일 박는 항타기 소리도 시작된다. 쓱싹쓱싹 톱질 소리, 뚝딱뚝딱 망치질 소리도 어우러져 천막집이 만들어지고 있다. 주민들은 이 천막 저 천막을 구경하느라고 바쁘다. 왜 우리는 저 집보다 천막 안이 비좁으냐고 말하고, 추위를 이겨낼 수 있는 난방을 어떻게 하느냐고 서로 의견들을 교환한다. 겨울을 천막 안에서 지낼 각오를 하는 주민들이다. 이들에게 누가 이런 투지를 심어 주었나. 어느 누가 강요라도 했나. 이들은 구청과의 투쟁에서 물러날 수 없다는 각오를 온몸에 새기고 있다. 추위에 벌벌 떨면서도 천막집을 손질하는 사람들에게 따스한 눈길로 당신들이 있어 우리는 해낼 수 있다는 응원을 보내고 있었다. 적당한 거리를 유지하면서 언덕바지와 도로 곁에 하나 둘 세워진 천막에는 각 아파트 문패도 붙어있다. 멀리서 바라보면 사막 유목민들의 집처럼 정갈스럽게 보인다.

밤늦게 집으로 돌아와 잠깐 눈을 붙이고 난 후 현관문을 열었다. 밤새 천막에서 고생한 주민들 얼굴을 보기 위해서다. '아니, 이거, 아…' 하고, 가슴에서 왈칵 뜨거운 덩어리가 쏟아져 나온다. 주민들이 밤사이 갖다 놓은 꽃다발, 과일 바구니, 큰 들통에 넣은 사골국, 상자에 담은 떡, 밥과 죽, 고깃국도 있다. 어떤 그릇에는 예쁜 메모지에다 "아름다운 당신이여, 당신과 함께 하겠습니다."라는 글을 써 넣어 나는 한없이 감격스러웠다. 또 다른 그릇에는 아무 표기가 없어 어느 주민이 만

부모의 사랑은 늘 목이 마르다

든 음식인지 짐작도 못하고 그저 고마운 마음만 새겼다. 정신없어 보이는 나에게 이 밥 먹고 기운을 차려서 투쟁에 열중하라고 보내는 사랑의 응원이라고 믿었다. 그날 저녁 남편에게 말했다. "지금까지 당신을 위해 살았다. 나도 죽기 전에 나를 위해 살고 싶다." 딱 6개월만 다른 곳으로 가 있다 집으로 오라 했다. 그는 내가 하는 꼴을 보면 분명 "당신만 주민이냐? 가만있지 못해!" 하고 분통을 터트리고 그 투쟁을 하지 못하게 막아설 것이 분명하기 때문이다. 그는 순순히 승낙했다. 내일 떠난다고 하면서 "일생 처음 하는 부탁인데 그것 거절하면 염치없다."고 한다. 늦게 돌아온 넷째 딸아이와 아들에게도 똑같은 말을 하고 그들의 동의를 받았다. 무슨 대단한 투쟁의 역사를 만들기 위한 것이 아니고, 그 일에 투지와 열정을 쏟아부어야 하는데 가족이 걸림돌이 될 수도 있기 때문이다.

당시 나는 마치 미친 사람처럼 보였을 것이다. 농성장에서 밤을 지낸 주민들에게 고생 많았다는 아침 인사로 시작해 7개의 천막을 돌아다니면서 위로도 하고 그들의 애로사항도 듣고 또 좋은 의견도 청취한다. 비대위 회의를 진행하는 일, 우리의 하루하루의 투쟁 계획을 정리해 홍보팀에 보내 서류를 작성해 구청에 보내는 일 등을 하느라 밥을 먹었는지 잠을 잤는지도 모른다. 그저 정신이 없다. 만나는 모든 주민들에게 미소만 보낸다. 말을 할 힘이 없다. 그래도 주민들에게 알리는 공지 방송은 내가 마이크를 잡는다.

천막 안에서는 주민들의 잔치가 벌어진다. 안에는 난방장치를 설치해 실내온도는 사람이 견딜 만하다. 또 집에서 가져 온 담요와 이불도 있다. 여러 가지 밥, 반찬, 떡, 과일, 과자, 음료수 등이 천막 안 구석 작은 상 위에 늘 쌓여있다. 어느 잔칫집 같다. 이 천막에서 저 천막으로 음식 나르는 소리가 대굴대굴 구른다. 모두들 한마음 한 몸으로 뭉친 동지이며, 이웃이다. 천막 밖 공터에 모닥불을 피워놓고 노인회 회원들이 천막 안 우리를 지키고 있다. 구청의 침투를 대비하기 위해서다. 누군가 불을 지피는 나무가 있는 곳을 알려주면 쏜살같이 달려가 손수레에 싣고 온다. '모닥불 피워놓고 우린 서로 마주앉아' 투쟁에 대한 열띤 토론을 벌이기도 하고, 비판과 의견을 제시하는 장이 되기도 한다. 때론 이웃집에 좋지 못한 일이 생겼을 때 걱정하기도 하고 좋은 일에는 자기 일처럼 기뻐한다. 혼사와 흉사에는 다 같이 동참했다. 간간이 피리 소리와 하모니카 소리도 들린다. 기타를 연주하는 멋쟁이가 나타나면 다 같이 노래를 부른다. 우리 마을 축제를 천막 농성장에서 진행하고 있다. 밤은 깊어만 가는데 우리는 오늘도 밤을 지키고 있다.

부모의 사랑은 늘 목이 마르다

우리는 왜 투쟁하는가

현재 우리 동네에는 영등포구청이 '대림 유수지 주변 환경개선사업'이란 간판을 내건 증축공사를 진행하면서, 도림 천변의 도로 개선과 녹지를 조성하는 것처럼 홍보를 합니다. 그 내용은 우리 주민은 오염된 환경에서 찍소리 하지 말고 입 다물고 그냥 살아라 하는 것입니다. 구청은 이 구역 내의 폐기물 쓰레기와 생활 쓰레기를 청소차 57대에 싣고 와 밤낮으로 고운 가루로 만들고, 깨뜨려 부수는 작업을 합니다. 그것도 주민들의 거주 공간에서 10여 미터 떨어진 유수지 안에서 이른 아침부터 시작해 저녁에 끝내는 이 쓰레기 공장의 가동율을 확장하고, 고착시켜, 영원히 사용하겠다며, 주민들에게는 공권력으로 압박하고 겁을 줍니다.

— 농성장에서

'그럼 법의_{法意}를 한번 생각해 보자. 법은 사회의 기본 의식과 관념을 반영하는 가치 체제이다. 모든 국민은 평등하게 법과 제도에 적용받게 되어 있다. 법을 어긴 국민도 있고 또 법을 어긴 정부, 또는 지방행정기관도 있다. 보통 범법자, 불법자, 위법자는 사회에서 매우 불순한 행위나 태도를 행한 사람으로 칭한다. 이런 부류에 속하는 사람들에게는 벌을 주기도 한다. 그렇다면 지방행정기관의 불법, 탈법, 위법으로 그 해당기관의 지역주민이 권리와 재산상에 치명적인 손해를 당했을 때를 한번 생각해 보자.'

우리가 천막 안에서 생활을 시작한 지도 며칠이 지났다. 천막 밖에는 비도 오고 눈도 오고 매서운 겨울바람도 분다. 방한복을 입고 그 위에 커다란 담요로 온몸을 감싸도 추위는 우리를 힘들게 한다. 구청의 부당하고 불공정한 행정에 공개적으로 저항하고 시정을 요구하는 시위이다. 천막 밖에는 각 아파트마다 주민들이 순번을 정해 교대로 보초를 서고 있다. 그들의 불법적인 청소 업무를 중지시키기 위해서다. 이와 같은 투쟁 사실이 퍼져 나가자 우리를 돕겠다는 손길이 여기저기서 찾아온다. 환경보호 시민단체와 법률자문을 위한 변호사들이다. 또 지역 정치인들이 나타나 자기들이 이 사태를 해결할 것처럼 생색을 내기도 한다. 국회의원, 시의원, 구의원 등이다. 이 지역의 정치지망생도 빠지지 않는다. 그들의 말만 듣고 있으면 걱정할 일이 하나도 없어진다. 순진한 주민들은 그들의 약속을 굳게 믿고 나의 손을 잡고 "위원장님 고생 끝났다."고 나를 안심시킨다. 정치인들은 표가 있는 곳이라면 어디든 몰려다닌다는 속성을 주민들은 알지 못하는 것 같다. 인근 주민 3만여 명 중 이 투쟁에 참여할 수 없는 주민들은 라면, 기름, 땔감, 과자, 음료수 등을 보내와 우리의 천막 안은 늘 음식이 넉넉하게 쌓여있고, 주민들의 이야기는 끝없이 이어져 훈훈하고 정겹다.

투쟁속보

주민연합비상대책위원회가 출범해 조직의 구성에 따라 각각 일사분란하게 움직이고 있다. 홈페이지도 개설했다. 주민들이 궁금하게 생각하는 여러 사항을 알리고, 주민들로부터 이 투쟁에 대하여 의견을 듣고 조언도 부탁한다. 나는 천막에서 "미력하나마 최선을 다할 테니 우리의 목표가 달성될 때까지 여러분과 함께 하겠다."는 말을 계속하고 있다. 주민 개인은 힘이 없다. 다수의 주민이 집단으로 어떤 문제점을 공유하고 그것을 다 같이 표출했을 때, 그것은 무서운 진리의 힘을 가진다. 아무리 오만과 기만을 일삼는 공권력이라 해도 민주주의 국가 헌법이 정한 국민의 기본권을 박탈할 수 없다. 단지 우리는 맑은 공기를 마시고 깨끗한 환경에서 부모와 자식 그리고 우리 이웃과 함께 살고 싶다고 주장하고 있는 것이다.

투쟁속보 원고는 저녁 9시쯤 쓴다. 홍보팀원들이 직장을 다니기 때문이다. 나는 천막에서 주민들과 대화가 끝나면 그 시간에 가 합류한다. 그들은 글쓰기 천재이다. 어떻게 짧은 시간에 요점 정리를 해, 그 많은 분량을 활자화할까? 대단한 능력자이다. 나는 그들이 일하는 모습을 쳐다보기도 하고 천막 안 사정을 알리기도 한다. 때론 하품을 하기도 하고 살짝 잠에 떨어지기도 한다. "위원장" 하고 부를 때는 큰소리로 "예" 한다. 앞으로 진행하는 계획에 대한 의견을 묻기도 하고 답하기도 한다. 새벽 2시가 넘어야 인쇄를 끝내고 아침에 행정지원반에 넘겨준다. 이 속보는 주민과 구청에 보내진다. 우리는 정당하게 우리의 권리를 쟁취하기 위해 구청에 우리의 일정을 통보하고 있었다.

영등포구청의 오만과 기만, 주민 무시 행정을 규탄하는 집회를 11월28일부터 30일까지 3일 동안 구청 옆 당산공원에서 갖기로 주민연합비대위에서 결정했다. 오전 10시부터 12시까지다. 각 아파트 입주자 대표회의에서 대형 버스로 주민들을 실어 나른다. 나는 시위에 참가한 적이 여태껏 한 번도 없었다. 멀리서 구경만 했다. 그런데 내가 시위 주동자가 되어 주민들과 함께 구청과 싸워야 한다. 엄청난 일을 해야 하는데 그 일이 얼마나 큰일인지도 모른다. 내가 하지 않으면 안 된다는 그것 하나만 안다. 주민들의 목소리를 종합해 구청에 "우리는 왜 구청과 투쟁을 해야 하는가"를 말하고 "구청이 지금이라도 환경을 파괴하는 공사를 중지할 것"을 간곡히 설득해야 한다. 말은 논리 정연하게 하지 않아도 된다. 특히 연설에서는 말이 간략해야 한다. 청중들이 쉽게 이해하고, 그 말에 공감할 수 있어야 하고, 주민이 하나로 단결할 수 있도록 만들어야 한다. 나는 홍보팀이 작성한 원고 대신 즉석에서 연설을 하기로 작정했다. '도림천 아름답게 가꾸기 운동본부'를 운영하면서 그 과정에 있었던 구청과 주민들과 여러 일들도 포함할 것이다.

구청도 들어라. "서울시에서 보낸 예산 40억은 당신들이 주민을 위해 노력해서 타 온 돈이 아니라, 우리 주민이 주체가 된 '운동본부'가 서울시에 오랜 기간 동안 '제발 우리 좀 살게 해 달라' 간청해 받아 온 예산이다. 왜 당신들은 염치없이 그 돈으로 환경파괴 작업을 계속해 주민들의 생명과 재산에 해악을 끼치려고 하는가?" 묻고 싶다. 내일은 11월 28일, 영등포구청 응징 집회 첫날이다. 오늘밤은 그냥 편안히 잠을 자자.

아침이 밝았다. 지난밤에 준비한 연설문 중 요점을 쓴 메모지를 주머니에 넣고 당산공원에 도착했다. 영등포구청 집무실 앞마당이 바로 이 공원이다. 인력지원 단원들이 아침부터 실어 나른 각 아파트 주민들이 공원을 가득 메우고 있었다. 모두들 구청 사무실이 있는 쪽을 바라보고 옆 사람과 말을 하고 있다. 큰 나무 아래에도, 꽃밭에도 꽉 차있는 주민들 사이를 빠져나가며 "감사합니다, 여러분!"을 수없이 반복했다.

범 주민 규탄대회

각 아파트의 이름을 표시한 피켓을 든 사람이 앞장서 있고, 큰북, 작은북, 장구, 꽹과리 등 소리를 내는 악기를 든 사람들이 그 옆에 있다. 또 노랑 바탕에 붉은 글씨로 쓴 구호를 든 사람들이 일렬로 있다. 나는 마이크가 설치되어 있는 제일 앞 중간 지점으로 안내되었다. 사방을 둘러보니 주민들은 검정 글씨로 "투쟁! 단결!", "못 참겠다, 이전하라!", "각성하라! 사죄하라!" 등을 쓴 붉은 천을 이마에 두르고 있었고, 주민 개개인의 구호는 다 다르다. 누군가 뛰어와 나에게도 그 머리띠를 둘러주고 간다. 모두들 나를 주목한다. 진행자가 나를 소개하자, 나는 "대림 유수지 인근 3만여 명 주민 여러분 너무나 고맙습니다."로 말문을 열었다. 우리는 왜 구청과 이 힘든 투쟁을 해야 하는가를 하나둘 간략하게 열거해 나간다. "우리가 이 지역으로 이사를 온 지도 5년이란 세월이 지났습니다. 옛날 공장 지대인 이곳에 최소한의 기반시설도 마련하지 않고 수만 명의 주민들을 유입했습니다. 지금도 후미진 곳에는 그 당시의 폐기물과 쓰레기가 그대로 방치되어 있습니다. 그뿐만이 아닙니다. 하천 주변에는 음식물 쓰레기 하치장까지 운영하고 있습니다. 하천 바닥에는 쓰레기 더미가 산처럼 쌓여 공동묘지처럼 보입니다. 온갖 쓰레기와 폐기물에서 흘러나온 침출수沈出水에서 악취가 나고 애벌레까지 서식하고 있습니다. 우리는 그런 공기로 숨을 쉬고, 그 물을 마시고 있습니다." 나는 더 큰소리로 외쳤다. "집무실에서 편안히 앉아있는 영등포구청장은 창문을 열고 우리의 소리를 들으시오! 우리도 영등포 주민입니다. 당신들이 내라는 세금도 꼬박꼬박 냅니다. 그 세금은 어디에 어떻게 쓰입니까? 누구를 위한 것입니까? 구청 직원을 위

부모의 사랑은 늘 목이 마르다

한 것입니까? 아니면 주민을 위한 것입니까? 지금 우리는 구청의 잘못을 지적하고 시정을 요구하는 것입니다. 구청은 누구를 위해 존재하는 집단입니까?" 구청의 잘못을 조목조목 지적한 이야기가 끝나자 주민 1,200명(경찰 추산)이 다 같이 "와~" 하고 탄성을 지른다. 꽹과리, 큰북, 작은북, 장구 등이 춤을 추듯이 빙빙 돈다. 분노의 함성은 하늘로 올라가고 있다.

나의 말이 끝나자 진행자가 나와 구호를 외친다. "환경개선 한다더니 공해 공장 웬 말이냐! 생명 위협 살인 분진, 더 이상은 못 참겠다. 주거지에 분진 공해, 3만 주민 죽어간다. 오염 배출 분쇄 공장, 약속대로 이전해라! 주민 기만 환경개선, 구청장은 각성하라! 주민 기만 사기 공사, 구청장을 갈아보자!" 주민들의 함성과 악기들의 진동 소리는 구청 사무실을 들었다 놓았다 하고 있었다.

우리의 절규는 다음 날, 그 다음 날도 계속되었다. 내가 "우리가 들이마신 검은 먼지가 흰 먼지로 바뀌었다고 좋아합니다. 왜입니까? 구청이 검은 먼지에 흰 물감을 뿌렸습니까, 여러분?" 하고 소리치면 주민들은 "우~" 하는 야유를 한다. "아닙니다. 여러분이 아시는 것 같이 구청의 청소 업무가 중단되었기 때문입니다. 우리는 그동안 검은 먼지를 마시고 살았습니다." 주민들이 목이 터지라 구호를 외치던 중, 그러니까 11월 30일 11시 40분 집회가 끝나기 바로 직전에 구청장이 직원들과 함께 우리 앞에 나타났다. 나는 재빨리 주민들의 동요를 진정시키고 구청장의 의견을 들어보자고 제안했다. 그는 "신축 중인 확장공사는 즉시 중단시킬 것이며, 지금 이 자리에서 청소시설 이전에 대한 확답은 할 수 없지만, 앞으로 주민대표들과 협의하여 빠른 시일 내 후속 조치를 강구하겠다."고 말하고 자리를 떠났다. 주민들의 웅성거림은 이때부터다. 여기저기서 "이 혹한에 천막생활을 하는 우리더러 얼어 죽어라, 이것이지? 나쁜 X, 오만한 X, 저 죽일 X!" 하는 원망의 아우성이 터져 나온다. 땅도 흔들리고 있었다. 눈 깜짝할 사이다.

한 무리가 쓰나미처럼 움직이기 시작하자 수백 명의 주민들이 '와~' 소리를 지르면서 그 뒤를 따라간다. 어느새 나도 뛰고 뛰어 그들 앞에 서 있다. 가슴은 마구잡이로 방망이질을 하는데도 양팔은 벌린 채다. 폭동, 그 무서운 폭동을 주민들이 지금 시작하려고 한다. 어떻게 막아야 하나 생각할 틈도 없다. 순간적이다. 나는 큰소리로 울부짖는다. "우리가 구청의 불법, 탈법, 위법, 편법을 항의하면서 우리 스스로 불법을 자행한다면 어떤 합당한 구실도 우리를 지키지 못합니다. 여러분이 끝까지 물러서지 않는다면 저는 이 자리에서 저의 모든 책무를 내려놓겠습니다." 더 이상 투쟁을 하지 않겠다는 의미다. 구청 사무실로 올라가는 계단 입구다. 주민들은 호소하는 나를 더 이상 떨치지 못하고 내 눈에 흐르는 눈물을 닦아주고 나를 위로하면서 흩어지기 시작한다. "사무실을 뒤집어 놓아야 하는데, 저 방자한…" 하는 말들을 쏟아내며, 씩씩거리며 걸음을 옮기고 있다. 순간의 판단이 나와 주민들의 정당성을

부모의 사랑은 늘 목이 마르다

살렸다. 폭력 치사 같은 사고 없이 우리는 무사히 천막으로 돌아왔다. 구청장이 직원과 함께 천막 농성장에 처음 나타난 것은 이날 오후다.

영등포구청 직무 이래 이렇게 많은 주민들이 집회를 한 적이 없었다고 한다. 주민에 의해 선출된 구청장은 주민들에게 거센 항의를 받아본 적도 없었다고 한다. 여러 언론도 사실과 어긋나지 않게 오늘의 집회를 기사화했다. 그중에서 경향신문만 구청의 입장을 대변했다. 우리는 법을 어기고 있는 구청을 향해 법을 지키라고 요구하는 것이다. 다른 동네 주민들처럼 깨끗한 환경에서 살고 싶다고 말하고 있는 것이다. 구청의 업무 명령을 무조건 거부하는 불복종행위가 아니다. 불법, 위법, 탈법, 편법에 저항하고 이 악법을 부당하게 사용한데 대하여 책임을 묻고, 잘못에 대한 시정을 요구하는 것이다.

구청장은 농성장을 둘러보고 설치된 천막 수가 많은 것에 놀란 눈빛을 감추지 못한다. 평생 살 집처럼 탄탄하게 시설된 천막 안을 들여다보고 "고생이 많습니다." 하고 인사를 한다. 안에 계신 할머니들이 울먹이는 소리로 제발 우리 좀 살려달라 간청한다. 하루빨리 이 사태가 해결되어 따스한 방에서 편안히 잠을 자고 싶다는 말을 한 것 같다. 춥다. 정말 춥다. 겨울의 한가운데 있는 우리의 투쟁은 언제 끝이 나려나?

법정에서 다투다

사서함에서 꺼내든 계고 통지문은 나에게 놀라움 그 자체이다. 검은색으로 두껍게 쓴 글씨가 입을 벌린 채 나를 노려보고 있다. 생전 처음이다. 이런 양식의 통지문을 받아본 적이 없고, '계고'라는 말 자체를 이해하지 못했다는 게 솔직한 표현이다. 그런데 왜 가슴은 철렁 소리를 내면서 내려앉고, 그 문서를 쥔 손은 부르르 떨고 있을까? 구청이 우리를 법정으로 끌고 가겠다고 짐작했기 때문이다.

공권력은 무장한 장수와 같다

구청 앞 마지막 집회가 끝나자, 영등포구청장은 그날 오후 담당 직원들과 같이 천막 농성장에 나타났다. 이 사태에 대해 본인 스스로 현장을 확인하는 절차다. 그는 업무상 '쓰레기 시설 확장 공사'에 대한 결제 도장은 찍었지만, 실제로 현장에서 산더미처럼 쌓여있는 폐기물과 쓰레기를 본 것은 이번이 처음이다. 칼날처럼 날을 세운 깨진 형광등

부모의 사랑은 늘 목이 마르다

을 비롯하여, 여기저기 쌓여있는 여러 종류의 가전제품들, 이것들을 전부 부수고 가루를 내는 작업장이 자기 집 앞에서 10미터 떨어진 공간에 있었다면 그는 어떤 대응을 했을까? 나는 그것이 궁금하다. 그 역시 구청장이기 전에 한 사람의 영등포 주민이다. 공사장 안에 쓰레기가 군데군데 쌓여있는 길을 안내하는 우리 비대위원들에게 아무런 설명도 변명도 하지 않는다. 크게 당황한 그의 표정을 읽으면서 우리는 나름대로 그의 마음속을 들여다보고 있었다. 12월 15일 그는 또다시 농성장에 나타나 800여 명의 주민들 앞에서 아래의 사항을 약속한다. "분쇄기, 파쇄기, 압축기는 완전 철거한다. 증축 중인 신축 공사는 하지 않는다. 현재 사용 중인 목재동 안에서 쓰레기 분리 작업을 하지 않는다. 목재동 건물을 주민복지 시설로 전환하고 주민이 원하지 않는 어떠한 일도 하지 않는다. 내년 상반기에 종합 쓰레기처리장 이전을 확정한다."고 공포했다. 주민들은 '야~' 하고 환호의 소리를 지르면서 천막이 떠나갈 듯이 박수를 치고 있다. 그때야 겁먹은 그는 안도의 숨을 쉬고 하늘을 쳐다보기도 한다. 500미터쯤 떨어진 큰 길가에 세워 둔 철망을 두른 경찰차 쪽으로 걷기 시작하자 수백 명의 주민도 따라 걷는다. 무장한 공권력을 가진 구청은 뭐가 그리 겁이 났을까? 왜 주민과의 대화를 요구하면서 경찰차를 몇 대나 대동하고 왔을까?

천막 안 사람들은 걱정이 생겼다. 구청장은 당장 이 문제를 해결할 것처럼 말하고 갔지만, 실제 행정상의 법 집행이 그리 간단하지 않다는 사실을 알기 때문이다. 구청은 구청의 입장이 있고 우리는 우리의 입장이 있다. 엉뚱하게 우리가 원하지 않는 방향으로 갈 수도 있다는 두려움이 나에게는 있었다. 즉시 비대위를 소집하여 주민들과 전체 회의를 했다. 며칠 후 구청장은 '협상테이블에서 일주일에 2-3번씩 만나 협의하자'는 제안과 '청소시설처리장'에 주차한 청소차를 정상 운행할 수 있도록 협조를 부탁한다는 문서를 보내왔다. 또 청소시설 일부는 철거, 축소해 운영할 것이고, 이 기능을 분산, 이전시킬 때까지는 폐목재 분류, 물품 보관, 대기실, 세차, 정비는 계속 사용하겠다는 것이다. 본인이 주민들 앞에서 약속한 말하고는 전혀 다른 조건을 제시한다. 처음부터 주민들과 협의할 마음이 없었는데 분노한 군중들을 보고 놀라 달콤한 말을 하고 간 것 같다. 그러고는 본인이 요구한 협상테이블에 부구청장을 참석시키고 바쁘다는 핑계로 우리와의 대화를 회피하고 한 번도 나타나지 않았다. 우리는 늘 조바심을 내며 그를 기다렸다.

대집행 영장

『건설 관리과 제2006-1호 비상대책위원회 위원장 김종순. 위는 도로상에 설치한 컨테이너, 천막이 도로를 무단 점유하여 청소차 진입이 불가하여 도로교통 소통 및 영등포구의 청소 행정과 주민 생활에 막대한 지장을 초래하고 있어 귀하를 비롯한 비상대책위께 '도로법 제54조 7'에 의하여 대집행영장을 통지함』

부모의 사랑은 늘 목이 마르다

이와 같이 적시된 통지문이 나를 포함해 비상대책위원인 각 아파트 입주자대표회장 앞으로 전달되었다. 우리는 구청장의 의도를 쉽게 파악했고, 시행일이 2006. 01. 18일이니 아직 시간이 남아 있어 대책을 강구했다. 주민들에게 이러한 사실을 알리고, 주민들의 의견을 듣고 대응 방안을 비대위 회의에서 결정했다.

대집행 날이다. 아침부터 모여들기 시작한 주민들은 천막 안이나 쓰레기장을 가뜩 메웠다. 오후 3시에 천막을 철거하기 위한 각종 장비를 싣고 온 대형 자동차가 어떤 방법으로 이 많은 주민들 앞에서 천막을 걷어낼 수 있을까? 나는 걱정이 되었다. 구청과 주민이 밀고 당기는 과정에서 일어날 수 있는 불상사를 미리 막기 위해 공지 방송을 해야만 했다. "저는 여러분을 믿습니다. 우리는 어떤 참을 수 없는 구청의 공권력이 눈앞에서 발생하더라도 정정당당하게 서로를 지켜야 합니다. 폭력 행위는 우리의 권리를 부정하는 일입니다. 그리고 구청에 무서운 공권력을 행사할 수 있는 구실을 우리 스스로 제공하는 행위입니다. 여러분을 믿습니다." 하고 크게 외치자 목이 메어 그 다음 말을 이어갈 수가 없다. 주민들은 모두 큰 박수로 '걱정 마세요. 절대로 위법한 일은 하지 않겠습니다.' 하고 나를 진정시키고 있다. 이런 절박한 순간에는 지침이나 지시가 필요하지 않다. 미리 연습한 것처럼 군중은 한 덩어리가 되어 가고 있다. 구청 자동차가 당도하자 모든 주민들이 제자리에서 앉아 버렸다. 사방이 꽉 막혔다. 차는 앞으로도 뒤로도 갈 수가 없다.

할아버지 할머니가 제일 앞자리에 계신다. 구청이 공무 집행 방해죄로 잡아간다고 하지만 주민들은 미동도 하지 않는다. 구청은 소기의 목적을 달성하지 못하고 날이 어두워지자 농성장에서 물러갔다.

서울 남부 지방법원 -- 선고기일 통지서.
사건 -- 2006가단 2319.
원고 — 영등포구청
피고 -- 김종순 외 11명

당사자는 선고 기일에 출석할 수 있으며 출석을 하지 아니 하여도 선고할 수 있다.

단 피고가 답변서를 제출하여 다투는 경우에는 선고 기일이 취소됩니다.

일시-- 2006. 3. 23. 10; 00.
장소-- 법정 311호.

오천만 원의 성금

"형님 5천만 원, 5천만 원!" 옆집에 사는 아우는 흥분해 자꾸 오천만 원이라 한다. 가만히 듣기만 하는 나에게 주민들이 스스로 비상대책위에 가져 온 돈의 액수다. 구청이 천막 농성장 철거에 실패하고 떠난 후, 우리는 이 문제가 법정에서 다투는 고소 고발 사건으로 이어질 것으로 보았다. 비대위에서 꾸려진 법률팀에서 구청이 행한 불법, 탈법, 위법적 행정 행위에 대해 그들을 고소 고발하자는 결론에, 변호사를 선임해야 한다는 의견이 나왔다. 천막 안 사람이나 천막 밖 사람들 모두가 비용을 마련해야 한다는 공감에, 어느 누구의 독려도 없이 주민들 스스로 가져온 성금이다. 가슴이 먹먹하다. 아니 아프다. 태산 같은 책임감이 내 속으로 들어온다. 할아버지 할머니의 몇 만원부터 10만 원, 20만 원, 제일 많은 돈을 기부한 사람은 100만 원이다. 100만 원을 낸 주민이 몇 가구나 된다는 말에 나는 힘이 났다.

구청은 민사소송과 형사소송을 제기했고, 우리도 구청이 '클린센터'라고 표기하고 쓰레기 처리장으로 사용하는 목조 건물이 언제, 어느 부처에서 건축 허가를 받아 사용하고 있는지, 또 쓰레기 폐기물 처리시설과, 청소차 주차, 세차, 정비는 어떤 법적 근거에 의해 현재까지 운영하고 있는지, 이와 같은 문제 제기로 구청을 고소했다. 구청은 쓰레기 처리장 확장 공사를 방해했다는 명목으로 청구금액 5천만 원이란 손해배상 민사소송도 제기했다. 또한 공무 방해, 도로교통 방해로 형사고발도 했다. 무시무시하다. 보통 사람인 우리도 다른 보통 사람들과 똑같이 깨끗한 공기로 숨을 쉬고, 쾌적하게 살고 싶다는 간절한 소망에 청구서를 제출한 것이다. 법원에 제출할 청구 원인에 대한 답변서는 이 일을 2001년부터 공식적으로 진행해온 내가 맡았다. 소장에 명시된 구청의 주장은 "주민과 원만한 소통과 합의"를 거쳐 진행하는 건축공사에 주민들이 난데없이 나타나 떼거지를 쓴다고 명시했다. 이 사태가 발생한 원인과 그 과정을 조목조목 열거해 써 나가면서. 처음 이 일을 시작했을 때와 지금의 상황을 되돌아보게 되었다. 그때 내게는 "아름다운 도림천"을 꼭 이루어내겠다는 열망과, 하면 된다는 용기, 이 일은 나 개인의 욕심 때문이 아니고, 지역 발전과 주민들을 위한 일이라는 굳은 신념이 있었다.

자정이 지나 농성장에서 집에 도착하니 전화벨이 울린다. 이 지역의 유력 정치인의 비서였다. 그는 민원을 시작할 때부터 내게 많은 도움을 주었고, 젊고 유능한 친구라 생각되어 스스럼없이 지냈다. 그런데 대뜸 "회장님, 거기서 빠져 나오세요" 한다. "어디서 빠져 나오라는 겁니까?" 어리둥절한 나는 그가 무슨 말을 하는지 알 수 없어 되물었다. 이 고소 사안이 그냥 좋게 끝날 일이 아니니 발을 빼라는 것이다. 나더러 투쟁에서 물러서 준다면 '시민상'을 비롯하여 나를 위한 좋은 일도 있다 한다. "이 비서, 날 생각해 주는 건 좋은데, 설사 죽을 고통이 있더라도 나는 멈출 수 없다."고 단호히 거절했다. 밤새 잠을 이루지 못하고 이 방도 저 방도를 궁리하던 중, 구청이 '나를 비롯하여 여러 주민들에게 투쟁에서 빠져 나오라'고 전방위로 회유를 하겠구나 하는 결론을 내렸다.

영등포구청과의 투쟁은 우리의 재산권과 생존권의 보장을 요구하는 것이다. 행정기관은 마땅히 그 시대 상황에 따라 잘못된 행정이 무엇인지를 살펴보아야 하고, 주민이 원하는 행정이 무엇인지, 또는 주민을 위한 행정이 무엇인지를 생각하고 판단해야 한다. 그런데 자신들의 불법적, 행정편의적 조치에 대해서는 아무런 반성도 없이 재산권과 생존권 보장을 요구하는 주민들을 고발하다니! 참으로 어이없는 조직이다. 어느 나라든 공무원 조직은 그 나라의 재산이고, 또 국가를 발전시키는 원동력이다.

우리는 서울 남부 지청에서 피의자 신분으로 조사를 받는다. 오전 9시부터 비대위 위원을 한 사람씩 불러 신분을 확인하고, 이 고소 사안에 대해 본인 가담 여부를 묻고 집으로 가도 좋다고 한다. "별것 아니네, 괜히 걱정 했잖아." 하고 긴장을 풀었다. 마지막에 부른 나에 대한 심문이 끝나기를 기다리며 복도 의자에 앉아 있었다. "이름은? 나이는? 직업은?" 이렇게 묻기 시작한 조사관은 서류만 보고 아무 말이 없다. 점심시간이 되어 그는 나를 남겨 두고 사무실을 나가 버렸다. 나는 화장실에 가는 척하고 복도에 나가 일행에게 "아무래도 빨리 끝날 수 없을 것 같으니 먼저 가세요. 뒤에 가겠습니다."라고 말했다. 그들은 어두운 표정으로 복도를 걸어가면서 고개를 흔들었다. 점심시간이 끝나자 조사관은 그 자리에 앉아 똑같은 질문을 했고 나도 똑같은 대답을 했다. "청소차 진출입을 못하게 막았습니까? 공사 현장에서 어떤 방식으로 방해를 했습니까?" 그러고는 책상 위에 놓인 문서를 뒤적거린다. 또 조서도 꾸미지 않는다. 시계를 보자 5시가 되었다. 나는 자리에서 일어나면서 큰소리로 "배도 고프고 가족들도 걱정하고 있을 텐데, 더 조사할 게 없는 것 같으니 가겠다."고 말했다. 아마도 내가 제일 악질적인 역할을 하니 겁을 주라는 상부의 지시가 있지 않았나 하는 의심이 들었다. 고통을 주어 굴복을 요구하는 것 같았다. 공권력이 한 개인에게 얼마나 가혹해질 수 있는지를 보여주는 처사다.

피의 사건 처분 결과

귀하의 업무방해 피의 사건에 관하여 아래와 같이 처분하여 통지함.
서울 남부 지방 검찰청. 검사 허 X . 업무방해 -- 혐의 없음

2006년 6월 27일에 검찰에서 보낸 통지서를 내가 확인한 것은 사흘이 지나서다. 노란색 종이에 남색으로 서울 남부 검찰청이라 쓰여 있었다. 나에게 또 무슨 혐의를 씌워 집중 추궁을 하고 똑같은 질문을 연달아 하다가, 어느 순간부터는 묻지도 않으면서 그 자리에 부동자세로 앉혀 놓으려나, 그런 걱정도 했다. 내용 확인도 하지 않은 채 주머니 속에 쑤셔 넣고 농성장으로 갔다. 쓰러질 것 같은 나를 보자 주민들은 모두들 일어서 얼싸안는다. "그동안 고생 많았습니다. 잘 버텨줘 우리가 원하는 깨끗한 환경을 다 이루어 낼 수 있게 되었습니다." 하고 환호를 한다. 내일 당장 이곳에 '나무를 심고, 쓰레기 공장 시설을 폐쇄하고, 청소차를 다른 곳으로 이전하고, 어떤 청소 업무도 하지 않겠다'는 구청장의 약속이 있었다고 전한다. 잔칫집 같다. 지난 고생은 잊은 듯 주민들은 세상을 다 얻은 것 같이 기뻐한다. 오늘 밤만 지나면 내일이다.

길고도 긴 투쟁의 시간

변호사를 선임했다. 그는 우리 측의 주장과 구청의 주장을 면밀히 검토하기 위해 그동안 내가 가지고 있던 자료를 달라고 했다. "참 놀랍습니다. 이 많은 일을 어떻게 혼자서…" 하며 연민의 눈으로 바라본다. 그가 쉽게 파악할 수 있도록 요점 정리를 했는데도 말이다. 나는 본인이 변호할 내용이 많아 힘이 들 것 같다는 말로 이해를 했다.

고소 고발 사건이 알려지자 이 지역의 많은 법조인이 천막으로 찾아와 조언을 하고 우리가 대처해야 하는 방안도 제시한다. 우리가 뽑은 구청장이 어떻게 우리를 고소 고발할 수 있느냐는 비난과 성토로 농성장은 뜨겁게 달아오르고, 우리도 구청장을 우리 주민 중에서 뽑자고 한다. 올해는 지방선거가 있는 해이다. 나는 이런 의견이 구청과의 협상에 도움이 되지 않는다고 생각해 "저는 정치를 하지 않겠습니다. 만약 제가 정치 입문을 목적으로 이 일을 시작했다면, 이런 고난을 선택하지 않았을 것입니다."고 말한다. 주민들은 선거비용은 걱정하지 말라며 장군님이라도 선거에 나가셔야 한다고 주장한다. 천막 안은 우리도 구청장을 낼 수 있다는 희망으로 들뜨기 시작한다. 나는 할 일이 많다. 내일 당장 이 농성장이 꽉 차도록 나무를 심는다고 해도 이 투쟁이

부모의 사랑은 늘 목이 마르다

끝나는 게 아니다. 농성에 대한 책임과 해야 할 임무도 나를 기다리고 있었다. 구청이 고발한 업무방해만 혐의 없음으로 결정이 났고, 손해배상, 도로교통법 방해 등은 재판을 받고 있는 중이다.

길고도 긴 시간이다. 겨우내 천막 안에서 먹고 자고 한 우리들에게는 이루 헤아릴 수 없는 고난의 시간이었다. 지난 2005년 11월 18일부터 2006년 6월까지이니 한 해의 반을 천막 안에서 지냈다. 천막 안에서는 냉기를 이기기 위해 서로의 체온으로 견디었고, 천막 밖에서는 모닥불을 피워 추위를 이겼다. 오로지 이 오염된 땅에서 꽃이 피고, 새가 날고, 나뭇가지가 부르는 노랫소리를 들으며 하늘을 바라볼 수 있다는 꿈같은 희망으로 버텨 왔다. 행복한 사람이 사는 행복한 사회는 어느 날 갑자기 우리 앞에 오지 않는다.

서울 남부 지방법원 311호

재판이 있는 날이다. 주민들 대부분이 피고인 나와 장군님을 따라 함께 가겠다고 나선다. 변호사는 두 사람만 법정 입장이 허락되었으니 이곳에서 기다려 달라 사정을 한다. 아마 법원이 수많은 주민들이 몰려와 권리를 주장하고 항의하는 소동을 차단하기 위해 내린 조치가 아닌가 하고 생각했다. 변호사가 우리에 대한 변호를 끝내자 판사는 피고가 할 말이 있으면 하라 한다. 나는 손을 들고 일어나 구청의 청소시설 사용에 대하여 "어느 해 0000년 건축허가를 받아 쓰레기 공장 운영을 해왔는지"를 서류로 증명해 줄 것을 요청했다. 재판장은 알았다고 하면서 원고에게 다음 공판까지 이 서류를 제출할 것을 지시했다. 법정에서 나오자 밖에서 기다리던 주민들이 나를 안고 빙빙 돈다. 주민들이 조사 한 바에 따르면 이 공장은 건축물 대장에 기재된 사실이 없기 때문이다. 나는 구청이 가짜 서류를 급조해 법원에 낼까 걱정이 되었다. "변호사님, 저들이 얼렁뚱땅 서류를 만들어 제출하면 어쩌죠?" 하며 불안해했다. 시간이 지나도 2차 공판 날짜는 정해지지 않아 재판은 열리지 않았다. 재판이 열리든 안 열리든 피고로 법원에 출두한다는 두려움은 늘 있었다. 재판은 원고나 피고 어느 한쪽은 이기고 어느 한쪽은 지는 싸움이다. 판사는 원고나 피고의 주장을 공정하게 들어야 하며 절차도 공정하게 이루어 져야 하고, 판결도 공정하게, 그야말로 법과 원칙에 의해 판결한다고 나는 믿는 수밖에 없었다.

구청장 선거를 위해서는 우리와의 고소 고발사건이 마무리되어야 한다고 한다. 우리도 불법, 탈법, 위법에 대해 구청장과 담당 공직자들을 고소 고발했다. 우리는 한나라당 총재에게 주민을 고소 고발한 그를 또다시 공천하면 그 당을 지지하지 않겠다는 진정서도 제출했다. 또 구청장이 그동안 우리에게 보여준 업무처리 능력과 주민들과 한 약속을 지키지 않았던 일들을 열거하고, 본인이 제안한 협상을 스스로 파기하고 모든 책임을 본인 아닌 다른 사람들에게 전가하는 '대 주민자세'의 문제점을 지적하기도 했다. 구청장은 급하겠지만 우리는 주민들과 협의해 고소 취하를 결정해야 한다. 주민들이 기뻐한 "내일 당장 쓰레기 공장에 나무를 심겠다는"그 약속은 주민을 위하여 환경을 개선하는 것이 아니고, 구청장이 정치를 위해 고소를 취하하는 것이다.

우리는 집으로

우리는 천막을 접고 집으로 돌아왔다. 천막 안에서 쭈그리지 않고 편안하게 잠을 자게 된 것이 무엇보다 고마운 일이다. 따뜻한 밥도 먹을 수 있고 아들 딸 남편과 말을 할 수도 있다. 일상으로 돌아온 것이다. 농성장을 철거하는 날 천막이 하나 둘 해체되어 땅바닥에 널브러지는 모양을 보는 주민들은 눈시울을 적신다. 천막집도 집이라고, 그 안에서 이웃과 함께 한 지난날들을 마음에 새기는 것 같다. "참 고생 많았습니다, 여러분." 이 말은 우리만이 가슴에 깊이 담을 수 있는 말이다. 투쟁이 끝난 것이다. 영등포구청과 우리의 고소 고발사건은 쌍방이 취하를 하고, 구청이 약속한 사항들을 이행하는 절차들을 지켜보는 것으로 일단락되었다.

우리가 가장 힘들었던 점은 구청이 주민들을 회유해 니 편, 내 편으로 편을 가르게 하는 형태였다. 건축공사의 도급이나 물자의 매매계약 체결과 같은 입찰에 참여하는 주민이 회유의 대상이 되었다. 그중 몇

부모의 사랑은 늘 목이 마르다

몇이 어느 날 갑자기 비대위원들을 공격하는 것이었다. 그중에서도 나에게는 집중적으로 퍼부었다. 진실 따위는 중요하지 않다. 나를 맹공격함으로써 이 조직을 와해시키고, 우리의 목표를 허물어 보려는 구청의 사주에 따른 것이라고 주민들이 수군거린다. 원래 입소문이란 사실보다 흥미를 자극하는 군중심리를 이용하는 것이다. 이 일로 인해 나는 여러 지병을 얻었다. 한때는 자리에서 일어나지도 못하고 식음도 전폐했다. 내가 가장 소중하게 여기는 나의 자존심에 큰 상처를 입었다. 사람과 사람 관계에서 치유는 시간이 걸린다. 다행히 주민들이 동요하지 않고 나를 끝까지 믿어주어 무사히 우리의 목표를 달성할 수 있었다. 지금도 감사한 일은 돈에 관련된 음해가 없었다는 것이다.

신도림역 2번 출구

신도림역 2번 출구는 구로구청 관할이다. "도림천 아름답게" 운영위원 열두 사람이 구청장 방에 안내되자 구청장은 환한 미소로 우리를 맞이해 주었다. "반갑습니다. 구청을 대신해 환경문제에 관심을 가지고 노력하시는 귀 본부에 감사를 드립니다. 우리가 도와줄 수 있는 일은 우리에게 맡기십시오."라고 하신다. 그는 서울시에서 환경국장을 역임한 청장이다. 환경문제는 행정력만으로 해결할 수 있는 일이 아니고, 주민도 협조해야 한다는 사실을 알고 있는 것 같았다. 구청이 서울시에 요청한 환경 예산 중 주민이 원하는 요구사항이 심사과정에서 우선 반영되기도 한다. 실제로 이 지역에 나무를 심을 때, 담당 직원이 소나무와 다른 나무를 더 조달해 달라고 부탁했다. 우리는 천변에 11그루의 소나무를 심기도 했다. 나는 서울시청을 5년 여간 들락거려, 환경 관련 부서원들이 나를 알고 있었다. 또 시장과의 토요 데이트에서 지시를 받은 업무 부분이라서 별다른 이의 없이 직원들의 협조가 있었다.

신도림역에서 걸어 나오면 정면으로 턱 버티고 서 있는 공중화장실과 풍물시장이 제일 먼저 눈에 뜬다. 서울의 제2관문인 이곳에 '화장실을 철거하고 풍물시장에 나무와 꽃을 심어 주민들의 쉼터로 만들자'고 부탁했다. 담당자는 이용객의 불편함을 이야기하며, 화장실 바로 옆 지하에 시설물이 있어 철거가 불가하다고 주장한다. 이것만은 양보할 수 없어 나는 줄기차게 부적절함을 지적했다. 서너 달이 지나도 구청은 물러서지 않는다. '사람 얼굴 중앙에 배설 기구인 항문이 부착'돼 있다고 상상해 보라고 그들을 설득하고 설득했다. 이제는 그 자리에 화장실이 철거되어 나무가 심어져 있고 자전거 보관소와 자동차 순환 차로로 정비되어 있다. 가끔 이곳을 지나며, 그 길을 따라 신도림역에 가족과 지인을 내리고 태우며 여유롭게 움직이는 사람들을 보면 그 당시에 흘린 땀이 떠오르곤 한다. 도림천변에 있던 대형 건설차량, 대형 중장비차량, 청소차량, 쓰레기 하치장, 음식물 적환장 등이 모두 정리되어 오늘의 모습으로 거듭났다.

부모의 사랑은 늘 목이 마르다

제15회 조선일보 환경대상 유감

신문사의 환경대상 담당자는 제출한 서류에 확인할 일이 있으니 사무실로 나와달라는 전화를 했다. 나는 상을 받을 수도 있겠다는 마음이 들었다. 그는 대뜸 "아주머니, 이거 전부 아주머니가 한 일입니까?" 하고 묻고, 서류도 직접 작성했느냐고 한다. 그는 또다시 그 연세에 어떻게 이렇게 많은 일을 할 수 있느냐고 한다. 그의 관심사는 상과 관계없이 한 개인이 오랜 시간 이 일에 매달렸다는 사실과 나의 나이다. "좌우간 상을 받을 수 있다는 것입니까?" 하자 그는 멋쩍어 하면서 "아마도…못 받을 것입니다." 말한다. "왜요?" 하고 물었다. "경비 부담을 본인이 하지 않았기 때문입니다."라고 한다. '세상에 이게 무슨 말이야, 백억이 넘는 돈을 개인 부담으로?' 어안이 벙벙했다. 나는 조직을 이끌면서 경비를 지불했다. 그 돈이 많고 적고는 따지지 않았다. 오염된 환경을 깨끗하게 정화시키는 일이라 생각했다. 돈이 아깝다거나 쓸데없는 일을 한다고 생각하지 않았다. 해야 할 일을 하는 것이다. 요즈음 하천 주변 환경이 새로운 모습으로 거듭 태어나자 주민들의 성원으로 이 상에 지원하였다. 후보자 추천서에는 1999년부터 2008년 중반까지 내가 한 일들을 기록하고 증빙 자료도 첨부했다. 지금도 이 상을 받지 못한 확실한 이유를 스스로 찾지 못하고 있다.

나는 서울시에 고마운 마음이다. 이명박 시장님을 비롯하여 담당 직원들이 '상황을 모면하기 위해' 일을 처리한 것이 아니라 주민이 원하는 일을 주민의 편에서 했기 때문이다. 앞에서도 언급했지만 하천에 드는 비용은 서울시에서 지불한다. 각 구청은 배당 받은 예산을 가지고 적정하고 효율적 방안으로 사용해야 하지만, 꼭 그렇지 않은 경우도 있을 수 있다. 하천 길에다 꽃밭을 조성하기 위해 씨앗을 뿌리고 난 후 큰 비가 내리면 경비 몇 억이 그냥 사라지기도 한다.

도림천 주변

어느 날 태양 아파트 주민이라 하면서 전화가 왔다. 그는 방송국에 근무하는데 시간이 없어 우리의 투쟁에 함께할 수 없었다며 미안해 한다. 오늘 아침 모처럼 산책을 나갔다 하천의 달라진 정경에 놀라 나를 한번 만나보고 싶어졌다고 말한다. 자전거 길도 잘 조성되어 수많은 주민들이 신나게 달리고 있었고, 하천 바닥에 널린 쓰레기도 말끔히 치워져 작은 물줄기가 흐르고, 무엇보다 날파리 같은 해충들이 얼굴에 날아들지 않아 편안히 지나갈 수 있었다 한다. 그는 40대 후반으로 보이는 젊은이였다. "저희 방송국에 한번 나와달라"는 부탁이다. 이를 계기로 언론에서 이 일에 관심을 보이기 시작했다.

나는 한번도 이 운동이 내 개인적인 문제라고 생각한 적이 없었다. 어느 누군가가 해결해야 하는 일을 주민들과 함께 이루어냈다고 말하고 싶다. 아직도 이 하천에는 할 일이 많이 남아 있다. 처음 이 일을 시작할 때는 유럽 각 지역의 하천 사진을 많이 찍어와 사진을 들고 다니

부모의 사랑은 늘 목이 마르다

면서 이렇게 조성해 달라고 간청했다. 우리 하천은 '당장 어지러운 여러 시설물을 걷어내고 자연으로 가는 길'이 더 급하다는 사실은 그 다음에 깨달았다. 한국전력, 철도공사, 환경부에 건의하여, 천변에 널려 있는 위험한 전선줄을 걷어내게 하고, 하천 중앙에 턱 버티고 있는 철도청의 광고 간판도 철거하게 했다. 이런 시설물들이 하천을 오염시키는 일에 앞장서고 있었다.

오, 도림천

이 글을 쓰는 오늘이 2021년이니 20년이 지난 일이다. 기억이 또렷이 나기도 하고, 어느 부분에서는 기억이 없기도 하다. 그 당시 일들을 기록해 보관해둔 서류 뭉치가 사과 상자 하나에 가득하다. 1998년부터 2009년까지 하천이 변화하는 정경, 구청과 시청에 낸 민원과 회신, 주민들이 하천을 청소하는 모습, 영등포구청과 투쟁하는 장면, 투쟁이 끝나고 난 후 영등포, 구로구청이 시행하는 환경정비 업무를 지켜보는 일 등 하천이 주민의 휴식처로 변해가는 과정을 담은 자료들이다. 고소 고발로 검찰과 법원에 다니느라 지치고 고통스러운 날도 많았지만 책임을 회피하지 않았다. 현재 나는 다른 지역에 산다. 새봄이 오면 살얼음이 낀 하천에서 노니는 오리들을 사진을 찍어 보내는 주민들이 있고, 쓰레기가 넘쳐 썩는 내음이 진동하던 그곳에 공원이 조성되어 꽃이 피고 새들이 노래 부르는 날에도 주민들로부터 전화를 받는다. "왜 이사를 갔느냐, 그 고생을 하고." 나는 하천에 감사한다. 그 하천이 자연 그대로 보전되어 있었다면, 다른 사람들을 위해 봉사할 기회를 갖지 못했을 것이다. 나에게 일할 기회를 준 하천을 큰소리로 불러 보고 싶다. 오, 도림천이여….

부모의 사랑은 늘 목이 마르다

에필로그

1960년대 후반에 친척집을 찾아가는 길에 도림천을 만났다. 흐르는 물속에서 아이들이 놀고 있었고, 나는 큰 돌 작은 돌로 이어져 있는 징검다리를 건너간 기억이 있다. 70년대 산업화 이후 갑자기 불어난 서울의 인구로 인해 주거, 교통문제들이 발생했다. 정부는 환경을 생각할 여유가 없었다. 하천에 급하게 콘크리트 옹벽을 만들고 그 위에다 도로와 집들을 건설했다. 솔직히 말해 나도 유럽의 자연친화적인 환경에서 살아본 경험이 없다면 이 오염된 땅덩어리에 살면서도 군소리 없이 지냈을 것이다. 도림천에 관심을 가진 것은 내 생애 가장 잘한 일이었고, 가장 열심히 한 일이었다.

투쟁이 끝난 이후에도 2009년까지 영등포, 구로구청의 환경정화 작업에 참여해, 토요 데이트에서 시장님의 지침이 그대로 이행되는지를 지켜보았다. 지금은 꿈같이 들릴지 몰라도 앞으로 좀 더 풍요로운 생활을 하는 날이 오면, 하천 바닥에 설치한 축구장이라든지 농구장 같은 운동 시설은 물론이고 다른 불필요한 시설물들도 걷어내야 한다. 하천을 자연 서식지로서 그냥 그대로 두어야 한다. 시냇물에 발 담그고 하늘에 반짝이는 별도 딸 수 있는 곳으로.

나와 함께 투쟁에 참여했던 각 아파트 투쟁본부위원님, 부녀회원님, 사랑하고 존경하는 우리 주민들께 이글을 바친다. 그리고 투쟁본부의 기둥이 되어 우리를 이끈 최수홍 회장님과 박정학 장군님께 특별한 감사를 전한다.

부모의 사랑은 늘 목이 마르다